麦秆儿
MAIGANER

崔加荣 著

江西高校出版社

图书在版编目（CIP）数据

麦秆儿／崔加荣著. --南昌：江西高校出版社，2021.10

ISBN 978-7-5762-1975-3

Ⅰ.①麦… Ⅱ.①崔… Ⅲ.①中篇小说—小说集—中国—当代 ②短篇小说-小说集-中国-当代 Ⅳ.①I247.7

中国版本图书馆CIP数据核字（2021）第178458号

出 版 发 行	江西高校出版社
社　　　址	江西省南昌市洪都北大道96号
总编室电话	(0791) 88504319
销 售 电 话	(0791) 88522516
网　　　址	www.juacp.com
印　　　刷	成都勤德印务有限公司
销　　　售	全国新华书店
开　　　本	880mm×1230mm　1/32
印　　　张	6.75
字　　　数	166千字
版　　　次	2021年10月第1版
	2021年10月第1次印刷
书　　　号	ISBN 978-7-5762-1975-3
定　　　价	49.00元

赣版权登字-07-2021-1225

版权所有　侵权必究

图书若有印装问题，请随时向本社印制部 (0791-88513257) 退换

文学的力量、意义和价值
——谫说崔加荣小说集《麦秆儿》

任 动

崔加荣,河南省沈丘县人,现在客居惠州。他对文学极为钟情,无论身在何地,公务多么繁忙,加荣都放不下文学,多年来一直笔耕不辍,已经出版了《又见槐花开》《梅家湾》等小说集和《花开四季》《在路上》《流年》等诗集。加荣创作非常勤奋,其作品也得到了文学界的认同和好评。他拥有中国微型小说学会会员、中国散文学会会员、中国诗歌学会会员、河南省作协会员等多种身份。

崔加荣的新著,小说集《麦秆儿》即将付梓,嘱我写几句话,于是先睹为快,一口气把小说集读完,感觉如饮甘霖,痛快淋漓。

小说集《麦秆儿》包括9篇小说,题材广泛,涉及国内国外;视角多样,既有成人视角也有儿童视角。所有作品聚焦底层人物和弱势群体,发现真善美,弘扬主旋律,展示不同人物自强不息、拼搏进取的可贵品格,传播的都是满满的正能量;而且技巧圆熟,手法多变,显示出作者较高的文学素质和驾驭小说文体的能力。

崔加荣的小说集《麦秆儿》,以其中唯一一部中篇小说的名字命名,足见他对《麦秆儿》这部作品的重视和偏爱。《麦秆儿》

的主人公是一名小学生，名叫张恒俊，小名"麦秆儿"。小说讲述了"麦秆儿"与爷爷相依相伴的生活场景，透射出农村"留守儿童"身上所具备的心地善良、积极向上的传统美德。其他8篇短篇小说，也都表现儿童纯净的童心，具有强烈的艺术感染力。如：《天女花》中的阳仔，小小年纪就有了强烈的责任感，让读者看到了未来的美好；《树上的鱼》表现底层儿童的执着和探求，以及对理想的认同和坚守；《大黄蜂》中的东东热爱劳动，对世界充满了好奇；《秋花》中的秋花因为善良和单纯，才堕入"校园贷"的骗局，反衬出成人世界的险恶与伪善；《怀梦》以主人公的名字命名，展现了儿童怀梦的倔强性格；《也学牡丹开》在信任危机的时代语境中，展示儿童敢于说真话，敢于坚持真理的正直品格。

　　作家被称为"人类灵魂的工程师"，文学具有教育功能，理应寓教于乐。小说集《麦秆儿》向善向美，践行了社会主义核心价值观，具有很强的现实意义和教化功能，体现出崔加荣强烈的社会责任感和自觉的担当意识。富强、民主、文明、和谐，自由、平等、公正、法治，爱国、敬业、诚信、友善，是社会主义核心价值观的基本内容。少年儿童是祖国的未来和希望，少年强则国强，"少年雄于地球，则国雄于地球"。把我国的少年儿童培养成德智体美劳全面发展的社会主义建设者和接班人，责任重大，使命光荣，需要从娃娃抓起，对少年儿童进行广泛而深刻的爱国主义思想教育，如春风化雨，潜移默化，润物无声，在这方面，文学作品形象生动，具有得天独厚的优势。

　　习近平总书记多次谈到，要弘扬中华优秀传统文化。曾经，由于商品经济的冲击和国外思潮的传入，中华优秀传统文化受到了挤压，以至于有些人价值失范，道德滑坡，引发了一些社会问题。践行社会主义核心价值观的现实意义就在于传播正能量，弘扬主旋律，作家的使命和担当就在于培根铸魂，以文化人，所以要以笔为旗，通过自己的作品来感染读者、教育读者。"诚信"既是中华传统美德，也是社会主义核心价值观的基本内容之一。古人讲一诺千金，甚至"重然诺，轻生死"。孔子说："言必信，行必果。"倡导的都是"诚信"，今天的人们更应该诚实守信，坚持真理。《也学牡丹开》中的红孩儿，面对"碰瓷儿"这一丑恶社会现象，拒绝利诱，也不惧怕威胁，毅然讲出了事实的真相，虽然遭到了报复殴打，"一个趔趄，趴倒在了地上"，鼻子流出了鲜血。但是红孩儿一点也不后悔，坚信自己的作为是对的。小说无疑是在倡导"诚信"的品格，通过艺术创造来构建美好的社会氛围。

崔加荣的小说集《麦秆儿》所传达的正能量，不仅能够塑造少年儿童正确的人生观和价值观，而且能够让广大成人读者受到启发和教育，由此可见崔加荣文学的力量、意义和价值。

崔加荣的小说善于写景，工笔细描，精雕细刻，有散文诗的韵味。比如："黄瓜粗壮的蔓儿爬上高高的竹竿，带着细细黄瓜仔的母花和短小的公花间隔着开放。瓜秧下部挂着几个已经成形的小黄瓜，小黄瓜浑身长满了尖尖的刺，顶上带着刚刚枯萎的黄花。"（《大黄蜂》）"苹果园的尽头，就是蔡河。蔡河像一条玉带，在阳光下懒洋洋的，一动不动。河边水草茂盛，芦荡葱郁，一只黄绿相间的翠鸟站在芦苇上，见到麦秆儿他们过来，箭一样飞进芦苇丛里。"（《麦秆儿》）崔加荣笔下的景物色彩明艳，有声有色，仿佛一幅幅动人的水墨画，能够带给读者阅读的美感。

崔加荣的细节描写也很见功力，其作品中一些看似不经意却让人动容的细节，往往直抵人的内心，掀起情感的层层波澜。

"就在他对着越来越近的麂子准备扣动扳机的时候,一双饱含眼泪的眼睛映入了他的眼帘,那双眼睛在两条黑色眉毛下瞪得滚圆滚圆的,向外凸出的眼球像两颗玻璃球,放射出愤怒和绝望的光。麂子的泪水从眼角流下来,在脸颊上留下两条宽宽的湿痕。"(《几几的眼睛》)透过猎人阿哥的视角,表现小麂子几几面对妈妈为引开猎人保护自己而跳崖自杀时所流露出来的愤怒、绝望和悲愤的诸多情绪,对读者灵魂产生的撞击力是十分强大的。

崔加荣的文学作品,艺术烘托的技巧运用也极为娴熟。"麦秆儿捡起一截枯树枝,在地上画圈,把一只蚂蚁圈起来,等蚂蚁爬出圈,他再画一个,直到蚂蚁爬出了他能够画到的范围。他扔掉树枝,抬头看了看天,强烈的阳光从柳枝缝隙间射下来,刺得他睁不开眼。柳树修长的枝条垂下来,静止不动。"《麦秆儿》中的这段描写,看似麦秆儿在玩圈蚂蚁的游戏,但反衬出的却是一个儿童的孤独感,平淡的语言中弥漫着幽幽的伤感。

崔加荣的小说,语言自然本色,流畅清新,生活气息浓郁,足见作者经过长期写作训练造就的较强的语言功力。请看《树上的鱼》中的人物对话:

"治总比不治好吧?好好的大活人也不能就这样等……"大人突然住了口,扭头看一眼爷爷,接着低声说道,"也不能就这样等死呀!"

"那有啥?俺们农村不都是这样,明知道不行了,谁还去花那个钱,用钱的地方还多着呢,有钢用到刀刃上。这也是没办法的事儿。我准备把这里的货分拣完,卖完了就把人拉回去,总不能死在这里。"

既然选择了远方,便只顾风雨兼程。既然钟情于文学,就要在文学的长旅奋然前行。这就是崔加荣的真实写照。清代作家袁枚诗云:"苔花如米小,也学牡丹开。"崔加荣显然很喜欢这两句诗,引用诗句并创作了题为《也学牡丹开》的小说。相对于文学大师的皇皇巨著,崔加荣的小说集《麦秆儿》也许只能算一株单薄的"苔花",但是任何花儿都有盛开的权利,而且,《麦秆儿》这株"苔花"怒放的色泽和品相,丝毫也不亚于国色天香的"牡丹"。

是为序。

作者简介:任动,周口师范学院文学院副院长,周口市作家协会副主席,中国文艺评论家协会会员。

CONTENTS
目录

| 1 | 麦秆儿
| 64 | 天女花
| 74 | 树上的鱼
| 102 | 几几的眼睛
| 118 | 大黄蜂
| 131 | 秋花
| 146 | 怀梦
| 168 | 也学牡丹开
| 175 | 静静的西蔡河

麦秆儿

1

芒种忙，三两场。

芒种一过，田里的小麦就被放倒了一大半，红色联合收割机拖着巨大的身子，"突突突"地在田里跑过。晒得噼啪作响的麦穗儿，摇着头钻进收割机长长的大嘴巴里，留下白花花的麦茬，在火辣辣的阳光下闪着白光。

麦秆儿蹲在地头，等爷爷回来。爷爷的电三轮车很小，一趟只能拉四袋小麦，这两亩地的小麦，来回得跑很多趟。麦秆儿躲在一棵歪脖子大柳树下，汗珠顺着脸颊往下流。他的头发又黄又细，一点儿都不像琪琪的头发。琪琪的头发乌黑乌黑的，垂下来像一挂瀑布。自从第一次见到琪琪起，这乌黑的瀑布就在麦秆儿的心里流淌。琪琪妈妈在城里打工，经常把各种香味儿的洗发水寄回来，麦秆儿从琪琪身边走过时，总能闻到洗发水的香味儿，他一直想找个机会摸一摸琪琪的头发，闻一下那香味儿。

麦秆儿捡起一截枯树枝，在地上画圈，把一只蚂蚁圈起来，等蚂蚁爬出圈，他再画一个，直到蚂蚁爬出了他能够画到的范围。他扔掉树枝，抬头看了看天，强烈的阳光从柳枝缝隙间射下来，刺得他睁不开眼。柳树修长的枝条垂下来，静止不动，令麦秆儿又想起了琪琪的头发。看着柳枝上一片片柳叶,他突然异想天开,如果天天洗头,琪琪的头发上会不会长出柳叶?琪琪第一次见到他时,就问过他头上会不会长出麦穗儿,还问他为啥叫麦秆儿这个名字。

其实麦秆儿有大名,按照家谱的辈分,他属"恒"字辈,爷爷就给他起了个大名叫恒俊,但是似乎没人记住,也很少有人这样喊他。只有老师点名时才叫他的大名,下了课连教导主任都叫他麦秆儿。主任是他的邻居,爸爸每次从广东回来,都会把主任请到家里喝酒。第二天,主任就会带着一身酒味儿上课,课间还会跑到教室外面点上一支粗大的雪茄,吸一口,又把雪茄从嘴里抽出来,放在鼻子下闻闻,引来学生们好奇的目光。这时候麦秆儿就很神气又不屑地扫视那些同学,在心里说:那是我爸爸买给他的雪茄。但是他没有说出口,爸爸告诉他不要告诉别人,每次回来,爸爸只请主任一个人喝酒。喝完酒的第二天,爷爷会把剩菜倒进面条锅里,面汤里飘着一层油珠儿,味道比在县城吃一碗拉面还好。

第三天,家里又恢复了原来的生活,麦秆儿也吃不到肉了。

爸爸每次回来,除了和主任喝酒,还会去村委会填一个表,有时候会拿回来放在桌子上好几天,直到临走时才拿给村干部。麦秆儿看到表里有他和学校的名字,还有妈妈的名字。

突突突!联合收割机开到了地头,皮肤黝黑的司机从驾驶室里跳下来,擦了擦脸上和脖子上的汗水,弯着腰拧拧毛巾,汗水就顺着毛巾滴下来,滴到地上的土面上立刻卷成一个泥团。麦秆儿眼看着一只蚂蚁被包进泥团里,觉得蚂蚁跑得太慢了,或者是太快了,或者因为不快不慢就刚好撞上汗珠。听爸爸说,妈妈要是走得再快一点儿或者再慢一点儿,就不会被摩托车撞飞了。蚂蚁还挣扎了几下,可是妈妈一点儿都没有挣扎,静静地躺在那里一动不动,血从头底下慢慢流出来,在太阳底下像一团红色的油漆。那团红色油漆和那挂黑色瀑布一起,占据了麦秆儿的心。有时候红色跳出来,他就想哭；有时候黑色跳出来，他又感到安慰。

"娃子！你爷爷呢？"

"拉麦回家了。很快来。"

"我不能等他，要去下一家。你告诉他，你家的收完了，晚上到村委会算账。"司机说完，把毛巾搭在脖子上转身就走。

"虫！虫！"麦秆儿发现司机胳膊上有一条毛毛虫。

司机掉回头，大声问道："啥虫？哪里有虫？"

"你胳膊上。"

"哦！我打死它。"说完，司机爬进驾驶室，又"突突突"地开着收割机走了。

麦秆儿擦了擦脸上的汗，望着田里一堆一堆的麻袋，田里的麦茬闪着白光，似乎有热气在蒸腾、上升。他的手掌搭在眼睛上，挡住阳光，眯起眼睛数有多少堆麦子。

"恒俊！恒俊！来扶车子。"爷爷回来了，站在马路边喊他。自从有了大名，爷爷就再也没喊过他的小名，也是唯一一个喊他大名的人，爷爷说家谱里面要写大名。

麦秆儿从麦茬地里走到路上，帮爷爷扶住三轮车的把手。爷爷吃力地把一袋小麦装上车斗，震得车头差一点翘起来。麦秆儿双手拉住车把，把身子一缩，双脚离地，像一只大蝙蝠吊在车把上，车头才没翘起来。爷爷吓了一跳："压住！压住！"

装完一车，爷爷佝偻着腰，从车里拿出一根豆沙冰棒递给麦秆儿。看着他撕掉包装，把冰棒放在嘴里咬一口，爷爷那满是褶皱的脸上才露出笑容。爷爷的门牙只剩下一颗，像一颗大大的白玉米粒，麦秆儿老是担心那颗牙齿会掉。他"咔嚓"一口咬下一块冰棒，塞进爷爷的嘴里，爷爷开心得像个孩子，拍了拍他的肩膀，让他坐稳了，便驱车上路。

一路上，麦秆儿坐在小麦袋子上，屁股被热乎乎的小麦烫得坐不住，不停地挪地方。

"爷爷!"

"哎!"

"爷爷!"

"啥事儿呀?"爷爷有点儿不耐烦了。

"你能给我十块钱吗?"

"嗯，啊!你要钱干吗?"

"我有用。"

"买啥呀?跟爷爷说说买啥嘛。"

"我……我想买本子。"

"买啥本子要十块钱?"

"我……爷爷，琪琪叫我买的。我和她都参加了山区伙伴一对一交流。下星期要寄一封信和一个笔记本给山区的孩子。"

"又是琪琪!你不和她玩不行吗?天天疯疯癫癫的。"

"爷爷!你别这样说她!"

"咋啦?咋就不能说了呢?"爷爷停下车，转身质问麦秆儿。

麦秆儿坐在麻袋上，低着头不出声，融化的冰棒"啪啪"地往下滴水。等爷爷再问，他嘤嘤地哭起来。这可把爷爷吓住了，赶快跳下车，上前去问他怎么了。麦秆儿抬起头，泪眼婆娑地抽泣着说："爷爷，我想和琪琪玩。"

"为啥呀?"

"在学校里，很多同学都笑我妈妈是疯子。我妈妈……没有了，他们又……说我是没妈的孩子……只有琪琪不说我，琪琪还……骂那些人……呜呜呜……"麦秆儿越说越伤心，最后抱着爷爷大哭起来。

爷爷愣在了那里，搂着麦秆儿的头唉声叹气。麦秆儿越哭越厉害，最后爷爷也哭起来，眼泪"吧嗒吧嗒"地掉在麦秆儿的头上:

"我的乖乖,琪琪家和咱家有世代的仇恨,你跟谁玩不好啊?偏要跟她玩。"

爷爷哭,麦秆儿也哭。火热的阳光炙烤着整个田野,爷爷的光头上布满了大颗的汗珠,顺着布满皱纹的黝黑脸庞往下流。拉小麦的村民开着拖拉机或三轮车从身旁开过,没有人看他们一眼。大蓟花在路边的河坡上自由地开着,淡淡的粉红连成一片。

爷爷先停住了哭泣,他怕麦秆儿中暑:"好了,乖乖,别哭了,我也不管你了,你想跟谁玩就跟谁玩。这都是命。"

说完,他取下肩膀上的毛巾给麦秆儿擦干净眼泪,继续赶路。

2

放暑假前一天的上午,麦秆儿正在整理书桌上的书。他把自己的书和同桌不要的书都装进书包。书包被撑得鼓鼓的,他费了好大的劲儿才把最后一本塞进去。刚抬起头,班长叫了他的名字:"张恒俊。麦秆儿,你的信。"

麦秆儿接过信封看了看,是甘肃陇南周家村小学周璇同学的来信。信封上的字娟秀清新,和琪琪的字一样漂亮。想起自己潦草的字迹,他有些不好意思,突然想要一本字帖,和琪琪的一样。他要把字练好,不让爷爷说他的字像鸡爪抓的一样。

他把信封拿在手里,翻来覆去地看,一会儿又放下,试着提几下沉重的书包,眼睛从没离开信封。教室的人都走完了,门口乱七八糟地丢弃了很多书和作业本。他放下书包,跑过去把那些废书和本子整理好,最上面的书皮上用蓝色圆珠笔画着一只乌龟。不用看,麦秆儿知道这是马浩画的。马浩最爱恶作剧,有一次还在麦秆儿的作业本上画了一只乌龟,害得他受到老师的严厉批评。

麦秆儿把书都抱在怀里,拿到自己书桌上放好,拐上沉重的书包，把信装进口袋里，然后抱着那摞书一扭一扭地走出教室。

"麦秆儿！等等我！"琪琪从老师办公室走出来，看到麦秆儿笨重的身影，大声喊他。

麦秆儿停下脚步，扭头冲着琪琪笑了一下。琪琪跑过来，从他怀里取下一部分书抱在怀里："你弄这些书干吗？"

"都是他们不要的，丢在地上。我拿回家卖钱。"麦秆儿抽出手来，擦了擦脸上的汗水，继续走路。

琪琪跟在身后，看着麦秆儿被笨重的书包压得歪歪扭扭的身影，像一只企鹅。她正想笑，突然看见麦秆儿口袋里露出来一截信封，便紧走两步跟上去问他："你又收到回信了？"

麦秆儿没有停住脚步，只"嗯"了一声。

琪琪拉了一下麦秆儿的袖子："坐下来歇歇吧。"

说完，她自己先走到路旁的废旧磨盘边坐下来，把手里的书放在磨盘上。磨盘上落满了细碎的苦楝花，淡淡的紫色把琪琪的白色裙子衬托得更加白净。麦秆儿的心里一热，也坐下来，擦了汗，眯起眼看着天边的夕阳。夕阳红红的，像一个大火球。妈妈就是在一个傍晚，化作了这个火球离开了他。

"给我看看！"琪琪突然从他口袋里抽走了信封，麦秆儿本想说自己还没看，见琪琪已经撕开了信封，就没说话。

"亲爱的张恒俊同学：你好！你的来信和日记本都收到了，我爸爸和我都谢谢你！我第一次见到这么漂亮的日记本，我会把它珍藏好，用它来记录我们山里的生活和风景。虽然我们才通了五封信，但在我心里早已把你认作哥哥。我知道你是一个很努力很有爱心的人，自己家里也不富裕，却还帮助我们。我相信我们能成为无话不说的好朋友，欢迎你有机会来山里玩，我会亲自给你做饭吃，我做的煎饼可好吃了，已经超过了爸爸……"刚开始，琪琪大声地念着信，后来声音越来越小，最后把信一把塞到麦秆儿怀里，"不看了!"

麦秆儿看着琪琪略带生气的表情,有点儿摸不着头脑,拿起信自己看起来。一阵风刮过来,苦楝树的叶子发出轻轻的"沙沙"声,淡紫色的花瓣儿纷纷扬扬飘落下来,像天女散花一样落在琪琪的头上、身上,白色的连衣裙变成了碎花裙子。花瓣儿也落在麦秆儿的身上、信纸上,麦秆儿用手扫掉花瓣,继续看信,看得极其投入。琪琪低着头,看一只蚂蚁从一片花瓣下面钻过去,再钻过另一片花瓣,等它靠近麦秆儿时,琪琪伸手把它扫落到地上。麦秆儿一连看了几遍信,抬起头时,发现琪琪已经走了。他挠了挠头,百思不得其解,只好把磨盘上的一摞书重新整理好,艰难地抱回家。

回到家里,麦秆儿脱掉校服,丢到椅子上。爷爷已经做好了饭,稀饭里放了麦仁,他最喜欢喝麦仁稀饭。以前,每年新麦打下来,妈妈都会用竹篮子装几瓢小麦淘洗两遍,用三奶门口那个大石臼舂成麦仁,摊在锅盖上晾干。每天煮稀饭时放两把麦仁。盛饭时,麦秆儿用大大的勺子在锅里捞来捞去,想多捞一些麦仁,妈妈总会从他手里接过勺子,帮他捞。这时候他并不觉得妈妈是疯子,妈妈只有受到委屈时才会发疯,才会到村子里骂大街,脱衣服。他去村里拉妈妈回家时,虽然会不好意思面对村民的嘲笑,可他从来没有嘲笑过妈妈。每次张浩追着他妈妈大叫、嘲笑时,他都会和张浩干一架。

吃饭时,爷爷问他期末考试考了多少分,他一边"呼噜呼噜"地喝稀饭,一边说:"语文九十六,数学九十二。"

爷爷点头称赞,把一截嚼不烂的青菜从嘴里扯出来,丢到地上,青菜立刻被白母鸡叼走了。麦秆儿觉得妈妈走了后,爷爷突然老了很多,牙齿掉了一大半,吃饭总是嚼不动。不过爸爸说了,再干一年,攒够钱建了新房子就不出去打工了,在家里陪着他和爷爷。

他喝完一碗稀饭，转身去盛，爷爷从后面叫住了他："恒俊，你背后写的是啥字？"

麦秆儿条件反射地用手摸了摸背后说："没什么呀！"

"你这娃，你后脑勺长眼睛了吗？"

麦秆儿跑去厨房放下碗，把白背心脱下来仔细一看，上面用黑色的笔写了"疯子"两个大字，他的头"嗡"地涨大了。他把衣服挂在门把手上，光着背盛了一碗稀饭，"呼噜呼噜"地喝了下去，然后丢下饭碗，拿着背心就出去了。爷爷在后面喊着问他干吗去，他也不应，径直出了院子。

麦秆儿拎着背心一口气跑到张浩家里，见他和爸爸妈妈坐在院子里吃饭，拿着背心质问道："你为什么在我背后骂我？"

张浩一手端着碗，一手拿着筷子，嬉皮笑脸地说："谁看见是我写的了？"

麦秆儿气极了，指着他大声说道："就是你，中午在学校里你坐在我后面，嘀嘀咕咕半天，我觉得背后有东西，把你的手打开了。"

"我没写，你不要诬赖人！"张浩不承认，反过来还说麦秆儿诬赖人。他妈妈也站起来，指着麦秆儿说："你这孩子，没有证据就随便说是俺孩子写的吗？去去去！"

麦秆儿瞪着眼睛，声音越来越大："就是你！我脱掉衬衣时只有你坐在我背后。你别想赖！"

这时，张浩的爸爸放下筷子，用手向外摆了摆，示意麦秆儿走开："去去去！正吃饭哩，别在这里乱说，都说了不是他。赶紧回家去，再不走挨打了我可不管。"

只有张浩四岁的妹妹手里拿着一块馒头站在旁边不出声。面对一家人嘲笑的表情，麦秆儿气得直发抖，愤怒的泪水在眼里打转。他跺了一下脚，气呼呼地往外走，听到张浩的妈妈在身后小声说：

"疯子就是疯子,难道不让人说吗?你也是,在背后说啥不可以?你骂他是猪骂他是狗都好,非得在他身上写吗?"

走出大门的麦秆儿停下了脚步,他已经不仅仅是为自己感到委屈,更为妈妈感到委屈,他不允许他们这样说妈妈!妈妈就是因为遭受了村里人的指指点点,才病得越来越严重。妈妈的病,张浩他们几家是逃脱不了责任的。

麦秆儿越想越气愤,努力咬着牙不让泪水流下来。一只乌鸦站在不远处的柴草垛上,"嘎嘎"地叫着。他对准地上的一个小石子用力踢出去,乌鸦被飞来的石子吓跑了。他突然看到地上有一块从中间断开的半截砖头,断口尖锐锋利,要是砸到人肯定得头破血流。要是妈妈还活着,他就拿着这块砖头,跟在妈妈后面,有人嘲笑妈妈,他就……

麦秆儿弯腰捡起砖头,一低头,泪珠便从眼里掉下来,掉在他的手上。他手里紧握着砖头,转身又进了张浩的院子。张浩爸爸见他手里拿着砖头进来,忙指着他大叫:"你要干吗?你要干吗?"

麦秆儿不出声,也不看他们,径直走进厨房,掀开锅盖,锅里有香喷喷的麦仁稀饭。他使劲儿闻了闻稀饭,妈妈的身影便出现在灶台前,妈妈盛了一碗饭,端出去,然后就倒在了门口,头底下流出一摊殷红的血。麦秆儿大叫一声"妈妈",然后举起砖头使出全身力气,朝锅里砸去。锅里的稀饭溅了出来,溅到墙上、地上,溅到他的身上、脸上,很快就顺着锅底的大洞流下去,从灶台口流出来。

张浩一家人还没反应过来,麦秆儿抹了一把脸上的稀饭,转身出去了。

3

派出所的人来到麦秆儿家里时,爷爷正在磨砍刀。他已经磨了好几天,每天都磨一遍,磨完还用手指刮一下刀刃。听到大门响,他握紧砍刀,抬头看村支书带着两个穿制服的人进来,警觉地站起身。

支书笑眯眯地问他:"你这老镢头,磨这把破刀干啥?还要砍柴啊?"

爷爷把砍刀收起来,放在窗台上。支书示意派出所的人说话,一个瘦高个说:"你孙子把人家的锅砸了,这是妨碍社会治安,要是成年人,是要拘留的,人家都告到我们派出所了。看你家庭困难,我和他们说了,你赔人家一口锅,他们就不再追究了。你的孙子小,容易惹事儿,你得管严点,和谐社会嘛。你孙子呢?我看看多厉害。"

爷爷转身从屋里拿出一个布包,抖开给来人看:"我跟你们说,我有钱,赔他锅没问题。但是再欺负俺孙子,还砸他的锅,大不了再买给他。"

派出所的人和支书都被爷爷逗笑了:"哈哈哈!你这老头还挺有性格。放心吧!我们会做他们的思想工作,把问题从源头解决掉。不管砸锅不砸锅,都不能欺负你孙子。你们也是,不管欺负不欺负,都不能砸人家的锅。有问题可以找人说和说和,都是邻居,抬头不见低头见,哪有什么深仇大恨。"

"好了,就这么说了,你明天买一口锅送过去,要是不好意思,让支书送过去也行,赶紧把事儿了了。我们走了哈。"说完,三个人离开了麦秆儿的家。走到大门口,支书一脚踩在鸡屎上,一边往外走一边骂:"这老头,养这么多鸡,到处都是鸡屎。"

爷爷走到压水井旁边，撩水槽里的水洗了把脸，也不擦便准备去关上大门，迎面见琪琪进来。琪琪小心翼翼地低声问道："麦秆儿在家吗？"

爷爷依旧沉着脸，也不接话，转身走回院子里喊道："恒俊！找你的。"

喊完，他扛着锄头出去了。

刚才派出所来人，麦秆儿躲屋里不敢出声，听到爷爷叫他，他才满脸汗水走出来，一见是琪琪，马上咧嘴笑了，招手叫她进屋。琪琪是唯一一个经常走进麦秆儿屋里的小伙伴，进屋也从不拘束："麦秆儿，你砸人家锅啦？"

"我就砸！"

"为啥呀？"

麦秆儿找出来那件还未洗干净的背心，指着模糊的字迹让琪琪看："你看！"

"该砸！"

"你爸不是不让你来找我玩吗？"

"他不在家。麦秆儿，我跟你说，咱俩换换吧？"

"换什么？"

"一对一，你把你的周璇给我，我把周大江给你。咱俩都写信告诉他们。"

"为啥呀？不是好好的吗？我和周璇好着呢！"

"好什么好！不准好！就要换。男生对男生，女生对女生。"

"非得换吗？"

"必须换，你马上写信。"琪琪说完，掏出一沓精美的信纸，每一页都印着动漫图案的水印。琪琪低头掏信纸时，乌黑的头发垂下来，扫到麦秆儿的胳膊上，痒到他心里。

麦秆儿接过信纸，放在桌子上说："换就换，不过，我晚上才写。我要去洼里逮青蛙回来喂鸡。"

"那我跟你一起去。"

"你不怕青蛙吗?"

"怕什么!不怕。"琪琪说完就站起来往外走。麦秆儿拿了尼龙网舀子和水桶,跟着她一起出了院子。

村外的田里已经一片葱绿,远远望去像一幕青纱帐,齐胸高的玉米植株张开宽大的叶子,中间顶着一片片卷成筒子的嫩叶,像一个个小喇叭。两只黄狗互相追赶着,后面的狗不断地趴到前面的狗身上。麦秆儿好奇地看着狗,琪琪背过脸去,叫他快走:"看什么看!快走!"

麦秆儿忍俊不禁,舔了舔嘴唇,快走几步超过琪琪,走在了前头,他知道在哪里能找到青蛙。扛在肩上的舀子扫到了琪琪的头发,琪琪大叫:"哎哎哎!打到我了!"

麦秆儿扭头看了看,又用舀子扫了一下琪琪的头。琪琪理顺头发,追上去要打他:"你……找打是不是?坏人!"

麦秆儿坏笑着跑开了。一阵风吹来,玉米丛发出沙沙的响声,琪琪的叫声淹没在风里。

到了前进沟,正值涨水,清澈的水流打着旋儿流动,岸边的黄蒿和杂草浸在水里,随着水流摇晃着,蜻蜓不停地点击黄蒿,试图落在上面。

"青蛙!"随着琪琪一声叫喊,一只黄绿相间的青蛙从岸边跳下河坡。麦秆儿把食指放在嘴边,示意琪琪别出声。他提着舀子,猫着腰走近青蛙,用舀子迅速扑过去。由于用力过猛,麦秆儿的身子一下子倒向河坡,落入水中。这下可把琪琪吓坏了:"麦秆儿!"

麦秆儿在水里挣扎几下,抓住水草,爬上了岸。他抬手抹去脸上的水,朝琪琪笑,突然看见了琪琪眼里的泪花。他愣了一下,不好意思地对琪琪说:"不怕,我会游泳,经常在河里洗澡呢。"

麦秆儿一身湿衣服紧贴在身上,本来宽大的短裤也粘到了皮肤上,胯间顶出一个尖尖的小包。琪琪指着他的下身,捂着嘴笑。麦秆儿害羞地转身钻进了玉米地,把衣服拧干重新穿好,才出来。

琪琪手里拎着水桶,正要跟麦秆儿继续去寻找青蛙,突然不远处传来呼救声:"来人呀!来人呀!有人掉河里了!"

麦秆儿一愣,和琪琪一起循着呼救声奔过去。两个人气喘吁吁地跑到一座小桥边,见张浩正在河里拼命地游着,晓晓在不远处的水里挣扎。

"晓晓掉河里了!"琪琪指着河里喊道。麦秆儿想起砸锅那天,张浩一家耍无赖,骂他。看着张浩在水里吃力的样子,他狠狠地说一句:"活该!"

晓晓粉红色的裙子漂在水面,她双手扑腾着,拼命在水里挣扎。麦秆儿眼前又浮现出砸锅那天的情景,晓晓拿着馒头,站在旁边,一双圆圆的大眼睛直直地望着他。

不行!我得救她!麦秆儿想到这里,把舀子往地上一丢:"帮我拿着!"

说完,他跑过去跳进河里。琪琪焦急地站在岸边,不停地跺着脚:"快点快点!"

麦秆儿和张浩合力把晓晓救上岸,晓晓还没有窒息,大口咳嗽着,吐出河水,"哇"的一声哭出来。张浩的长头发贴在头上,低着头,也不看麦秆儿,嘴里小声嘟囔一句:"麦秆儿,谢谢你!"

麦秆儿没出声,抢过琪琪手里的舀子说:"走!"

说完,他大步流星地往回走,琪琪"哎哎哎"地喊着,跟在后面。

4

开学第一天，关闭了一个多月的校园里，地上的砖缝里长出了草芽，细碎的槐树叶儿铺了一地，大部分已经干枯，只有个别刚落的叶片金黄金黄的，像一只只黄蝴蝶，点缀在地面上。麦秆儿拿着扫把，扫一下，愣一下。琪琪有一件白色上衣，印花就是各种姿态的黄蝴蝶，密密麻麻的满身都是。琪琪说那是妈妈从城里寄回来的，麦秆儿特别喜欢琪琪穿那件衣服，但是琪琪不想穿，因为是城里的新爸爸买的，她从来没有承认过城里的爸爸，在她心里只有一个爸爸，奶奶也是这样告诉她的。

"麦秆儿，快点儿扫，新来的班主任要点名了。"浩浩怀里抱着一摞书，在老师办公室门口朝他喊。浩浩一开学就这么卖力，肯定是不想这学期被改选下来。

麦秆儿漫不经心地应了一声"知道了"，低头继续扫落叶。"噗"的一声，树上落下一串青青的槐豆儿。他捡起来，小心翼翼地剥开，揪出来里面透明的部分，放进嘴里尝尝，把剩下的丢掉。麦秆儿继续把落叶扫完，才回到教室。

新学期麦秆儿的座位从以前的倒数第二排提到了前面第三排，刚好和琪琪并排，但是隔了一条过道，这令他非常开心，起码不用在后面和张伟栋他们几个打闹了。新班主任杨老师是从六年级调来的，一头短发挂在耳朵后面，从进来始终面带笑容，麦秆儿觉得这发型像极了妈妈。杨老师在讲台上挨个儿叫着名字，下面答应着。点到"张恒俊"时，麦秆儿一激灵，大声喊："到！"

班里有人小声喊麦秆儿，有人小声偷笑。麦秆儿全不理会他们，盯着杨老师，目光不离开她的双唇和手势。妈妈也是这样的短发，说话也是这样慢条斯理，也是这样面带微笑，但是她疯了，死了。这令麦秆儿百思不得其解。妈妈那么好,那么温柔,怎么会疯了呢?张伟栋妈妈那么凶,还不孝顺,可她为什么不疯呢?

教室里的风扇"嗡嗡"地转着,麦秆儿的眼睛盯着杨老师,心里却走了神。杨老师说完了,他也不记得讲了什么,第一堂开学课就这样糊里糊涂结束了。他期待的是第二天的开学典礼,因为上学期结束没有发奖状,改到开学典礼上再发。他知道自己能拿到三好学生和语文单科奖状,但是一直没有告诉爷爷,他要给爷爷一个惊喜,也让嘲笑他、看不起他的同学和邻居看看。

发完新书,班里的同学们闹腾了一会儿,都四散而去。麦秆儿的书包塞得鼓鼓的,手里还抱着几本书。他一个人磨磨蹭蹭走出学校,踢起地上的石子,又追上去再踢。琪琪蹦蹦跳跳地跑过来,手里提着一个印着鲜艳橙子图案的布袋子,十分精美。麦秆儿十分羡慕她有个漂亮的袋子装书,他自己有一个中国电信的广告袋子,暑假晒在院子里被风吹跑了。书包装不下的书他只能抱着。

"麦秆儿!你打算什么时候交作文?"

"什么作文?"

"杨老师布置的呀!你没记吗?"

"我没听清楚。什么题目?"

"我的妈妈。"琪琪停了一下,低下头去继续说,"不过我不想写。"

"那你怎么和老师说呀?"

"是呀!好烦!这老师怎么定了这样的题目。"说完,琪琪皱起眉头,不再说话。

"杨老师第一次布置作文就不写,不好吧?"麦秆儿说完,琪琪不作声,麦秆儿也就不再说话,两个人默默地走回家。

麦秆儿推门进家时,爷爷去田里干活还没回来,两只公鸡在打架,一只红的,一只白的,扑棱棱上蹿下跳,脸上头上都是血。麦秆儿一脚踢过去:"滚蛋!天天打架!"

两只鸡扑棱一下散开,又去别处继续斗,白色的绒毛像蒲公英的飞絮,飞起来又落下去。麦秆儿进屋放下书,洗了一把脸,便开始写作文。他想给杨老师一个好印象,说不定可以继续拿到奖状。拿到奖状,爸爸便可以放心,不会再说他。

接下来的几天,麦秆儿有些郁郁寡欢。琪琪和他说话,他也有一句没一句地敷衍,像丢了魂儿。

星期五下午上学的路上,琪琪追上他问:"麦秆儿,你交作文没?"

"交了。"麦秆儿在喉咙里嘀咕了一下。

"你……那你交吧,反正我没写。"说完,她气呼呼地走了。

到学校后,杨老师组织了新学期第一次班会,主题是分享上次布置的作文"我的妈妈",选取十名同学朗读自己的作文,要求内容真实,情真意切。第一个朗读的是张晓琳同学,她的声音充满稚气,张浩天天说她是小娃娃,为此两个人还吵过架。

"……为了我能够健康快乐成长,妈妈对我付出了她的全部心血,天不亮就起床给我做早餐,准备书包。在妈妈眼里,照顾我是她最重要的工作,我是她的全部希望……"

第二个朗读的是张敏敏:"妈妈是世界上最伟大的人,她为我洗衣服、做饭、照顾我,每天辛苦劳累,却从无怨言,从不中断……"

最后,麦秆儿突然听到老师喊他的名字,他吃了一惊。他把作文写得很好,只是想得到杨老师心里的肯定,他并不愿意在班上朗读。可是现在老师叫到他的名字,他只好磨磨蹭蹭站起来,低着头不说话。

杨老师觉得麦秆儿有些奇怪,便催促道:"读呀!快读呀!"

麦秆儿推脱不过,只好支支吾吾地小声朗读:"妈妈是一个很漂亮的人，留着齐耳短发，说话声音清脆。妈妈很能干，田里、家里都收拾得井井有条，还帮助邻居干活，得到了邻居的称赞和尊重……妈妈知识渊博，比村子里的妈妈们读的书都多，她教我知识，教我做人……"

麦秆儿声音越来越大，一口气读完。杨老师点着头，"啪啪啪"地给他鼓掌："好！写得很好！张恒俊的作文值得大家学习。"

但是整个教室里只有杨老师一个人鼓掌，稀拉的掌声在教室里显得孤单、无助。突然，二奎站起来大声说："他说谎！他的作文不真实！他妈妈是疯子，早就死了！"

琪琪马上站起来，指着二奎大喊："关你什么事！"

二奎也不示弱："本来就是嘛！大家都知道的。"

麦秆儿气得脸色赤红，"噌"地一下跑到二奎面前："我妈不是疯子！都是被你们欺负的！"

二奎用手指着他反驳道："疯子就是疯子，你别不承认，难道你也成了疯子吗？"

麦秆儿咬紧牙关，气得身子发抖，伸手给了二奎重重的一拳。二奎一个趔趄，撞到了身后的课桌上，课桌上的书和水杯"呼啦"一下掉落到地面，后面的同学"啊"了一声。

这突如其来的场景，把杨老师惊得目瞪口呆。一看要打架，她马上跑下讲台，把两人制止住了。

班会在一片狼藉中结束，麦秆儿被杨老师叫到了办公室。他站在办公桌旁，不时吸一下鼻子。任凭杨老师怎么说，他就是不出声。

教导主任了解了情况后，把杨老师叫到一旁，和她说了麦秆儿的家庭情况，杨老师这才意识到自己大意了，后悔连连地回到办公室，摸着麦秆儿的头说："对不起！老师不知道你的情况！老师应该关心你。不要伤心，以后想妈妈了，就来和老师说。"

说完，杨老师低下头，把麦秆儿揽在怀里。麦秆儿感受到杨老师身上的温度，闻到了久违的淡淡汗味儿和体香。这体香已经离开他几年了，本来他快要忘记了，但是杨老师温柔的手和随着呼吸起伏的身子，令他又找回了记忆。

他突然鼻子一酸，"哇"的一声哭了出来，身子随着抽泣颤抖不已。

5

村庄东头的老镬头家里养了一大群鸡，麦秆儿家的菜地里的萝卜刚一出苗，就被鸡啄得七零八落。爷爷每天早上叫麦秆儿早起去菜地边上看着，用长长的竹竿驱赶鸡群。

天刚亮，麦秆儿就带着语文书，搬着小板凳，到菜地边看着。聪明的他，总有办法对付鸡群。他捡来几个红色的食品袋，绑在一根根小树枝上，插在菜地边上。风一吹，红色的袋子随风飘荡，还发出"哒哒哒"的声音，鸡群自然不敢靠近了。

看着自己的阵地上红旗飘飘，麦秆儿得意地坐在菜地边，翻开语文书，大声阅读课文：

我家有一个大花园，这花园里蜜蜂、蝴蝶、蜻蜓、蚂蚱，样样都有。蝴蝶有白蝴蝶、黄蝴蝶。这种蝴蝶小，不太好看……

麦秆儿正读着，一只白色的蝴蝶飞过来，飞得非常缓慢，麦秆儿扬手只轻轻一挥，蝴蝶便掉在地上，挣扎着再也飞不起来了。麦秆儿用脚碰了碰，蝴蝶仍然飞不起来。老师讲过蝴蝶在这深秋里会死去，看着蝴蝶在地上痛苦地挣扎着，麦秆儿突然莫名地伤心起来。

麦秆儿正看着蝴蝶出神，爷爷过来了，看到他插的小红旗，爷爷高兴得赞不绝口："小犊子真有办法！走吧，回家吃饭，吃了饭还要上学。"

麦秆儿拿着小凳子，跟爷爷回家吃饭，临走时又扭头看了一眼蝴蝶。

吃完饭，到了学校，麦秆儿老老实实地坐在教室，俨然一副好学生的样子。

周五上午只有三节课。

放学铃声一响，一向磨蹭的麦秆儿抓起书包，箭一般冲出教室。正巧小六也跑到门口，俩人一下撞上了。小六倒在地上，疼得直咧嘴。麦秆儿一个趔趄没有倒下，也顾不得这么多，冲出学校，像一头莽撞的小鹿，一路小跑回了家。

"爷爷！爷爷！给我用用你的手机。"

爷爷怀里正抱着一捆新鲜玉米叶子去喂羊，见到麦秆儿慌慌张张的样子，大声训他："慌慌张张的像个冒失鬼，你弄啥哩？"

"爸爸十二点要打电话给我。"

"那也不用这么风风火火的呀！手机在桌子上。"说完，爷爷步履蹒跚地去喂羊，身后长长的玉米叶子撒了一地。

麦秆儿跑到屋里抓起电话，拨了爸爸的号码，"嘟嘟嘟"响了半天才接通："麦秆儿，你吃饭了没？"

"爸爸！刚放学，还没吃。"

"哦，爸爸已经吃完饭，工地上吃饭早。"

"爸爸，你说给我买手机的，啥时候买呀？"

"等我回去时再买吧。"

"我不！你都说了两年了，现在班里同学几乎都有手机了，很多作业也是在手机里布置的。买了我还可以和你视频聊天。"

"……"

"爸爸！买不买？"

"我不在家，你怎么买？"

"我跟爷爷一起去县城买，只要你给他钱。我想买琪琪那种，屏幕小一点的，我的口袋小，大的怕掉了。"

"好吧，爸爸答应你，明天是星期六，让爷爷陪你去买吧。"

"好！谢谢爸爸！"

见爸爸答应了，麦秆儿有些兴奋，又和爸爸说了几句话，就挂了电话。他跑到水槽旁洗了一把脸，在一个长凳子上坐下来。一阵风吹来，带着水珠的脸上顿时一阵凉爽，他心里想象着手机的样子，想象着手里握着手机的感觉，脸上露出了笑容。

"麦秆儿，过来给我搭把手。"爷爷站在木棍支起的架子旁，吃力地往架子上的席子里倒黄豆。

听到叫他，麦秆儿才回过神来，跑过去帮爷爷托着竹篮子的底部。爷爷光着背，黝黑的皮肤在火辣辣的阳光下闪闪发亮。他手里拿着一个大瓷碗，一碗一碗地把篮子里的黄豆舀出来，倒在席子上面。黄豆是煮熟的，个个浑圆油亮，散发着豆香味儿。麦秆儿忍不住捏一小撮放嘴里，边嚼边问道："爷爷，你晒这豆子干什么呀？"

"酿醋。"爷爷没有停手，继续舀黄豆。

麦秆儿这才想起来，爷爷是村里出了名的酿醋老手，每年都会酿一大缸醋，等邻居来买。麦秆儿曾经偷偷掀开醋缸，用手撩起来尝了尝，淡黄色的醋液不像买的醋那么酸，一点儿也不刺鼻子。

爷爷把篮子里的豆子全部摊到席子上，扔了篮子，用手来回翻动黄豆。麦秆儿捏一个黄豆粒儿，远远地一扔，黄豆粒儿就进了嘴里。他非常得意，又捏起一粒，一扔，黄豆粒儿打在了脸上，蹦出去老远。爷爷拍了一下他的头，制止了他："去！别调皮了，掉地上多可惜。"

麦秆儿吐吐舌头，走开了。

吃过午饭，麦秆儿坐在竹编的椅子上百无聊赖，听院子里的秋蝉"知了知了"地鸣叫。洁白的羊羔在院子里蹦蹦跳跳，脖子下面有两个拇指大的毛茸茸的白色肉垂,随着蹦跳荡来荡去。麦秆儿下意识地摸了摸自己的脖子,自己没有肉垂,如果把它剪下来挂在自己脖子下面,该会如何?想到这里,他不禁哑然失笑。

"咚咚咚",大门口传来敲门声。麦秆儿跑过去开门一看,小六穿着大裤衩,光着上身站在门口叫他:"麦秆儿,去蔡河洗澡。我哥也去,你去不去?"

一听说下河洗澡,麦秆儿心里顿时痒了起来,从学校跑回来,汗水把背心都贴到了身上,正想洗洗呢。

"我去,你等我跟爷爷说一声。"

说完,他跑回院子,一本正经地站在爷爷面前,低着头说:"爷爷,我想去河里洗澡。"

"不去,淹死了咋办!你爸爸回来还不得杀了我。"

"不会的,你都知道我的水性很好。小六和他哥哥都去。"

"小六的哥哥也去?"

"嗯,他都是大人了,可以看着我们。爷爷,让我去嘛!"

"那你下去游两圈就上来。"

"好。谢谢爷爷!"谢了爷爷,麦秆儿一溜烟地跑出院子,跟着小六去游泳。

走过苹果园,看管果园的老镢头大爷正在简陋的棚子下睡午觉。树上的苹果有的已经泛红,像儿童节演出时琪琪化了妆的脸蛋儿。苹果表面和树叶上有一层薄薄的白色,散发出淡淡的硫黄味儿。麦秆儿知道那是老镢头大爷刚打的农药,星期天他到果园里薅草喂羊,问过老镢头大爷,大爷告诉他这种农药没有毒,是用硫黄和石灰混合成的,但是要把草洗干净了才能喂羊。

苹果园的尽头,就是蔡河。蔡河像一条玉带,在阳光下懒洋洋的,一动不动。河边水草茂盛,芦荡葱郁,一只黄绿相间的翠鸟站在芦苇上,见到麦秆儿他们过来,箭一样飞进芦苇丛里。

麦秆儿和班里的四个同学，在小六哥哥的带领下，从河坡上一处被踩得光滑结实的地方走下去。刚刚有人从这里上岸，地面有水渍，光滑得令人无法站立。麦秆儿猫着腰，弓着脚向河水摸过去，一不小心"啪"地摔倒在地，后脑勺碰到坚硬的地面，疼得他龇牙咧嘴。他摸索着爬起来，小心翼翼地来到水边，刚站稳，就被小六一把推倒在水里。

被推下水后，他像一条泥鳅，一头扎进水里，几十秒后才从很远的地方钻出水面。他用手抹一把脸上的水，站在水中央，身子歪歪扭扭地用脚踩着水，柔软的头发贴在头上，像一只水獭。村里的孩子都知道麦秆儿水性好，果然名不虚传。

麦秆儿晃着身子，朝岸上招手："小六！下来！下来呀！"

小六站在浅水边，用手往身上撩着水："下面的水凉不凉？"

"不凉，下来呀！"麦秆儿说完，一个跟头又钻进了水里。

等小六和哥哥下了水，麦秆儿和他们比赛，游了一圈，回到浅水区，挖一把淤泥在身上搓着。

岸上的玉米长得粗壮，每一棵腰里都别着粗大的玉米棒子，像一排排腰里别着手枪的士兵。毛白杨树上硕大的鸟窝早已破败不堪，麦秆儿觉得鸟窝像一个大漏勺，稀疏的阳光从底部流出来。

九月的正午，太阳还很猛烈，麦秆儿感到肩膀上皮肤灼热。他双手合十举过头顶，闭上眼睛，猛然向后一躺，整个人儿倒进水里。浮出水面后，他仰面朝天，手脚并用向河中央游去。

小六朝他泼水："麦秆儿，你会不会露三露？"

"我会！"

"我也会！"

说完，小六也游到麦秆儿身边，两个人比赛露三露，看谁保持的时间长。

麦秆儿憋着气，仰面躺在水面把身子伸直，尽量往上浮，把脚尖、小鸡鸡和鼻尖儿都露出水面。等他坚持不住，站起来时，见小六还在浮着，他撩水过去："不算不算！你肯定比我晚开始。"

小六直起身子，抹一把脸："没有没有！不服再来！"

"再来再来！"要说小六比他坚持的时间长，麦秆儿不信，他决定重新再比一回。

这一回，麦秆儿不敢大意，一边躺下来，一边扭着头监督小六。结果没有悬念，小六沉下去好一会儿，麦秆儿还在浮着。小六伸手敲了一下麦秆儿的鸡鸡："你赢了，别露了。"

麦秆儿一激灵站起来，追着小六。

比赛完，两个人回到浅水区。麦秆儿踩着脚下的河泥，软绵绵的很舒服。突然，一个滑溜溜的东西从他脚下穿过，他心里一惊，马上意识到有鱼："黄鳝！"

"哪里哪里？"

"刚才从我脚下跑了。"

"挖！"说完，小六和麦秆儿蹲下来，双手一点一点地刨着。小六挖黄鳝、泥鳅的经验非常丰富，他很快发现了黄鳝在水底爬行的痕迹。两人顺着痕迹找到不远处稀疏的芦苇丛，终于看到了黄鳝。黄鳝的半截尾巴露在外面，身子钻在泥里。小六双手迅速一捂，黄鳝跑掉了，钻进更深的泥里。

麦秆儿拉着小六的胳膊说："让我来！让我来！"

说完，他蹑手蹑脚地靠近黄鳝，一把摁过去，黄鳝又往里面钻了一大截，两个人只好用手把淤泥一把一把地挖开。挖了一截，黄鳝又钻进去一截，挖了半天，也没抓住黄鳝，麦秆儿站起身来，回头看看身后堆起来的淤泥，用手背擦了擦额头想放弃，但是小六不肯放弃。两个人正争论着，听到岸上有人喊麦秆儿。

麦秆儿转身一看，琪琪站在岸边喊他："麦秆儿，小六，都几点了，你们迟到了！老师叫我来找你们。"

麦秆儿这才想起上学的事儿，顿时一脸尴尬，匆匆洗了身子上岸。刚走到半坡，琪琪突然大喊一声"你们……"，捂着脸走开了。麦秆儿一脸懵懂，倒是小六反应快，冲着琪琪的背影说："有什么好害羞的，没见过呀！"

麦秆儿看看小六精光的身子，又低头看了看自己的下身，他不好意思地笑了。

等他们上了岸，穿好衣服，小六突然低声喊："快跑！教导主任来了！"

说完，小六拔腿就往苹果园里跑。麦秆儿来不及扭头看教导主任在哪儿，跟着小六跑进果园。四个人一口气跑到教室门口，班主任正在开班会。他们蹑手蹑脚从后门进去，低着头不看班主任，悄悄地坐下来。班主任见他们连个报告都不打哪里肯依，立刻大声喊道："张恒俊，张六，你们就这么轻松地坐下了？站起来！"

四个人磨磨蹭蹭地站起来，低着头等待发落。麦秆儿每次听到有人喊他张恒俊，都反应不过来，反而觉得小名麦秆儿听着顺溜。

"你们自己说说，现在几点了？"

麦秆儿在心里自言自语：老师批评的是张恒俊，不是麦秆儿，不是麦秆儿。

就在四个人被班主任训话时，教导主任进来了："你们四个，都给我站到讲台上来。"

麦秆儿心想这下坏事儿了，教导主任和爸爸关系好得很，他肯定会打电话告诉爸爸。麦秆儿跟着小六慢吞吞地走到讲台上，靠墙站好。教导主任第一个就拿他"开刀"："麦秆儿，说！你们干啥去了？是不是下河洗澡了？"

麦秆儿不敢抬头看教导主任，在喉咙里嘟囔一句："没有。"

"没有？"教导主任拉起麦秆儿的胳膊，用指甲一抓，胳膊上立刻出现一条白痕。

"没有？这是啥？小小年纪学会撒谎了！"

麦秆儿没想到教导主任也懂这一招，听到"撒谎"这俩字，他的脸唰地一下红到了耳根。他偷偷瞄了一眼，琪琪正怒目圆睁看着他。

"这四个人去蔡河洗澡，连学都不上了。大家都看看他们丢人不丢人。"教导主任说完，转过身，走到讲台上，用粉笔写下一首打油诗：

四大金刚去洗澡，遇到老师都乱跑。

一气跑到苹果园，歇歇喘喘咱再谈。

教室里立刻哄堂大笑，连麦秆儿他们也忍俊不禁，低下头偷笑。

"笑！你还笑？你们四个，都回座位上去，等候学校处分吧。"说完，教导主任丢下粉笔出去了。

就这样，麦秆儿成了班主任眼里的坏典型，班主任在班会上又批评了几句，要求大家不要向他们学习，要遵守纪律。

但这丝毫不影响麦秆儿对班主任的好感，喜欢她梳得直直的一头短发，喜欢她永远保持笑容的表情，连这次批评他们，班主任脸上的怒气也是稍纵即逝，立刻就恢复了笑容。最重要的是，她会给同学们读小说，每次语文课，她都会留下十分钟时间，给同学们读小说。读《海妖的传说》时，她的语气和表情简直惟妙惟肖，令麦秆儿很是着迷，天天盼着上语文课。今天的班会也不例外，最后的环节仍然是班主任读《海妖的传说》：

"我就是怕我打了一辈子鱼，杀生太多了，阎王会怪罪我呀。"外公终于把自己心中最大的一桩心事说了出来。

"老头子，你这一生没做过什么坏事儿，善事倒做了好几起呢！你想想看，你在海上一生共救了十几条人命呢，修东岳庙的时候，你还出了十块零钱呢，这几笔大账，菩萨都记着呢。"

麦秆儿双手捧着脸,听得入了迷。班主任那魔幻的声音紧紧拉扯着他的心,一会儿变成外公的声音,一会儿又变成了外婆的声音。班主任的眼睛和脸上的表情也随着声音不断变换,但是笑容却始终没有离开她的脸。

麦秆儿眯起眼睛,望着班主任。这哪是班主任呀,分明就是"妈妈"站在讲台上,"妈妈"的眼睛时不时朝他看过来,仿佛要向他招手。虽然今天上学迟到了,但是"妈妈"一点儿也没有怪他。

"张恒俊,站起来!"麦秆儿正沉浸在"妈妈"的目光里,突然听到"妈妈"喊他,他一激灵站起来,吸引了全班人的目光。

"好你个张恒俊,上课迟到不说,居然在课堂上睡觉。"

麦秆儿揉了揉眼睛,班主任正在讲台上指着他,他顿时羞愧地低下头。班主任批评他之后,继续读《海妖的传说》。

6

农村的秋天,对麦秆儿来说,充满了诱惑力,身上没了汗味儿,没了蚊子叮咬的疤痕,他也可以脱下凉鞋,穿上白色袜子和白色运动鞋,大胆地站在磨盘上玩,再也不怕琪琪笑他的脚臭。

果园里熟透的苹果被采摘殆尽,剩下几个果子挂在树梢,红着半边脸,风一吹,飘来一阵果香。麦秆儿踢着地上的烂苹果,烂苹果不时散发出发酵的酒味儿。

麦秆儿回到家里,把书包扔在床上。油漆斑驳的红色方桌上摆着几个苹果,满屋子飘着香味儿。他抓起一个苹果,"咔嚓"咬下一大口,嘎吱嘎吱嚼着往屋外走。爷爷在羊圈里扫羊粪,黑黑的羊屎蛋儿在扫帚前头打着滚儿。

"爷爷,我出去玩一会儿。"

"去哪里玩？"

麦秆儿吞吞吐吐不出声，磨磨蹭蹭往大门口走，爷爷又提高声音问道："你去哪里玩？嗯？"

麦秆儿咽下一口苹果，转身回答道："我，我去琪琪家里玩。"

"不去！去给羊拿一捆秫叶子来。"

麦秆儿不敢违抗，只好走到屋檐下的草垛旁，抱了一捆晒得半干的玉米叶子，慢吞吞地走到羊圈，一把一把地分给羊群。一只硕大的公羊头上顶着两只长长的角，见麦秆儿走来，跑上前来咬住两条玉米叶子，使劲儿一拽，差点儿把麦秆儿拉倒。麦秆儿用脚踢走公羊，把剩下的玉米叶子分给羊群。

"爷爷，分完了，我想出去玩嘛！"

"又去她家里，离开她你不能活吗？没出息！"爷爷继续扫着羊粪说。

"爷爷！你为啥不让我跟琪琪玩？"

"为啥？不是跟你说过了吗？咱两家有深仇大恨！"

"哎呀，爷爷！到底有什么深仇大恨呀？琪琪不是挺好的吗？"

爷爷停下手里的活儿，转过身对麦秆儿说："恒俊呀，你说你跟谁玩不行，专门找她玩。你知道吗？你老太太就是死在她太爷爷手里的。"

"俺老太太是怎么死的呀？"每次爷爷喊他"恒俊"，他都有点儿别扭，因为除了爷爷似乎没有人喊他的大名，大名似乎是不存在的。

"唉！那时候吃大锅饭，琪琪的太爷爷是大队支书，你老太太给大队喂牲口。在牲口屋院子里晒豆子时，你老太太偷偷地在裤兜儿里装了点豆子，拿回来给我吃。结果被发现了，她太爷爷揪住这事不放，你老太太受不了屈辱，喝药死了呀！"

"爷爷，那，那为什么要拿黄豆给你吃啊？"

"为啥？还不是没啥可吃的嘛！你老太太身体差，又吃不饱饭，没奶水喂我。我饿得皮包骨头，你老太太把我抱在怀里站在大门口，见到上工的妇女就央求人家给点奶吃。可是那年月谁有奶水呀，有好心人接过我，把乳头塞到我嘴里，我呼哧呼哧吸了半天，也吃不到多少奶，饿得连哭的力气都没有。你老太太拿回来点儿豆子，炒熟了装在兜里，一口一口把炒豆子嚼成泥喂我吃。"爷爷揉了揉眼睛，擤了擤鼻子，接着说道，"有头发谁愿意当秃子呀！总不能眼睁睁看着我饿死吧。你说他们怎么那么狠心呀，就为了这么点小事，百般欺辱你老太太。你老太太是心气多高的人啊，哪里丢过这样的人！"

麦秆儿低头不出声，两只小羊在他身边钻来钻去。

过了一会儿，麦秆儿又对爷爷说："爷爷，我还是想去琪琪家一趟，要跟她一起做一件事儿，一会儿就回来。"

"你呀！就是一个没出息的货！"

麦秆儿知道爷爷这是答应了，便飞奔着跑出院子，径直去了琪琪家。

到了琪琪家，琪琪爸爸正在院子里清洗电动农药喷雾器。麦秆儿低声叫了一声："叔叔，我找琪琪有点事儿。"

琪琪爸爸抬头白了他一眼，继续干活。麦秆儿快步走进屋里，找到琪琪："琪琪！"

"你怎么才来呀！我都快弄完了。"

"我……我爷爷不让我来找你玩。"

琪琪朝院子里看了一眼，小声说："我爸爸也不让我跟你玩。"

"唉！"麦秆儿低下头，和琪琪一起整理要捐给甘肃周家小学的书籍。这学期他和琪琪一共收集了五十二本课外书，要赶在放寒假之前寄到甘肃周家小学，好让学校统计数量。

麦秆儿半蹲着，一本一本把书擦一遍。琪琪穿着白色运动服，蹲在地上和他一起整理书籍，长长的头发垂下来，扫在他的手背上，有时候扫在他的脸上。他能闻到琪琪头发上的洗发水味道，这味道和他家的完全不一样，那是琪琪妈妈从城里寄回来的，听说很贵。麦秆儿偷偷看过瓶子上的商标，他心里多想让爸爸也寄一瓶回来。

"麦秆儿，快点儿呀！愣着干吗呀？"麦秆儿正在出神，被琪琪打断了。他麻利地把剩下的书整理好，站起来看了一眼琪琪，刚好和琪琪四目相对，俩人立刻都移开了视线。

麦秆儿挠了挠头，对琪琪说："我得走了，我爷爷只允许我在你家玩一会儿。"

琪琪"哦"了一下，走到窗户下看了看院子里的爸爸，回来对麦秆儿说："麦秆儿，我要想办法让爸爸同意我和你玩，你也想办法讨好你爷爷嘛。"

麦秆儿眼睛一亮，随即眼神暗淡了下来："有什么办法！爷爷说是很久很久以前的事儿了。"

"哦，对了，我爸爸特喜欢吃醋，吃一碗面条能倒上半斤醋。你叫你爷爷送几瓶醋给他嘛！你爷爷做的醋那么好！我看得出来爸爸想去买的，但是他要面子，不好意思去买。"

麦秆儿犹豫了一会儿，咬了一下嘴唇说："我回去试试！"说完，他一溜小跑回去了。

麦秆儿跑到家里，来不及刹住脚步，一不小心踩到地上摊晒的黄豆上。黄豆粒儿一滚，他摔了个四仰八叉。

他挣扎着站起来，疼得咧着嘴、抚摸着后脑勺往屋里走。爷爷从屋里端着一瓢玉米糁准备去喂羊，被麦秆儿迎面撞上，一瓢玉米糁儿全扣在麦秆儿的头上。

"啊！你这是要弄啥？莽莽撞撞的！"爷爷架着胳膊，大声呵斥麦秆儿。

麦秆儿抖着头上的玉米糁儿,不作声。爷爷帮他拍打了几下,叫他赶紧去洗头。麦秆儿顺势跑去院子里洗了头,井水凉得他直打哆嗦。擦完头,麦秆儿换上爷爷的宽大褂子,哆嗦着跑到爷爷面前:"爷爷,我的衣服呢?帮我再找一件。"

爷爷被他的滑稽样儿逗笑了:"小牛犊子!"

说完,爷爷帮麦秆儿找来一件深蓝色夹克外套扔给他。麦秆儿穿上后,唯唯诺诺地问:"爷爷……你能不能给我两瓶醋呀?"

"你这小幺孩儿的,要那么多醋干啥?"

"我……我……对了,我想送两瓶给学校食堂,人家都送肉送菜的,我们家里只有醋。"

"哦哦哦,中中中!我给你去拿。"爷爷说完,去拿了醋,交给麦秆儿。

麦秆儿把醋拿到自己的房间,藏在床底下,然后偷偷给琪琪发了微信:"太阳出来了!"屏幕里很快出现琪琪的回复:"好!"

麦秆儿把手机装好,刚走出屋子,就听到爷爷喊他:"恒俊,恒俊!快来帮帮我。"

麦秆儿跑到院子里,爷爷光着上身,手里拿着一块膏药。见麦秆儿出来了,爷爷马上向他招手:"过来,过来帮我贴膏药。"

麦秆儿跑过去,从爷爷手里接过膏药,按照他的要求,把膏药贴到他的肩胛骨上。

"哎,对了,就这里,帮我揉揉。"

麦秆儿揉着爷爷的肩膀,看着他布满皱纹的黝黑皮肤,突然觉得爷爷好可怜。在他的记忆里,爷爷好像从没有闲下来过,白天种地,夜里还要起来两次,给羊加草。他心疼地说:"爷爷,你休息休息嘛!"

"哎哟,小牛犊子,我能休息吗?我休息了这个家谁来操持啊!地里的红薯还没出完,过几天又要犁地耩麦。萝卜地里又都是虫,过几天还要接着去打药，家里这个喷雾器啊，手柄比爷爷的胳膊还死板，我这肩膀都快累散架了。"

"买一个电动的嘛，你看别人家的电动喷雾器多快，根本不用手压。"

"买一个？你这孩子说得像吃灯草灰儿一样轻松，钱呢？"爷爷站起身，拍了拍身子。

麦秆儿站在那里，发了一会儿呆，然后回屋去了。

7

到了晚上，忽然变冷了，西北风呼呼地刮着，巴掌大的桐树叶子呼啦啦地落了一地。麦秆儿和爷爷一起把红薯从田里拉回来，已很晚了，吃过晚饭，就九点多钟了。爷爷去刷锅，麦秆儿从屋里找出那两瓶醋，刚一出门立刻感到冷飕飕的。他加了一件薄棉袄，悄悄地溜出了大门。

天一变冷，村里人都早早地关门闭户，路上冷冷清清的，只有树叶在地面上打着卷儿，蹿来飘去。麦秆儿顺着胡同的墙根儿走着，忽然看见王英儿家大门打开了，里面出来一个人鬼鬼祟祟地走了，头上的白色帽子在月光下格外显眼。王英儿是格子的妈妈，格子的爸爸曾经是村里有名的大老板，门口经常停着一辆黑色桑塔纳，惹得村民眼馋。不知道为什么，前年，格子的爸爸突然被公安局抓走坐牢，到现在还没放出来。

麦秆儿穿过十三胡同，绕过一片荒废的宅子，就到了琪琪家门口。他站在门楼下发微信给琪琪："我到门口了。"

大门很快被打开，琪琪接过醋，拉麦秆儿进了院子："爸爸，麦秆儿来送醋，他爷爷刚酿出来的新醋，他听说你喜欢吃，就叫麦秆儿送来两瓶。"

琪琪爸爸用毛巾擦着头,从屋里走出来,面无表情地"哦"了一声,转身回屋了。麦秆儿跟着琪琪进屋玩了几分钟,拿了一本书就回家了。

麦秆儿进家门那一刻,正巧碰到爷爷要出来找他。见他回来,爷爷马上反锁了大门:"你这是去哪里野了?半夜三更的。"

麦秆儿没有出声,径直跑回自己屋里,钻进了被窝。他躺在床上,望着墙壁上的灯管,心想琪琪爸爸吃到醋时会不会喜欢,以后会不会对他的态度有好转。如果好转,如果不再拒绝他去找琪琪玩,那该有多好!想到这儿,麦秆儿关掉电灯,很快进入了梦乡。

睡到半夜,麦秆儿做了一个梦,梦到周璇小朋友来到他家里。周璇是他在学校一对一交流中认识的第一个朋友,他一共给周璇写过五封信,周璇在信里说在他的鼓励下自己学习进步很快,还邀请他有机会去甘肃玩。但是在上学期,琪琪莫名其妙地和他交换了交流对象,周璇就莫名其妙地成了琪琪的结对朋友,琪琪把她的结对朋友给了麦秆儿。不过琪琪的结对朋友也很有意思,从照片上看起来虎背熊腰,但是生活中却十分机灵,不但会帮助家里挖土豆,还会用啤酒瓶子捉田鼠。

在麦秆儿的梦里,周璇打扮得一点儿也不土气,不像山里的孩子,一身白色连衣裙,扎着一条马尾辫儿。她一进门劈头就问麦秆儿:"你为什么不和我交往了?为什么要和琪琪换?"

面对周璇的质问,麦秆儿无言以对,他也不知道琪琪为什么要交换。那次琪琪看了周璇写给他的信,突然就要求换结对伙伴。周璇得不到答案,气呼呼地跑了,撇下麦秆儿一个人愣在那里。他突然感觉想尿尿,憋得难受,他急匆匆跑去厕所。可是厕所门被锁上了,他夹着腿,忍住难受到处找钥匙,找半天也没找到。他心想,爷爷怎么把厕所锁上了,平时从来都没锁过呀。他又跑回厕所门口摇了摇锁头,无可奈何地转过身靠在门上,捂着肚子蹲了下来。一只白母鸡迈着大步走到他面前,侧着头看他。麦秆儿一扬手:"看什么看!滚开!"

母鸡扑棱棱跑开了,边跑边拉了一泡鸡屎。麦秆儿憋得实在难受,捂着肚子这边看看,那边看看,发现羊圈角落有一小堆湿湿的羊粪,他灵机一动,管他呢,我就尿这里,爷爷也不知道是羊尿的还是我尿的。想到这里,他走上前去,呼啦啦一阵猛尿,舒服得他不禁出了一口气。他尿完了一摸裤子,发现裤子全是湿的,心里一想完蛋了,怎么都尿裤子上了?

"恒俊!起来了,这都几点了!"麦秆儿正在着急,听到爷爷喊他,一下子就醒了,发现身子下面尿湿了一大片,他知道自己尿床了!

麦秆儿小心翼翼地爬起来,把湿漉漉的短裤换掉,穿好衣服,走到爷爷面前,低下头难为情地说:"爷爷。"

"咋啦?赶紧去洗脸,准备吃饭。"

"爷爷,我……我尿床了。"

"啥?尿床了?哎哟,我的乖乖,几年没尿床了,今儿个咋突然尿床了?"一听麦秆儿说尿床了,爷爷一脸惊讶,赶紧跑去麦秆儿的房间里,把尿湿的被子抱出来,搭到院子里的绳上晒。

麦秆儿看着被子上那一大片尿渍,很不好意思。爷爷晒好被子,摸了摸他的头安慰道:"可能是昨晚太累了。赶紧洗手吃饭。"

见爷爷没有责备,麦秆儿这才洗了手,跑去厨房端了一碗稀饭"呼噜呼噜"地喝着往外走。

吃完早饭,麦秆儿拎着书包往学校跑。马上要期中考试,他得抓紧复习,要考个好成绩,不然爸爸在南方又会很担心他。考试对于麦秆儿来说,并不是一件难事儿,只要他稍微用点心学习,成绩一定保持在前十名之内。他感觉到力不从心,是同学和村里人的嘲讽,尽管每次听到有人说他妈妈是疯子,他都会据理力争,反驳他们，为此也和同学打过好几次架，但是仍然改变不了被他们嘲讽的事实，这令他十分苦恼。

怕什么就来什么，麦秆儿一进教室，就听到几个同学在议论他，说他这个助学金是假的，是村里可怜他妈妈是疯子才给他申报的。麦秆儿看着他们嘲笑的表情，气不打一处来，跑上去反驳他们："我妈妈不是疯子！你们为什么要说我妈妈?!"

嘲笑他的同学冷不防见麦秆儿过来，霎时住了口，齐刷刷地转过身来看麦秆儿。随即，大家又恢复了轻蔑的眼神，二奎一屁股坐在课桌上，指着麦秆儿笑着说："你妈妈不疯？不疯怎么会在大路上唱歌？不疯为什么脱衣服？"

二奎说完，引来一阵大笑。麦秆儿阴着脸不说话，两只拳头握得紧紧的。二奎见他不说话，从课桌上跳下来，继续嘲笑他："好了好了，反正都已经死了，疯不疯又怎么样！"

麦秆儿终于忍不住了，冲上去狠狠地给了二奎一拳，两个人便扭打起来。在旁边观望的张浩见越打越凶，走上前去一把拉开二奎，麦秆儿顺势又狠狠地踢了二奎一脚，二奎想还手，被张浩拉开了。

班主任进教室时，风波平息了。她环视了一下教室，感觉气氛有点儿不对，但是也没发现异常，便开始上课。

班主任读完"桃花潭水深千尺，不及汪伦送我情"这两句诗，麦秆儿突然哑然失笑，班主任白了他一眼，继续上课。这个瞬间恰好被琪琪看到，她咬了一下嘴唇，也白了麦秆儿一眼。

讲完古诗，最后的十分钟，仍然是读小说时间。班主任读起来全情投入，声音模仿得活灵活现：

"那我该怎么说呢？"海鲸无可奈何地问。

"你不会说我要做一个女诗人吗？"

海鲸摇摇头："女诗人有什么好！"

"女人都是不好的吗？我也是不好的，那你不要管我，让我一个人坐在这里让老虎吃掉，你一个人回去好了。"说着她就把身子一侧，不声不响地用背对着他。

海鲸一连叫了好几声，她都不回答。这时她是很放心的，知道他是不会把她一个人丢在这里的。

"我没有讲你不好嘛，你又要生气了。你不走我是不会一个人走的。"

班主任读到这里，麦秆儿的脑海里出现了一个画面：在漆黑的夜里，海鲸和芸芸坐在海边的山脚下，面对生气的芸芸，海鲸手足无措。想到这里，麦秆儿突然想到琪琪，琪琪有时候和他生气时，也会令他无计可施。麦秆儿不自觉地朝琪琪的座位看了一眼，琪琪正在聚精会神地听，根本不看他。他收回目光，继续听小说。

下了课，麦秆儿到操场上活动，琪琪从后面拍了一下他的肩膀："麦秆儿！"

麦秆儿扭头一看是琪琪，又想起《海妖的传说》里的芸芸，只可惜他不是海鲸，不会拉渔网，也不会耍大刀。但是他觉得自己和海鲸一样，也经受了很多委屈和苦难，长大了他要保护琪琪。

"想什么呢？哎！我问你，课堂上你笑什么？"

"我……班主任读诗时，我突然想到网上的笑话，说李白散布谣言。"麦秆儿挠着头，拘谨地笑着回答。

琪琪打了一下他："你！你天天想什么呢！"

麦秆儿不再作声，跑去玩了。琪琪在后面喊他："麦秆儿，放学后你到我家去拿喷雾器哈，我爸同意借给你爷爷用了。"

麦秆儿一愣，马上回过神来，又折回来跑到琪琪面前，兴奋地问道："真的呀？你咋和你爸爸说的？"

"我就说你爷爷胳膊疼，想借我们家的电动喷雾器用一下。爸爸犹豫了一下，还是同意了，可能是因为你上次送了醋。"

"那太好了,放学我去你家拿。"说完,麦秆儿跑去厕所。

到了放学时间,麦秆儿和琪琪刚走到大门外,就被二奎追上了。麦秆儿从来不怕二奎,但是他今天不想打架,他要去琪琪家里拿喷雾器,明天爷爷要打药。二奎用话刺激他,他不出声,二奎挡住他的路挑衅,他就绕开。直到二奎又骂他妈妈是疯子,麦秆儿忍不住了,上前就是一脚,二奎哪里会怕他,扑上去和他厮打起来。琪琪在一旁干着急,劝也劝不开。

围观的人越来越多,起哄的声音也越来越热闹。琪琪只好回去把教导主任叫出来,教导主任把麦秆儿和二奎训斥了一顿,让他们各自回家。

麦秆儿受了委屈,径直往家里走去,也不顾琪琪在后面叫他。

8

回到家里,麦秆儿洗了一把脸,坐在床上生闷气。他怎么都想不通,为什么二奎他们老是揪住他不放,为什么要说他妈妈是疯子!到底他的助学金是不是造假?申请书上明明有村委会的大红印章,怎么二奎非要说他不符合条件呢?爸爸现在一个月也有三四千块钱,这是爸爸在电话里亲口告诉他的,为什么还要去申请助学金?不行,他要问问爸爸,他不想被别人说。可是他又转念一想,爸爸和爷爷是多么不容易啊!家里的房子一下雨就到处漏水,爷爷说再不翻修下暴雨时可能会把他们砸死,爸爸要积攒钱盖房子。

麦秆儿想来想去,没有结果,想到二奎那嘲笑的嘴脸,他心里就难受。

"哎呀!烦死了!"麦秆儿一头倒在床上。他又想起了妈妈,要是妈妈活着,要是妈妈不疯,他该有多幸福。想想妈妈被人骂疯子,又被摩托车撞死,他就想哭。

想着想着，麦秆儿的眼泪就顺着脸颊流下来了，被子上浸湿了一片。他擦了一把眼泪，突然看见了柜子上的酒瓶，爸爸每次烦恼时，就会喝酒。麦秆儿心里一动，突然想喝酒。他没有犹豫，一骨碌爬起来，拿出酒瓶打开盖子，咕咚就是一大口。杜康酒很烈，一下子把他呛得不停地咳嗽。等缓过来，他又咕咚咕咚地喝了几大口，这才盖上瓶盖。麦秆儿也不觉得辣嘴了，只觉得脑袋涨大了。他躺倒在床上，迷糊了一会儿，又感觉有一大群蜜蜂围绕着他嗡嗡嗡地飞来飞去。蜜蜂飞了几圈，又飞到村头的大路上。蜜蜂越聚越多，突然迎面驶来一辆摩托车，一下子撞上了黑压压的蜂群，蜜蜂嗡地一下四散开来，摩托车疾驰而去。在蜜蜂散开之处，他看见妈妈倒在地上，一摊殷红的鲜血从妈妈的头下流出来。麦秆儿扑上去大叫"妈妈"，抱着妈妈呼天抢地。

爷爷从田里回来，怕耽误麦秆儿下午上学，顾不得洗脸，立刻去厨房做饭。羊群在羊圈里"咩咩"地叫着要吃的，爷爷做着饭，嘴里念叨着："这孩子咋还没回来？也不知道早回来给我搭把手，喂喂羊。"

等他做好饭，还是不见麦秆儿的身影，爷爷有点儿着急。他用毛巾掸掉身上的灶灰，突然听到堂屋房间里有响动，好像还有说话的声音。他赶紧跑过去，进屋一看，麦秆儿正在床上抱着酒瓶哭，屋里一股酒味儿。

"哎哎哎！你这犊子，怎么喝上酒了？你啥时候回来的呀？"爷爷赶紧上前去抢下酒瓶。

麦秆儿坐在那里，独自抽泣。他觉得委屈，为什么村里都说他妈妈是疯子？为什么妈妈要疯？整个学校只有琪琪对他好，可是两家的大人又不让他们一起玩。想着想着，他就又下床去抢酒瓶，结果一下床就摔倒在地上。爷爷放下酒瓶重新把他扶到床上，大声训斥道："你这是要翻天了！不好好上学，小小年纪学会喝酒了。"

麦秆儿听不到爷爷在说什么，躺在床上开始大哭，哭声又凄惨又响亮，仿佛整个屋子都被震动："啊——啊——妈妈！啊——啊——爸爸！"

琪琪回到家里，吃完饭，仍不见麦秆儿来拿喷雾器，既生气又担心，担心麦秆儿是不是打了架没回家，又担心爸爸改变主意不借喷雾器了。想来想去，她干脆和爸爸打个招呼，自己拿了笨重的喷雾器，匆匆送去麦秆儿家里。

琪琪赶到麦秆儿家里时，麦秆儿已经不哭了，爷爷自己一个人坐在院子里，端着碗吃面条。他见琪琪背着沉重的喷雾器进来，疑惑地问："你拿药桶干啥哩？"

"昨天麦秆儿说您胳膊疼，明天要打药，我和爸爸说了，爸爸叫我送过来。"说完，琪琪又接着问道，"麦秆儿呢？"

爷爷把碗放在凳子上，接过喷雾器，朝屋里努了努嘴："在屋里，喝酒了。"

听说麦秆儿喝酒，琪琪大吃一惊："啊！他能喝酒呀？"

"谁知道呢！自己喝的。恒俊，你同学来找你了。"爷爷朝屋里喊了一声，又去端碗。两只黑母鸡站在凳子上，一口一口从碗里啄面条吃。他一扬手，赶跑母鸡，端起碗，看见碗边上挂着乱七八糟的面条，干脆把面条倒进树下的破盆里喂鸡。

琪琪走进屋里时，麦秆儿正窝在床上呼呼大睡。琪琪走上前去推了推他的肩膀："麦秆儿，麦秆儿！"

麦秆儿没有反应，琪琪又用力拍了一下："麦秆儿！等一下要上学了！"

麦秆儿动了动身子，嘴里哼唧了一声，侧身又睡了。琪琪见状，知道麦秆儿下午上学是没希望了，便出了屋子，准备回家。爷爷见琪琪要走，喊了一句"你等一会儿"，便去东屋里拿出两瓶醋递给琪琪："自己淋的，给你爸尝尝。"

琪琪接过醋，不禁得意起来，暗想她和麦秆儿的计策已经见效。她跟爷爷道了谢，蹦蹦跳跳地回家了。

9

星期天，麦秆儿无事可做，想去河里捡野鸭蛋。这是他的秘密，村里只有他一个人知道蔡河里有野鸭蛋，连琪琪都没有告诉。他知道琪琪也不稀罕，琪琪家里有吃不完的鸡蛋。

发现野鸭蛋那天，麦秆儿和二奎打了架，二奎一伙人在放学路上打打闹闹，麦秆儿一个人抄近路穿过河坡回家。他不想走村子里的大路，也不想和同学们一起走。泡桐树上开满了一簇一簇的花，压弯了枝头，暖暖的春风吹来，淡紫色的花朵"扑嗒扑嗒"往地上掉。麦秆儿捡起一朵花，把硬硬的屁股揪掉，剩下一个长长的小喇叭。他把小喇叭一头噙在嘴里，仰着脸一吹，刚发出一声"嘀——"，花朵就被他吹跑了。他舔了舔嘴唇，粘在嘴唇上的花粉和汁液有甜甜的味道，于是他又捡起来一朵桐花，发现上面有几只大蚂蚁，吓得他赶快把花朵扔进河里。河里的水草间扑棱棱地飞出两只野鸭，把他吓了一跳。

麦秆儿顺着河坡下到水边，好奇地在草丛里搜寻，果然发现河泥里有一个灰白的东西，一半在泥里一半露在外面。凭直觉，麦秆儿知道那是野鸭蛋。他试探着往下走，水草和烂泥令他无法下脚，他收回脚步，无法下手。不过这种事儿难不倒他，他找来一根木棍，在木棍顶端绑上一截两杈树枝，轻而易举地把野鸭蛋拉到岸边。麦秆儿拿到鸭蛋如获至宝，兴奋地跑回家向爷爷炫耀。晚上爷爷把野鸭蛋打开，加上一个鸡蛋，做成了葱花炒蛋，祖孙俩享受了一顿美味晚餐。自此，他有事没事就往河坡跑，时不时总能收获一两个野鸭蛋。

麦秆儿回味着野鸭蛋的香味儿,刚走到大门口,就被爷爷叫住了:"你去哪儿?"

"爷爷,我去河坡玩。"

爷爷拿着一瓶农药从屋里走出来:"别去了,跟我去打药。"

麦秆儿一听打药,马上来了精神,爷爷是要用琪琪家的喷雾器,如此一来,麦秆儿和琪琪的目标就要实现了。这令麦秆儿一阵兴奋,他折返回来,帮爷爷把喷雾器拿过来。爷爷推出电动三轮车,把配好的农药装满喷雾器,又装满一桶水备用,把这些工具都放上车,叫麦秆儿上车。麦秆儿不上,催着爷爷开车,等电动车开出院子,他一纵身跳上了后厢。爷爷吃力地控制住车头,回头骂道:"你这个牛犊子!逞能是不?踩空了磕掉你一嘴牙!"

麦秆儿站在车厢里,双手扶着前边的栏杆,仰脸大叫:"哇——"

路边的小桐树杈子上一群麻雀四散开去,几片宽大的叶子"扑嗒扑嗒"落下来。麦秆儿看着飞走的麻雀,又低头看看爷爷花白的头发,一脸得意。

到了菜地,爷爷把沉重的喷雾器背在身上,站起身时打了一个趔趄,麦秆儿赶快上前扶他,爷爷这才站稳身子。

"你离远点儿,小心农药飘脸上。"爷爷走进萝卜地,喊完,按动开关。随着"嘟嘟嘟"的马达声响起,白色的水雾从喷口里涌出。麦秆儿站在马路边,清楚地看到了爷爷脸上的笑容。他知道爷爷越来越老了,需要一个电动喷雾器。春天给小麦打完药,夜里睡觉时,爷爷的胳膊疼得令他难以入睡。

电动喷雾器速度就是快,麦秆儿还在路边想事情,爷爷已经喷了两个来回,背着空桶跑回来配药。麦秆儿小心翼翼地把农药倒进喷雾器里,爷爷把水桶里的水倒进去,使劲儿搅拌了一会儿,又把喷雾器背在身上去打药。

麦秆儿闲着无事可做,便拔了一根长长的狗尾草,跑去田边捉蟋蟀。他扒开一块土坷垃,下面的缝隙里一下子跳出两只蟋蟀,他迅速跟着蟋蟀逃走的方向追过去。他用手捂住蟋蟀,由于用力太猛,一下子把蟋蟀拍成了肉泥。他沮丧地在地上擦了擦手,一脚把蟋蟀踢出老远,然后再去田边找蟋蟀。追来追去,跑出了很远才抓到一只大蟋蟀,麦秆儿捏住它的身子,用茅草从脖子背后的护盖里面穿过去,蟋蟀便被穿到了茅草上。

等爷爷打完农药喊他,他已经捉了一大串蟋蟀,足足有十几只。他拎着蟋蟀跑到爷爷身边,气喘吁吁地问道:"打完了吗?"

"打完了,差一点儿药,不打了,反正也长不了几天。"爷爷收拾了工具,让麦秆儿坐上车,在一阵农药味儿里,祖孙俩回了家。

吃过晚饭,爷爷从口袋里摸出来一包烟,点上一支猛吸了两口,咳嗽着对麦秆儿说:"你去把药桶还回去吧。"

麦秆儿知道爷爷不好意思叫琪琪的名字,也不好意思叫琪琪爸爸的名字,他故意卖了个关子问道:"送哪里去啊?"

"你个小犊子,从哪里借来的还哪里去!"爷爷说着,也不起身,只顾坐在木凳子上抽烟。

麦秆儿吐了吐舌头,乖乖地把爷爷洗好的喷雾器背上身,慢吞吞地正要出门,又被爷爷叫住了:"等等。"

说完,爷爷去西屋里拿出两瓶醋,递给麦秆儿:"拿着,送过去。"

麦秆儿心中窃喜,一手拎一瓶醋,消失在昏暗的月光里。

走到格子家附近,麦秆儿觉得肩膀被压得难受,便靠在格子家院墙根儿下的石碾上歇歇,让喷雾器刚好立在石碾上。他刚想把醋也放下,突然听到院墙里边有说话声。

"我走了,你把烟灰倒掉,别被孩子看见了。"

"走吧走吧,有胆过来吃豆腐,没胆见人!咯咯咯!"

"再给我吃一口。"

"去去去！上瘾了呀？你也不怕让人看见！"

"走了，老时间等我。"

话音刚落，格子家的大门打开了，里面出来一个人，头上戴着白色运动帽，长长的帽檐儿遮住了脸。他四下看了看，便急匆匆地离开了，麦秆儿没看清楚是谁。

麦秆儿不知道吃豆腐是啥意思，但他知道反正不是啥光彩的事儿。他背起喷雾器，继续赶路。不远处传来几声狗叫，麦秆儿知道是四爷家的黄狗。一到秋天，村里的狗基本上被偷完了，四爷家的狗因为看管得严才没被偷。夜风有点儿冷，麦秆儿手里拿着醋瓶，没办法拉领子，只好不停地缩脑袋。

到了琪琪家里，琪琪爸爸看见麦秆儿手里的醋，态度明显好了许多，主动接过喷雾器，面带笑容地说："你这孩子，这么晚还跑过来送药桶，外面黑灯瞎火的。"

琪琪接过两瓶醋，顺手在爸爸面前晃了晃，拿进屋里。

麦秆儿舔着干裂的嘴唇，没出声。琪琪放下醋，从屋里走出来招呼麦秆儿去她屋里玩。麦秆儿跟在琪琪身后，从堂屋里穿过，堂屋里的墙上挂着一顶白帽子。他正要走进琪琪的房间，突然想起了什么，又回过头看了一眼墙上的帽子。没错！刚才从格子家里出来的人戴的就是这顶帽子！麦秆儿很是奇怪，那人的帽子怎么在琪琪家呢？难道那人从格子家里出来，又来琪琪家里串门？这人到底是谁呢？难道是……

想到这里，麦秆儿心里一惊，琪琪爸爸晚上去和格子的妈妈偷偷约会！这可得告诉琪琪！

"麦秆儿，进来呀！你愣在那里干什么？"见麦秆儿愣着不进屋，琪琪回头喊他。

麦秆儿这才回过神来，跟着琪琪进了屋。在明亮的灯光底下，麦秆儿看了看琪琪那水灵灵的大眼睛,却张不开口,不知如何和琪琪说起。琪琪拿着一支坏掉的四色圆珠笔递给麦秆儿,麦秆儿帮琪琪修好了笔,又玩了一会儿,就说要回家,琪琪送他到大门口。临别时,麦秆儿又动了动嘴唇,仍然没有说出口,转身跺了一下脚,"唉"了一声,拔腿就走。

走到格子家门口时,他又望了望高高的院墙,又"唉"了一声,一路小跑回家了。

10

周五下午的班会上,班主任读《海妖的传说》,读到精彩处,下课铃响了。班主任收起小说,离开了教室。麦秆儿的心里痒痒的,不知道海鲸能不能顺利上岸,他沉思了一下,便跑去班主任办公室:"杨老师!《海妖的传说》能不能先借给我看看?"

杨老师喝了一口水,放下手里的茶杯,看了麦秆儿一眼说道:"啊!上瘾啦?等不及我读啦?"

麦秆儿低下头,不好意思地笑了:"我想先看一遍。"

班主任犹豫了一下,最后还是把书借给了他:"好好保管,不要弄脏了。"

麦秆儿如获至宝,把小说抱在怀里,跑出了教师办公室。回到座位后,他把自己课本外面的塑料书皮拆下来,小心翼翼地套在小说的封面上,然后才装进书包。

这一切被侧后排的二奎看得清清楚楚,他撇了撇嘴,露出一脸坏笑。

麦秆儿心里像装了个小鹿,一心想着他的小说。上课,下课,他都觉得时间过得太慢。等到放学铃声一响,他便急不可耐地打开书包找小说来看,这一摸书包不打紧,把他吓出了一头冷汗,小说不见了！他慌乱中反复搜寻书包和课桌抽屉，恨不得把头都伸进去，仍然没找到。他突然站起身，大声喊道："谁拿了我的小说？谁拿了我的小说？"

本来乱糟糟的教室一下子静了下来，同学们把目光齐刷刷地投向了麦秆儿。麦秆儿又大喊了一声："谁拿了我的小说？"

琪琪跑过来问他："什么小说？"

"我从班主任那里借来的小说《海妖的传说》。我放书包里了，突然不见了。"麦秆儿气呼呼地说。

二奎抖着肩膀，阴阳怪气地说："有奸细了，我们还没听，有人已经从老师那里借来看了。"

麦秆儿转身给他一句："你才是奸细，我借书关你什么事？"

"好好！不关我的事，你找啊！有本事你找啊！"

琪琪白了二奎一眼，跑过去推开他，伸手去翻他的书包。二奎哪里肯依，伸手欲阻拦琪琪："干吗干吗？翻我的书包干吗？"

琪琪也不出声，三下五除二把他的书包拿出来，从里面找出了《海妖的传说》，大声质问道："这是什么？你说！就知道是你搞的鬼。"

说完，琪琪走过来，把书递给麦秆儿："给你，收好了！别理他，我们回家。"

后排一直没出声的张浩站起来，指着二奎说："你这家伙就会欺负老实人，有本事单挑。"

二奎看着张浩那高大的身材，不敢过去，只是在嘴上逞强："单挑就单挑，约时间！谁怕你呀！"

本来张浩家与麦秆儿家有仇，以前经常欺负麦秆儿。今年夏天麦秆儿在河里救了他妹妹后，张浩虽然仍然没有向他示好，但是明显不再欺负他，也不再笑话他妈妈是疯子。

见张浩为自己打抱不平，麦秆儿的心头一热，看他们没有要打起来的样子，便背起书包离开了教室。

麦秆儿回到家里，天色已经灰了下来，羊圈里开着灯，爷爷在里面忙活着。他跑过去一看，一只老水羊一下子生了三只小羊羔。两个已经颤颤巍巍地站起来，"咩咩"地叫着，还有一只被爷爷揽在手里，爷爷把它嘴巴里的羊水掏干净，把它的眼睛擦一下，然后就把它送回老水羊身边。小羊羔抖着身子，四蹄努力撑开，试图站稳，老水羊"咩咩"地叫着，帮小羊羔舔干净身子。听着老水羊关切和心疼的声音，麦秆儿的心里一热，一种很久没有的感觉爬上了他的心头。三只小羊羔争先恐后吮着老水羊那巨大的奶，不时发出"咩咩"的叫声。麦秆儿突然想哭，他扭头跑回了屋里，扔下书包，仰面躺在床上，把手枕在后脑勺下面，在已经黑下来的屋里发呆。

"恒俊，过来帮忙。"爷爷在外面喊他，他没动弹，爷爷又喊了几声，他才起身去了羊圈。

爷爷把手电筒递给麦秆儿，把羊胎盘放进桶里，两个人一前一后去大门外的树下把胎盘埋了。

第二天上学前，麦秆儿特意跑到羊圈里看看三只雪白的小羊羔，一只小羊羔的脖子下面居然也长着两个小肉垂，毛茸茸的白色肉垂令他稀罕得不得了，自己昨天怎么没发现呢！不会是一夜之间长出来的吧？想到这里，他突然为自己的异想天开笑了，蹲下来摸了摸小羊羔的身子，又摸了摸那两个小肉垂，然后才依依不舍地跑去学校。

天气一天凉过一天，梧桐树的叶子和杨树的叶子渐渐快落光了，只剩下零星几片树叶挂在光秃秃的枝头，在风里摇摆着，把蓝天衬托得更加空旷。在立冬那天中午，麦秆儿收到了从甘肃周家小学寄来的信，他的结对帮扶朋友在信里说他们村里下了第一场雪，又问他有没有好的课外书推荐。麦秆儿突然想到《海妖的传说》，于是赶紧在回信里郑重推荐了这本小说。

下午的班会上,班主任因为喉咙发炎,简单地组织了关于如何对待生日的讨论,无法给大家读《海妖的传说》。当她和同学们说完抱歉,目光和麦秆儿碰了个正着,麦秆儿热切地望着班主任,丝毫没有回避。班主任突然眼前一亮,清了清嗓子说:"张恒俊,《海妖的传说》你看完了,不如你来给大家朗读一章吧。"

麦秆儿没料到班主任会叫他读,有点儿惊慌失措,但很快就恢复了镇定。他慢慢地站起来,看了一眼周围的同学,对老师说:"好!"

说完,他从容不迫地走到讲台上,讲桌太高,他站在后面捧着书,同学们只能看到他的额头。但这并不影响他朗读,他准确地找到上次班主任读完的地方,开始大声朗读:

第十六章

清晨,东方的天边刚刚泛出微白的曦光,东山岛笼在沉沉的黑暗之中。

大雾又一次弥漫在东海的海面上,用它那无边的朦胧,把数百个大大小小的岛屿,从地球上尽数抹去。海浪无休止地拍击着崖石,那声音听上去沉重而忧伤。

东沙滩外的海面上,有一只木船徐徐地向着滩头驶来。然而却看不到船身,只能听到有规律的欸乃声。等到船底触到沙滩的时候,海鲸便放下橹杆,抛下铁锚……

麦秆儿的声音清脆而又洪亮,清晰流畅的朗读一下子就把同学们镇住了,教室里静悄悄的,只剩下他的朗读声。直到下课铃声响起,大家还意犹未尽,有人提出来让他继续读,班主任摆了摆手,示意大家别起哄。

麦秆儿回到座位,班主任带头,把最热烈的掌声送给了他。琪琪歪着头,眼睛直直地看着他,激动得脸颊泛起潮红。

自此以后,班主任的小说朗读节目就成了麦秆儿的专利,那本

《海妖的传说》也成了他的随身伙伴。他有时候在家里读给爷爷听，听到一半，爷爷站起来去喂羊，他又追到羊圈里读，后来干脆对着羊群大声朗读。在班上，他朗读得越来越大胆，越来越自信。

有一天，班主任把他和琪琪叫到办公室："你们俩是班里朗诵比较好的同学，我想派你们俩去县里参加比赛。"

琪琪性子急躁，不等老师说完，便急不可待地问道："啊！什么比赛啊？什么时候？"

班主任示意她别急，接着说道："今天突然接到县里通知，下周日有个小学生朗诵选拔赛，第一名和第二名可以参加市里的元旦朗诵大赛。"

麦秆儿始终没有出声，他的成绩不是太好，偶尔考进前五名，但是很不稳定，这些比赛也从来没有他的分。直到班主任问他有没有信心，他才弱弱地回答"有"，然后又低下头不出声了。

就这样，麦秆儿和琪琪被老师选定参加朗诵比赛。麦秆儿有些兴奋，但又没有信心，他听说县里的礼堂很大，想到要面对满座的观众朗诵，他还是有些紧张。不过，他很想在比赛里拿奖，拿了奖会让爸爸对他另眼相看，也会令村里人对他另眼相看，只要他不断取得好成绩，村里人嘲笑他妈妈是疯子、嘲笑他死了妈妈的人就会越来越少。为了在比赛中取得好成绩，每天天蒙蒙亮，麦秆儿就起床，拿着稿子到爷爷的菜地里反复朗诵、练习。村里起早去赶集的人，总会看见他的身影，渐渐也都觉得他是一个勤奋的孩子。

比赛前的星期五下午放学后，班主任再次把他和琪琪叫到办公室，交代好星期天去参加比赛的细节。学校安排班主任带队去参赛，也希望家长能够一起去助阵。琪琪说他爸爸可以陪着去，但是麦秆儿却为难了，爸爸在南方打工，爷爷年纪又大了，他告诉班主任他家里没人去，不用家长参加。

放学回家后，麦秆儿打电话和爸爸说了班主任的意思，爸爸除了表扬他，就剩下遗憾的哀叹声，反倒是麦秆儿一脸轻松，在视频里劝爸爸说没事儿，他一个人去能行，还有班主任陪着呢。挂完电话，麦秆儿又和爷爷说了。爷爷从灶台边站起身来，用毛巾拍打着身上的灰星儿说："去！县委礼堂我知道在哪里。我能骑电动车去，只是我这灰不拉几的样子，能去你那大礼堂吗？"

麦秆儿也不知道爷爷去合适不合适，反正他每次在老师的视频里，看到参加县里活动的人都是穿得光鲜体面。他犹豫了一下，对爷爷说："爷爷你不用去也行，我和老师说家里没人去。"

听了这话，爷爷不作声，继续做饭。厨房里的烟雾在灯光下缭绕盘旋，爷爷那满是皱纹的脸若隐若现。麦秆儿悻悻地走出厨房，去屋里做作业。

星期天早上八点多钟，麦秆儿从菜地里回家迟了，他匆匆忙忙跑进厨房，"呼噜呼噜"地喝了一碗稀饭，吃了一个馒头，便跑去学校。班主任和琪琪早已在学校等他，琪琪的爸爸也在场。见到琪琪的爸爸，麦秆儿有点不好意思，尴尬地朝他笑笑。班主任背了背包，叫麦秆儿和琪琪上车，到这时，麦秆儿才知道大家要坐琪琪爸爸的车去参赛。他挠了挠头，只好跟着琪琪上了车。

到达县委礼堂，刚好开始进场，班主任登记好身份，带着他们进入会场。

接近十一点，终于轮到他和琪琪上场，他和琪琪的朗诵各有特色，最终都得到了在场评委和观众的热烈掌声。

下了场，班主任对他俩赞不绝口，预估成绩肯定不差，要请他们吃饭。琪琪爸爸晃悠着手里的车钥匙说："走，走！吃饭去，我请你们，庆祝一下。"

四个人走出县委大院，麦秆儿看见爷爷在大门口站着往里面张望，他激动地跑过去喊道："爷爷？你怎么在这里？你不是不来了吗？"

"来来来！咋不来呢？"爷爷摸着他的头，高兴得合不拢嘴。

班主任和琪琪等人也来到麦秆儿身边，班主任知道麦秆儿和琪琪两家历史上有过节，突然感到有些尴尬，但是又觉得是缓和关系的好机会，便笑着说："大叔你也过来啦？走，我们一起去吃饭。"

爷爷开始有些别扭，推脱着不去，班主任再三劝说，两家人才半推半就地去吃饭。

到了饭店，找了位置坐下来，班主任端起茶杯说："今天俩孩子表现都很优秀，我们祝贺他们拿大奖。另外，我也听说了，你们两家以前有些过节，但那都是多少年前的事了，大家都是邻里乡亲的，都别讲那些老事儿了。你看俩孩子在一起玩得多好，学习上也互相帮助。"

有了以前麦秆儿和琪琪的铺垫，两家大人也都放下了，经班主任这么一说，都顺势端起了杯子："是哩是哩，不说了不说了。"

麦秆儿和琪琪对望了一眼，忍不住笑了。麦秆儿从袋子里掏出那本《海妖的传说》，从桌面上推给琪琪。琪琪接过来翻看了一下，放在自己的袋子里，朝麦秆儿努了努嘴，一脸的得意。

11

北方的冬天单调而又枯燥，除了田里的麦苗，大地一片枯黄，树木都光秃秃的不见一片叶子，河边水草也干枯衰败，蔡河里只剩下河床中心的浅浅水流，大部分时间被冰层覆盖着。

麦秆儿经常跑到河边，望着河床发愣。野鸭子会不会被冻死？它们在哪里过夜才能抵挡严寒？每次想到这些，他都会不由自主地把脖子缩进衣领里。直到有一天中午，在淡淡的阳光下，他突然看见三只野鸭贴着河坡飞过，这令他兴奋不已，心里的石头终于落了地。他天天盼望着春天快快到来，盼望着野鸭子下蛋。

麦秆儿的羊群也在盼望着春天，除了偶尔出去吃一次麦苗外，整整一个冬天都在吃干秋叶。等春天一到，它们也可以吃到新鲜的嫩草和树叶了。

日子如流水般匆匆而过，一场春雨后，麦秆儿和羊群终于等来了春天。几天的春风一吹，河边的柳枝上便挂了绿，田地边荠菜的褐色老叶子中间，也长出了翠绿的新叶子。修长的茅草叶子占据了干枯的河坡。蔡河里又听到了哗啦啦的流水声。

麦秆儿脱下厚厚的羽绒服去上学那天，村里的毛白杨开始吐穗，挺直高大的树上，一条条毛毛虫似的花穗挂满了枝头，微风一过，"扑嗒扑嗒"往下掉。麦秆儿把"毛毛虫"捡起来，用绳子穿了两串，挂在耳朵上，用手捋着"毛毛虫串儿"，学着戏台上的样子粗声大气地吊嗓子："嗯吞——"

走到河边，他又折下一段柳枝，编一个花环戴在头上，来回摇晃着脑袋，得意扬扬地向学校走去。

放学回来，麦秆儿从河边挖来一棵桑树苗儿，栽在院子里的墙根下。他栽好桑树，一边浇水一边自言自语："小桑树赶快长大，长大了给小羊吃桑叶，我吃桑葚子。"

爷爷扛着锄头从外面回来，见麦秆儿在浇树苗，走近跟前问道："种的啥树？"

麦秆儿站起身来，看看爷爷，回答道："桑葚子。"

爷爷摸了摸他的头说："前不栽桑，后不插柳，脸前头不栽鬼拍手。我抽空给你移栽到菜园里去。"

麦秆儿听了，"哦"了一声，进屋了。爷爷放下锄头，洗了一把脸，刚点着烟，电话响了。

麦秆儿从堂屋里出来，跑到厨房找吃的。走过爷爷身边时，听到爷爷用免提在和爸爸通电话，他站住了。

"支书给我电话，说不好办。"

"找找学校领导嘛，让他们想想办法，如果拿不到助学金，一年得交不少钱呢。"

"说了，可是有人举报，咱得找三个人签字证明才可以继续领取助学金。"

……

等爷爷挂了电话，麦秆儿突然想起来上次班上有人说他爸爸在南方打工一个月几千块，还来骗助学金。他当时以为是气话，现在连村支书都说了，看来是真的。他转过身问爷爷："爷爷，我们现在真不符合领取助学金的要求吗？"

"按照村支书说的话，是不符合，有人举报了。不怕，你爸爸会找人说说情。"

麦秆儿又"哦"了一声，心里像吞下一个苍蝇，很不舒服，也无心再去厨房找吃的，一个人坐在破旧的竹椅子上闷闷不乐。

爷爷做好饭，喊麦秆儿端饭。麦秆儿这才起身，去厨房把饭菜端到堂屋里的小桌子上。爷爷紧跟着坐下来，拿起馒头咬一大口，又拿着一个带皮的蒜瓣儿轻轻地咬一口，蒜瓣儿被咬下一截，蒜皮却完好无损。麦秆儿很好奇爷爷是如何把蒜瓣咬下来的，他曾偷偷地试过，但是都把蒜皮咬烂了。爷爷嘎吱嘎吱地嚼着蒜瓣，脸上的皱纹上下抖动着。

麦秆儿看了一眼爷爷，小声说道："爷爷，我不想申请助学金了。"

爷爷愣了一下，停止咀嚼，手里的馒头停在半空中："为啥呀？那可是两千块钱呀！"

"不是不符合吗？"

"你爸在想办法，托托人应该可以吧。"

"不！我不想同学说我骗助学金。"

"那可是两千块钱呀！我这一把老骨头，种两亩地干一年，卖

麦/秆/儿 ·51·

粮食也没有两千块呀！你爸不挣够盖房子的钱回来，我死都不敢死。"

"我去抓老鳖，捡破烂！"

"靠你抓鱼捡破烂？那能卖多少钱呀！你别操这心了，有你爸呢。"

"不！你不答应，我就不上学了！"

"你这小犊子，不关你啥事，你上你的学！"

"不！要么我现在打电话给爸爸。"

"你……好了好了，先吃饭吧，回头我和你爸说说。"爷爷不再争执，示意麦秆儿吃饭。

说干就干，吃完饭，麦秆儿开始做鱼钩。他找来一根缝纫针，用钳子夹着，坐在大门外的石头上打磨。呼哧呼哧磨了大半天，针鼻子终于被磨穿了，他高兴地举起针，做了个胜利的手势，然后坐下来继续磨针。

天已完全黑下来，村子里的路上不见人影，偶尔有人骑着摩托车从村里穿过，引来四爷家的黄狗"汪汪汪"地叫着。皎洁的月光洒下来，村子笼罩在氤氲的夜色中，不时有毛白杨的花穗子掉下来，发出"嗒"的响声。长长的马路上，只有麦秆儿那瘦小的身影，在月色下显得孤单，冷清。凉凉的夜风吹来，麦秆儿感觉耳朵有点儿冷，他停下来揉了揉耳朵，又继续磨针。直到把针鼻儿那端磨得又尖又锋利，他才拿着两头尖的针回屋。

回到屋里，麦秆儿找出一段尼龙丝线，一头拴在针的中间，另外一头拴在一截树枝上。然后，他又找来菜刀，把树枝一端削尖。一切准备停当，他才满意地上床睡觉。

第二天，麦秆儿一天都惦记着他的鱼钩，中午放学铃声一响，他拎起书包就往家里跑。琪琪见他慌慌张张的样子，不知道他葫芦里卖的什么药。

麦秆儿一口气跑到家里，拿着小铲子和空饮料瓶子，蹲在树下挖蚯蚓，直到爷爷喊他吃饭，他才放下手里的活计，洗手吃饭。

吃完饭，麦秆儿往饮料瓶里灌水，把蚯蚓洗干净，然后把瓶子挂在太阳底下晒着。瓶子里的蚯蚓滚来滚去，麦秆儿拍了拍瓶子说："对不起喽！你们要为我做大事儿。"

暖洋洋的阳光下，麦秆儿的额头上冒出细密的汗珠。一阵微风吹来，杨树上的叶芽苞衣像天女散花一样纷纷落下。去年初冬出生的三只小羊羔已经长得浑圆壮实，蹦跳着在院子里搜寻细碎的苞衣，毛茸茸的嘴唇一张一合，苞衣便进了嘴里。麦秆儿跺着脚，把羊羔赶走，用一个破烂箩筐盖住他的小桑树，然后擦了擦头上的汗珠，背起书包去上学。

下午的体育课麦秆儿没有认真上，除了围着操场跑三圈外，他基本上都是在应付，做操时只是机械地挥舞着手脚，心早已飞回家里。

等到放学后，麦秆儿走到琪琪的课桌旁边，悄悄对她说道："走，去我家，给你看一样东西。"

琪琪慢吞吞地收拾着书包："看什么呀？"

"你赶快收拾，到了你就知道了。"说完，他跑回自己的座位上收拾好书包，抢先跑回了家。

琪琪赶到麦秆儿家里时，麦秆儿正拿着一条死蚯蚓往尖针上穿，琪琪有点儿怕，或是觉得有点儿恶心："咦！"

麦秆儿没有抬头，继续穿蚯蚓，他把针完全穿到蚯蚓的肚子里，死蚯蚓散发出一阵难闻的气味儿。琪琪挥着手："咦！好臭！"

"你不懂，专门要这臭味儿呢！老鳖在水里闻到臭味儿就会跑过来吃钩。"

"人家的鱼钩都是弯的，你弄了个直针，怎么钓嘛？"

"这你就不懂了，明天钓到老鳖你就明白了。"

麦秆儿穿好蚯蚓,把缠好鱼线的树枝递给琪琪:"你帮我拿着,我去拿铁锤。"

琪琪身子往后一缩:"咦!我不拿,那么臭!"

麦秆儿只好放在地上,转身去屋里找了一把斧子出来,捡起树枝和鱼钩,带着琪琪向蔡河走去。

来到河边,麦秆儿和琪琪小心翼翼地顺着河坡下到水边。蔡河的水比前几天多了,水底的水草在流水里摆动着,一群群的蝌蚪在浅水区游动着。麦秆儿把斧子放在地上,把鱼线散开,拿着穿了蚯蚓的鱼钩用力一扔,鱼钩便落在深水区。他又把连着鱼线的树枝插在岸边的草丛里,用斧头砸几下,树枝就稳稳地插进了泥土里。

"好了,明天早上你六点半起床过来看我收钩,运气好的话,能逮住一只老鳖。"麦秆儿说完,又把踩倒的枯草恢复原样,以免被人发现,然后才拎着斧子和琪琪离开了蔡河。

第二天天不亮,麦秆儿就睡不着了,他悄悄穿好衣服,拿着鱼臿子和水桶溜出了家门。到了河坡,琪琪已经在那里等他了,他把水桶递给琪琪,自己来到水边,拔出树枝,慢慢收起鱼线。他感觉到鱼线越来越重,很快,他就看见鱼线的尾部有一只碗口大的老鳖,在跟着鱼线挣扎。麦秆儿兴奋地叫了起来:"逮住了!逮住了!"

琪琪在岸上也兴奋地叫起来:"真的呀?太好了!"

等老鳖接近岸边,麦秆儿用鱼臿子猛地一抄,老鳖便被臿了起来。他捧着臿子迅速爬上岸边,把老鳖倒进了水桶。琪琪伸着头看了看老鳖,惊奇地竖起大拇指:"麦秆儿你真厉害!一根针就能钓到老鳖。"

麦秆儿一脸神气,把臿子递给琪琪拿着,自己拎着水桶,两个人一前一后走回家去。

12

麦秆儿经常在蔡河钓到老鳖的消息,在暑假到来之际传到了村民的耳朵里。傍晚,麦秆儿去下钩时,经常碰到河边有人出没,他钓到老鳖的机会也越来越少。

星期天早上,麦秆儿收起空空的鱼钩,气呼呼地把树枝鱼竿扔在地上,一屁股坐在草地上,愣愣地看着河水发呆。一群野鸭子贴着水草飞过,水面上激起一圈圈的波纹。看过一个野生动物的电视节目后,麦秆儿就再没捡过野鸭蛋,他不想野鸭子从蔡河消失,能看到野鸭子在水里游来游去,能看到野鸭子下的蛋,他也会很开心。到河边钓鱼时,他会专门找一找,发现野鸭蛋了,就用杂草盖一盖,防止有人捡走了。

河里的水波消失了,太阳爬上了树梢,透过树杈的缝隙,照射在麦秆儿的身上。高大的杨树上,蝉声此起彼伏。麦秆儿擦了擦脸上的汗水,眯着眼看了一下天,拎着水桶和渔具回家。

爷爷正在晒黄豆,见麦秆儿垂头丧气地回来,知道他又没有钓到老鳖,走过去安慰他:"又没钓到吧?哪有那么多老鳖!"

麦秆儿放下渔具,仰着头问爷爷:"爷爷!你告诉过别人吗?"

"我没有哇!"

麦秆儿挠了挠头,自言自语道:"那他们怎么知道了我钓老鳖的事儿呢?"

"你和谁说过吗?"

"没有呀,就琪琪知道,可她不会说的。"

"那可不一定,你问问她。"爷爷弯腰捡起地上的黄豆粒儿,拿去喂羊。

麦秆儿回屋拿出手机,发微信给琪琪:"琪琪,你告诉别人了吗?"

"什么啊?"

"钓鳖鱼的事。"

"没有啊!"琪琪回复得很快,答案也很肯定。

麦秆儿对这个结果既满意又失望,他们到底是怎么知道我钓老鳖的呢?他百思不得其解。回到屋里后,他从抽屉里拿出一沓钞票,又数了一遍,一共是一千七百三十元,再钓到两个就凑够两千元了。他把钱放回抽屉,琪琪来了信息:"我想起来了,我和我爸说过,对不起!"

麦秆儿有点儿急了,迅速回了信:"为什么呀?你不是答应我不说出去的吗?"

"那天爸爸说起学校合并的事儿,他担心到新学校后又要多花很多钱,担心你家负担重,我就顺口和他说你很厉害,能自己钓老鳖卖。对不起!我不是故意的。"

麦秆儿有点心烦意乱,发了一句"算了",就扔下手机,躺在床上发愣。

"恒俊,出来给羊拿一点儿草。"爷爷在院子里喊他。

他听到了,但是没动弹,直到爷爷连叫几遍,他才慢吞吞出了屋子,去草垛抱起一捆青草走去羊圈。

见麦秆儿抱着青草过来,羊群争先恐后地跑过来抢夺青草。麦秆儿骂着羊群走开,把青草分撒到各个食槽里。他蹲下来抚摸着羊羔的肉垂,享受着软乎乎的感觉。麦秆儿心里也没闲着,他想今晚再去钓一次老鳖,要是抓不到,以后就不再去下钩了,不够的钱他另外想办法。总之,他答应爸爸了,就一定要攒够助学金。

"小羊羔,你听着,我今晚再去下最后一次钩,祝福我吧,要是钓到了,我去给你打桑叶吃。"麦秆儿自言自语完,起身出了羊圈。

随着大门"吱呀"一声响,琪琪进了院子:"麦秆儿!麦秆儿在家吗?"

麦秆儿从羊圈后面走出来,朝琪琪大喊:"在这里!"

琪琪忙跑过来,惊喜地问:"呀!又生小羊羔啦?你家现在一共多少只羊了?"

"上星期又生了两只,一共十五只了。"

"那么多!对了,麦秆儿,你的朗诵在市里又得奖了!"

"啊!是吗?几等奖?"麦秆儿有些意外,比赛过去一个月了,他以为没希望了。

"真的!你的一等奖,我的三等奖。刚才班主任打电话告诉我的。"

"哈哈——"麦秆儿开心得跳了起来,那可是一千块钱奖金啊!他一定要给爸爸一个惊喜。

"我得走了,我去田里给爸爸送绳子。"

"等一下。"爷爷喊住了琪琪,转身从屋里拿出两瓶醋递给琪琪,"拿回家给你爸,刚做的。"

琪琪道了谢,蹦蹦跳跳地走了。麦秆儿拉着爷爷的袖子,让他在凳子上坐下来,郑重其事地对爷爷说:"爷爷!我的朗诵得奖了!还是一等奖!"

爷爷拍打着麦秆儿身上的草叶,笑得眼睛眯成一条缝儿:"哦!就是上次去县里参加的那个吗?"

"爷爷!不是的,那是县里的,这次是市里的比赛,奖金有一千块钱呢!"

"哦哦,这么多!你这小犊子真厉害!你天天背的那个小说叫啥呀?"

"《海妖的传说》。"

"哦哦,里头都写了啥?"

"我给你念念简介。"

麦秆儿说完,跑回屋里拿出《海妖的传说》,站在爷爷面前,一本正经地念起来:

长篇小说《海妖的传说》,描写渔民之子陶海鲸的奇险的童年经历。

由于该童在灾难性的天象中诞生,且性格禀赋异于常人,遂被人们传说为海妖,目之为异类,既为世俗所不容,又与当地豪门结下深仇。他从童年起,便经受了人生的全部苦难,但是他没有在苦难中沉沦,通过长时期的顽强斗争,终于为自己赢得了人的地位。

读完,麦秆儿拍着书对爷爷说:"看看,哪有什么妖怪!"

爷爷站起身,俯下身来神秘地对麦秆儿说:"你爷爷也是在雪地里生的。我也没变成妖怪。"说完,他蹒跚着去打扫羊圈。

得奖之后的麦秆儿心里一下子轻松了,再也不用担心助学金的事儿了。但是他又有些失落,怏怏地把《海妖的传说》放回屋里,不知道干什么好,一纵身跳上床,躺在床上看天花板。天花板上一排排的橡子和瓦板儿斑驳破烂,断裂的瓦板儿被爸爸换上去一块新的,与周围的颜色格格不入。爸爸说盖房子的钱已经攒得差不多了,政府危房改造补贴了两万块,加上今年爸爸的工资,年底爸爸回来后就可以把这破房子拆掉,重新盖两层楼。爸爸在电话里告诉他这件事时,麦秆儿说要盖琪琪家那样的楼房。妈妈活着的时候,经常在吃饭的时候和爷爷争论,爷爷说新房子要有一个大大的厨房,能放很多柴,下雨的时候不再担心没干柴烧。妈妈总是说都要装煤气了,不烧柴了。

一只壁虎趴在墙上一动不动,紧紧盯着一只蚊子,待蚊子在墙上停稳,壁虎闪电般一伸舌头就把蚊子送进嘴里。

麦秆儿看得无聊,侧身从被子底下翻出妈妈的照片,用手小心翼翼地抚平磨破的边角,面色凝重地看了一遍又一遍,最后趴在被子上，嘤嘤地哭起来。

13

整个暑假里，麦秆儿几次拿出鱼钩看看，但是再没去钓老鳖，再没去河边捡野鸭蛋，也很少去河里游泳洗澡，只在开学前一天陪小六去蔡河里游过一次，但是没有和他比"露三露"。

开学后，他和琪琪都进入了六年级，班主任跟班，仍然是他们的班主任。麦秆儿除了学习，就是帮爷爷喂羊，小六两次来找他去比"露三露"，他都拒绝了。他突然没有了去钓鱼和游泳的冲动，只想一个人安静地学习、帮爷爷干活。

天气变冷后的一天，班主任让麦秆儿朗读另外一篇小说《草房子》时，麦秆儿突然发现自己的声音变得低沉粗哑，再也没有先前那种清脆的高音。读完后，他偷偷瞄了一眼琪琪，见琪琪低头看书，没有注意他。最近琪琪很少叫他去家里玩，也很少去他家里玩，虽然他尽量把破旧的卧室和书桌收拾得整整齐齐。放学后，他在路上磨磨蹭蹭看看这看看那，等琪琪出现在路上，他又赶紧走路。琪琪赶上他问他怎么那么晚，他抬起头看了一眼琪琪，四目相对，目光里突然多了异样的感觉。他心里一动，移开了视线。琪琪也有些不好意思，用手玩弄着书包上的挂件狐狸。两个人并排走着，有一句没一句地聊着。

一阵秋风吹过来，琪琪的长发被风吹起，在麦秆儿的视线里飘起来，落到她的肩上、胸前，麦秆儿有些恍惚，默不作声地走路。

这种感觉在麦秆儿心里出现的次数越来越多，有时候他睡着觉，突然就梦到琪琪不理她了。白天上学时，他又不由自主地往琪琪座位上看。他不知道这种感觉是舒服还是不舒服，整整一个学期，这种感觉一直在心里伴随着他。直到爸爸回来、爷爷出事儿，才打乱了他的心。

爸爸是下午三点多回来的。麦秆儿正在屋里复习,准备期末考试考出好成绩,好让琪琪更加佩服他。突然听到爸爸在院子里喊他,他以为听错了,因为爸爸都是在过年才回来,可仔细一听,千真万确是爸爸的声音。他慌忙放下笔,跑到院子里,看见爸爸拉着他那破旧的黑色拉杆箱,站在一地的桐树叶子中间朝他笑。他吃惊地走过去,喊了一声"爸爸",然后去接爸爸手里的拉杆箱,干枯的树叶在他脚下发出哗啦啦的声音。爸爸没有给他拉杆箱:"太沉,你拉不动。"

麦秆儿抬头又看了爸爸一眼,爸爸眼里充满慈祥。他心里一酸,太久没有的感觉令他突然想哭,但是他忍住了,一边随爸爸往屋里走,一边小心翼翼地问道:"爸爸,你怎么这时候回来了?放假了吗?"

爸爸"嗯"了一声,便不再说话。

爷爷正在里屋睡午觉,听到声音走出来,见儿子突然回来了,也吃一惊:"你咋回来了?也没打个电话来。"

"工厂关门了,早回来了。"爸爸小声说这话的时候,麦秆儿听得很清楚。他理解不透工厂关门是啥意思,但是他估计爸爸没工作了。

爸爸打开拉杆箱,拿出来几个杧果递给麦秆儿,又拿出一条烟递给爷爷:"反正现在钱也差不多了,早点儿回来也好,准备拆房子。"

说完,他又合上拉杆箱,走进里屋,边走边打着哈欠:"我先睡一下,好困。"

爷爷默默地出了屋,佝偻着身子骑电动车去了县城。回来时天已经暗下来,他停好电动车对着屋里喊:"恒俊!恒俊!出来拿东西。"

喊了半天，不见人出来。爷爷拎着一兜猪头肉，走进屋里，见麦秆儿趴在书桌上睡着了，口水打湿了作业本。

"恒俊，起来了，天都黑了。"爷爷揪了揪麦秆儿的耳朵。

麦秆儿抬起头，揉着眼睛跟爷爷来到厨房，帮爷爷烧火做饭。爷爷往锅里添了水，麦秆儿把灶膛里的麦秆点着，趴上去呼哧呼哧吹了半天，火终于燃起来。他把灶膛里塞满树枝，便去拿来《草房子》，坐在灶膛门口看书。

做好饭，端上桌，爸爸也起来了。他从床底下找出来一瓶鹿邑大曲，用牙齿打开，倒了两杯，麦秆儿自觉地端起一杯递给爷爷，看看爷爷的脸，又看看爸爸的脸。爸爸端起酒杯说："我不在家里，辛苦你们了。"

说完，他猛喝一大口，然后便闷头吃菜。

爷爷喝了一口酒，酒从嘴角流出来，他用手擦了，咂巴着嘴说："唉！回来也好，刚好盖房子。孩子也长大了，懂事了，还拿了奖金。我也老了。"

说完，爷爷颤抖着手夹了一口菜送到嘴里，艰难地咀嚼半天，又端起酒喝了一口："和张老三家说话了，唉！都仇恨多少年了。恒俊和琪琪好得一个人儿似的，冤有头债有主，老一辈儿人的冤屈和孩子没关系。"

爸爸停下筷子，愣了一下。"哦——"他端起酒杯示意，然后一饮而尽。爷爷也一口喝干了杯中酒，重新倒了一杯。麦秆儿从来没见爷爷喝这么多酒，他忘记了吃饭，瞪着眼睛看看爷爷红得发紫的脸庞，又看看爸爸。墙上的日光灯管老化了，忽明忽灭地闪着，爸爸和爷爷的身影在灯光里闪烁着。

酒足饭饱，爸爸有些喝多了，眼睛血红，跌跌撞撞地回屋睡觉。爷爷的脸色通红，坐了一会儿，交代好麦秆儿收拾碗筷，也回屋了。麦秆儿自觉地收拾了碗筷，用绿色塑胶网罩盖住剩菜，也打着哈欠睡去了。

第二天一早,爸爸先起了床,到麦秆儿床前把他叫醒:"麦秆儿,起来跟我做饭,让爷爷歇歇。"

麦秆儿嘟囔着起来洗漱了,去厨房帮爸爸做饭。

太阳爬上屋顶的时候,麦秆儿帮爸爸把饭端到堂屋里,跑过去喊爷爷起床,爷爷没吱声。

爸爸端着一笊篱馒头进屋,见爷爷还没有出来,便对麦秆儿说:"去叫爷爷起来吃饭。"

"叫过了,爷爷没应声,睡得真沉。"

"哦。"爸爸放下馒头,突然觉得哪里有点不对劲儿,便再问道:"你说啥?爷爷没应声。"

麦秆儿已经迫不及待地抓起一个馒头吃,爸爸赶紧跑去里屋,连喊几声,爷爷仍然没反应,他心里"咯噔"一下,忙到床前把手放在父亲鼻子底下探了探,父亲已经断了气。

"爹!爹——麦秆儿,快过来!爷爷不中了!"爸爸哭着腔朝麦秆儿大喊,把麦秆儿吓得脸都白了,赶忙跑进来。见爸爸趴在床前大哭,麦秆儿一下子明白了,爷爷没了!他扑上去大声哭喊:"爷爷!爷爷!爷——爷——呜呜呜……"

亲戚邻居接到爸爸的通知,很快都来了。爸爸身披白孝服忙里忙外商量着丧事,麦秆儿被人叫到东厢房里,尽量不让他出来。麦秆儿的天突然塌下来了,爸爸是爸爸,代替不了爷爷,爷爷没了,把他的生活带走了,家一下子陌生起来。

爷爷出殡那天,天气好得出奇,万里晴空一片蔚蓝。爸爸腰里长长的白孝带一直拖到地上,头上的孝帽子几乎遮住了双眼,泪水和鼻涕长长地挂在嘴边。有人喊着要找爷爷的棉袄棉裤,还要把棉袄棉裤扎起来,装上火纸,扛到坟地烧掉,但是始终没有找到棉袄,只好另找一件代替。

院子里的梧桐树上最后一片叶子落下时，送葬队伍在滴滴答答的唢呐声中出发，爷爷的棺材放在"龙架"上，被拖拉机拖着缓慢驶出院子。麦秆儿穿着爷爷的大棉袄，躲在羊圈里，这一切都被他看在眼里，亲戚邻居伤心的伤心，看热闹的看热闹，没有人注意到他的存在。

等送葬队伍走远了，三爷佝偻着腰进了院子。他把地上的砖头木棍收拾到墙边，突然发现了羊圈里的麦秆儿。三爷趴着羊圈的矮墙，眼泪巴巴地对麦秆儿说："麦秆儿啊，你咋不去送送你爷呀？你傻不傻啊！"

麦秆儿没有说话，他不想和任何人说话，也不想见任何人。身上破棉袄的袖子刮破了一个洞，露出白白的棉花，麦秆儿低着头，右手一缕一缕地撕扯棉花。三爷"唉"了一声走了，麦秆儿的泪珠一下子就掉了下来，掉到左手里的照片上，被摔成了一条水痕。泪痕后面，妈妈的脸依旧是那么干净，笑容依旧是那么甜。一滴泪水掉下来，眼泪像打开了闸门，"啪嗒啪嗒"地往下滴，麦秆儿抹了一下脸，泪水马上又流下来。羊圈里的羊不知发生了什么，三五成群地在他身边蹭来蹭去，小羊时不时"咩——"一声叫。

下午送葬的人回来了，这才发现不见了麦秆儿。几个人分头找遍所有的屋子，也没找到。

村外，刚收完玉米的田里一片萧条，被收割机粉碎的玉米秸细碎柔软。麦秆儿穿着爷爷的破棉袄，站在一座长满荒草的坟头边，旁边的新坟上盖着两个花圈。他低头从怀里掏出一本书，看着两座坟墓，眼泪便要掉出来。他扬起脸，咬住牙，身体微微颤抖了好一会儿，终于把眼泪憋了回去，他打开书，开始大声朗读：

现在，人们看着那个一身军装、远远地向他们挥手告别的少年英雄海鲸，再也没有一个人认为他是一头海妖了……

天女花

上

阳仔和柳柳从医院出来,天已经放晴了,蓝天上,白云散成细碎的小朵,铺满了半边天。

柳柳扬起脸,拢了拢额头上凌乱的刘海,和煦的阳光给她细细的头发镀上了一层白光。阳仔手里掂着饭盒,不断提醒她小心看路。突然,柳柳指着天上叫道:"哥,快看!一匹马。"

"不像马,马头不是这样的。"

"我看像马,不像马像什么?"

"我看像狮子,头大。"

"才不像呢!"

"别看了,快走吧,回去还要上网课呢!"阳仔说完,拉了妹妹一把,匆忙赶路。柳柳极不情愿地吸了一下鼻子,跟在哥哥后面走。

墨子湖边的大树上,一只硕大的飞鸟落在枝丫上,不时发出"嘎嘎"的叫声。柳柳一下子被吸引住了,停下脚步仰着脸看鸟。阳仔也看了一眼,但是不敢耽误时间,便催妹妹快走。走了很远,柳柳又回头看了一眼,对哥哥说:"哥,我的耳朵好疼,能取下口罩吗?"

阳仔看看四周无人，便说道："行，这里没有人。我的耳朵也疼。"说完，也取下了口罩。

柳柳取下口罩，拿在手里，右手不停地揉着耳朵。阳仔摸了摸她的头，朝她笑笑，接过妹妹的口罩帮她拿着。

突然，一阵风吹来，口罩从阳仔手里飞了出去，柳柳大叫一声："我的口罩！"

等阳仔顺着柳柳的手看过去，口罩已经飞进湖边的芦荻丛里。稀疏的干芦荻高低不一，灰白的荻花迎风摇荡着，白色的口罩在芦荻丛里也格外显眼。阳仔赶紧戴上自己的口罩，跑到湖边，小心翼翼地往下滑。他猫着腰，左手抓住枯草，伸出右脚一点一点靠近口罩。口罩落在水边的枯草上，草根长在岸边的泥里，阳仔无法下脚，也无法摸到口罩。他扭过头，喊柳柳帮忙："柳柳，给我找一根树枝，我把它挑起来。"

柳柳跑去湖边，四处寻找，也不见树枝。阳仔弓着身子，告诉她不远处有树枝："柳柳，柳柳！那边，那边有楮树条子，你去折一根来。"

柳柳看了一眼哥哥手指的方向，跑到那片尚未成树的楮树丛，抓住一根手指粗的枝条试图折断。楮树树皮光滑，楮树的韧性极好。

柳柳折过来折过去，费了很大劲儿，好不容易放倒，一松手树枝又站起来了，她急得朝哥哥大喊："哥，折不断！"

阳仔见过村民剥树皮，要想折断树枝，必须先把树皮弄破。他直起身子，对妹妹说："先把树皮弄断！你找个砖头茬子把树皮割破再折断。"

柳柳弯着腰遍地搜寻，长长的头发垂下来，差点挨着地。她一边拢头发一边低头找砖头茬子，阳仔看着妹妹大红色的羽绒服在不远处移动，突然觉得像一朵硕大的花朵，像妈妈菜园里的大丽花。

大丽花是两年前爸爸从武汉带回来的,每年夏天,花朵都开得很艳。但是爸爸总是在过年才回来,从来没有机会见开花。爸爸说今年过年被新冠肺炎堵在武汉回不来,夏天再回来,到时候大丽花刚好开得正热闹。阳仔正想着,柳柳兴奋地喊他:"哥!找到了,找到砖头了!"

柳柳找到的是一片烂瓷砖,缺口很锋利,她不费多大工夫就割破了树皮,然后用尽全身力气折断树枝。树枝瞬间断了,她的整个身子一下子趴到地上。她"啊"了一声,挣扎着站起来看看双手,手掌被碎砂压出好几处红斑,疼得她直咧嘴,但是她不敢怠慢,拿起树枝跑过去递给哥哥。

阳仔拿着树枝,小心翼翼地挑起口罩,看到口罩在树枝上升起,柳柳高兴地叫起来:"勾到了,勾到了!"

阳仔挑着口罩正要转身上岸,突然脚下一滑,身子差点摔倒。手里的树枝一抖,白色的口罩像一片白云乘风而去,先是在空中画一个漂亮的弧线,飞向湖里,最后落在了黛绿的水面上,像一只白色小碗,在湖面上打转。阳仔和柳柳几乎同时喊了出来:"啊——"

但是喊声并不能唤回口罩,口罩随着水波慢慢移动,最后沉入水里。阳仔沮丧地爬上岸边,像一个犯了错误的孩子,看着妹妹不说话,头上还黏着几根枯草。

柳柳也不说话,一脸委屈和伤心,神色越来越凝重,眼里的泪水越积越多,最后从那双圆圆的大眼中涌了出来,顺着肥嘟嘟的脸颊滚下,落在有些脏污的红色羽绒服上,胸前立刻出现两条浸湿的泪痕。阳仔手足无措,不知如何是好,他和妹妹都知道没有了一只口罩意味着什么。爸爸被封在武汉,妈妈住进医院,他每天必须带着妹妹穿梭于医院和家之间,妈妈不放心妹妹一个人在家里,妹妹也吵着要去医院看妈妈。这两只口罩是村里的好心干部帮他弄来的,反复强调只有这两只,再也买不到了。兄妹俩像宝贝一样爱惜口罩，到医院，赶快用酒精喷一喷，回到家里马上摘下来挂到墙上，用酒精反复喷洒消毒。两个口罩并排挂在墙上，柳柳还在墙上写上歪歪斜斜的名字：妹妹，哥哥。

现在飞走了一只口罩，阳仔很伤心，也很为难，没有口罩，妹妹便无法跟自己一起去医院，妈妈会很担心。特别是眼下，没有口罩妹妹连公交车都不能坐。但是发愁归发愁，他意识到自己是哥哥，爸爸妈妈不在时他得想办法。不能坐公交车就走路回去吧，妹妹累了他背着走，都累了就歇一会儿，就不信一个下午走不到家，回到家再想办法弄口罩。想到此，阳仔在身上擦干净手，替妹妹擦干眼泪："柳柳，别哭了，我们走回家，我想办法再弄一个口罩给你。"

"支书不是说买不到了吗？你去哪里弄？"

"这你别管，我有办法。保证你有口罩就行了。"

"真的呀？"柳柳一听哥哥有办法，这才破涕为笑，细小的泪花挂在长长的睫毛上，在阳光下闪着光芒。

阳仔用肯定的目光看着妹妹，坚定地点了点头，拉着妹妹往家走。

阳仔领着柳柳穿过县城，再走进郊区的县道。一路上不断地问柳柳累不累，柳柳开始说不累，但出了县城就开始叫累，不过她死活不让哥哥背着，因为她看见哥哥也已经很累。阳仔拉着她，不时停下疲惫的脚步，在路边的干草地上坐下来休息一下，再继续赶路。两个人走走停停，终于在太阳变成一个红色大火球的时候赶到了村头。

村头的小山丘沐浴在夕阳里，山坡上的杂草枯黄，树木只剩下光秃秃的枝丫。山丘脚下的石缝间生长着一簇一簇的天女花，细碎的树枝上已经鼓起一个个小芽苞。夏天时妈妈常常掐了洁白的天女花和叶子放在衣柜里驱虫，每次都会顺便给柳柳一朵，柳柳戴着小

天／女／花 ·67·

花蹦蹦跳跳跑到哥哥面前显摆,阳仔突然抢去她头上的小花,高高地扬起来。柳柳又打又闹就是够不着,只好去妈妈那里告状,妈妈拎着扫把把阳仔骂一顿,阳仔才把花还给妹妹:"给你,谁稀罕呀!村口多着呢!"

此时的阳仔和柳柳都累得筋疲力尽,阳仔在石头上坐下来,柳柳也挨着哥哥坐下,红扑扑的小脸上表情木然,一脸疲倦。阳仔双手抹着膝盖,低头不语。此刻他还没想好如何和村口执勤的人说,执勤的人会不会放他们进去。要是不让进的话,那可就麻烦了,难道还要走回医院?医院可能也不让进吧?不行,必须进村,必须回家,然后明天再想办法。想到这里,阳仔站起来,看看越来越暗的天,对妹妹说:"柳柳,走,回家!"

村口执勤的人倒没有为难他们,问了情况就放他俩进村,这令阳仔有些出乎意料。进了村,他拖着柳柳快步回到家,柳柳一屁股坐在沙发里,躺了下去:"哥!我饿!"

阳仔也坐下来休息片刻,顾不得累,洗了手,把电饭煲里的粥盛出来,去沙发旁拉柳柳起来吃饭:"柳柳,吃饭。"

已经睡着的柳柳被哥哥拉起来,嘟嘟囔囔去洗了手,迷迷糊糊喝了一碗粥,便跑屋里睡觉去了。

阳仔洗了碗,累得浑身发软,他爬上床,把手垫在后脑勺下,仰着脸为明天发愁。明天他自己去医院,妈妈要是知道留妹妹一个人在家,肯定会担心,会骂他没照顾好妹妹。妈妈经常说的话在他耳边响起:你爸爸不在家,你就是家里的男人,我不在家,你要照顾好妹妹。

想到口罩,阳仔心里很委屈,是风把口罩刮走了,他不是故意的。可是一想到妈妈的话,想到他没有照顾好妹妹,又觉得很难过。不行,他一定要弄到口罩,答应妹妹的话,决不能失言。

想来想去,最后还是只能求助支书,妈妈告诉他遇到麻烦就找支书,他一骨碌爬起来,从桌子上拿起手机,拨通了支书的电话,把事情的经过告诉了他。支书声音洪亮,快人快语:"啊!被风吹走啦?那可没办法了,我一个也没有了,现在去哪里弄呀?买都买不到。"

支书大声清了一下嗓子,震得阳仔耳膜发痒,他把手机挪离耳朵远一些。支书又告诉他说:"阳仔,我看手机上说明天县城的药店开卖口罩,要带身份证,一个人可以买两个。你明天去看你妈妈时排队试试嘛!要早去。有钱吗?"

阳仔告诉支书自己有钱,又道了谢,放下电话,躺下来,很快便进入了梦乡。

下

第二天早上,阳仔睁开眼,已是七点多,他一骨碌爬起来,匆忙地洗了脸,顾不得换衣服,跑到厨房把电饭煲开关打开,把剩粥热一下给妹妹吃,自己来不及吃,留下一张纸条给妹妹,便匆匆上路了。他要早点赶到县城,买了口罩回来接妹妹。

阳仔走到镇上,上了公交车,发现座位上空荡荡的,只有司机一个人。他问清楚路线,告诉司机自己要下车的站名,才靠窗户坐下来,抚了抚口罩,扭头欣赏窗外的风景。清晨的马路上几乎看不见车辆,更没有行人。车子开得很快,路旁的树影快速向后移动,阳仔的眼睛被闪得很累,他索性闭上眼睛,靠在椅子上迷迷糊糊睡着了,嘴角还不时露出微笑。

车子开到站点,阳仔被司机叫醒了,他一激灵站起来,揉揉眼睛下了车。走到公交站后面,他一眼就看见了药店,药店门口早已排了长长的队伍,买口罩的有满头白发的老太太,有和他妈妈一样年纪的女人,也有和他一样大小的孩子,个个手里拿着手机,低着头刷屏。他走到队伍后面排队,手里拿着爸爸留给他的旧手机。手机很旧,充一夜电只能用几个小时,所以他不敢玩手机,手机没电了妈妈有急事儿就找不到他,妈妈住院,丢下他和妹妹独自在家里生活,他不想让妈妈担心,想让妈妈安心养病,治好病早点出院。虽然他是男孩子,但是晚上面对空空的屋子,他仍然会感到孤独和害怕。

早晨的风很大,也很凉,阳仔排了一会儿队,感觉到有点冷。妈妈说过这是冷晴天,晴天早晚冷,中午出了太阳才暖和。他缩着身子,双手插在口袋里。黑色棉袄胸前缺了一粒扣子,那是昨天在湖边捡口罩时刮掉的。风从前胸的缝隙里钻进去,冷得他只打哆嗦。他拉了拉棉袄,身子缩得更紧了。队伍向前缓缓地移动,阳仔索性蹲下来,以抵御寒风。地上的瓷砖有几处裂痕,两只蚂蚁沿着缝隙不紧不慢地爬着,一点儿也不怕冷。阳仔对蚂蚁很好奇,身子那么小,也没有脂肪,怎么一点都不怕冷呢?也不怕脏,不怕感染病毒,也不用戴口罩。人的身子比蚂蚁大,又吃很多饭,怎么比蚂蚁还怕冷,还多病!

队伍突然加速了,原来是药店增加了一个人发放口罩。阳仔忙站起身,开始兴奋起来,心里想着把口罩拿回去后逗一下妹妹,告诉她没有买到,等妹妹伤心得快要哭的时候,他突然掏出口罩,给她一个大大的惊喜。想到这里,阳仔低下头,情不自禁地笑了。可是他没笑几秒钟,就笑不出来了,队伍越来越快,人们也开始骚动,有的说快没有了,轮不到后边的人,也有的说前面有人多买了几个。队伍出现了推搡和拥挤,阳仔个子不高,很快被人挤出了队伍,等他挤进队伍,已经是排到最后一个,连后面的老奶奶也插到了他前面。他懊恼极了,非常不甘心,不停地往前面钻。前面的人开始说他,说他小小年纪就插队,他抢白说本来他就排在前面,可是没人听他解释，也没人相信他。他怕买不到口罩，拼命往里挤，丝毫不理会别人怎么说。他答应妹妹的话要兑现，要带妹妹去医院看妈妈。但是等他挤到柜台前，只剩下一个口罩了，后面的老奶奶冲上来一把抢过口罩，对店员说："这口罩是我的，这小孩儿插队。"

阳仔哪里肯依，一边去抢口罩，一边喊叫："我没插队，我本来就排在前面，是他们把我挤出来的。这口罩是我的！"

看着阳仔泪花在眼里打转，店员相信他说的是真话，但是老奶奶抓住口罩举得高高的，就是不放。店员无奈，只能劝阳仔不要抢了。一见店员向着老奶奶，阳仔更加急了："我本来就排在前面的嘛，我都答应了妹妹要买到口罩给她，没有口罩，我妹妹不能和我一起去医院看妈妈。妈妈肯定很伤心，也会骂我的。"

说着说着，他仿佛看到妹妹和妈妈那失望的眼神，一下子哭起来，一边哭一边说，还一直用袖子擦着眼泪。老奶奶见此情景，也哭了起来："你这孩子，我知道你想买到口罩。可是我也必须买到口罩啊，我老伴儿在医院吸着氧气，能不能挺过今天都难说，我得去见他最后一面啊！呜呜呜！"

店员大概听懂了两个人的情况，转身欲再劝阳仔，看到阳仔突然不哭了，眼角挂着两滴泪水，愣愣地看着老奶奶。

阳仔听到老奶奶说要见老伴儿最后一面，不由得想起了他的爷爷和奶奶。三年前爷爷和奶奶在半年内先后离他而去，在武汉打工的爸爸回来时爷爷已经没有了呼吸，后来奶奶去世也是一样，爸爸没能见到爷爷奶奶最后一面。为此，爸爸每年过年回家上坟时都哭得伤心欲绝。爸爸伤心的样子给他留下很深的记忆，今天看到老奶奶哭着说要见老伴儿最后一面，他突然不想争口罩了，等店员再劝他时，他大喊一声："我不要了！"说完，他转身跑出了药店。

口罩一卖完，大街上又不见了人影，只有风在呼呼地刮着，卷起地上的枯叶。阳仔拉一拉棉袄的领子，缩着脑袋，站在站牌下发呆，他不知道去哪里能弄到口罩，也不知道下一步该怎么办。公交车呼啸而来，停了一下，还没等阳仔反应过来，又呼啸而去。阳仔望着远去的公交车，后悔没有及时拦车，只好等下一趟。

阳仔在站牌旁蹲下来，捡起一片五角形的梧桐树叶，捏在手里捻来捻去。太阳越升越高，阳光带着温暖从蔚蓝的天空洒下来，地上的树影清晰可见。蹲了一会儿，阳仔感觉背上晒得热乎乎的，他站起来，走几步活动一下腿脚。突然，他想到了走路，昨天他和妹妹从医院走回家，那今天他们也可以再从家里走到医院呀！走到医院门口时，他先让妹妹戴着口罩进去看妈妈，和妈妈说说话，然后再出来换他进去，他看看妈妈好点儿没有，陪她说说话就马上出来，带妹妹回家。想到此，阳仔心里豁然开朗，兴奋得差一点儿跳起来。

公交车一进站，他立刻跳上车，搭车回家接妹妹。

下了车，走到村口，执勤的旺财叔叔拍了拍他的肩膀，笑着问道："你这家伙，今天怎么这么早回来了？妹妹呢？"

阳仔一时解释不清，只说了一句"还没去医院"，就跑回家。

进了家门，见支书在沙发上坐着，正在问妹妹话。他有些吃惊，不知道支书怎么到他家来了。他不知道如何开口问，也没有像往常那样叫振林伯，只是朝支书笑笑，便要往里走。支书挪动身子，一把把他拉过来："连大伯都不叫？买到口罩了吗？"

阳仔摇摇头，小声回答："没有。"

"我就说不好买嘛！来，你看这是啥？"说着，支书从口袋里掏出两个口罩在阳仔眼前晃了晃。

阳仔眼睛一亮，伸手接过口罩，吸一下鼻子，咧开嘴笑着问道："振林伯，你从哪里买的？"

支书松开手，放开阳仔："不告诉你！"

阳仔急不可待地打开口罩，给柳柳戴上，兄妹俩脸上都露出了天真的笑容。支书站起来，摸了摸俩人的头，笑着说："好了，赶紧去给妈妈送饭吧。我走了。"

支书说完，就出了阳仔的家门。阳仔赶快去厨房，打开电饭煲，把热好的剩粥盛到饭盒里。电饭煲内壁有一层厚厚的锅巴，那是多次加热留下来的，阳仔刮下一块塞进嘴里，然后往电饭煲里加一些水泡着，等从医院回来再洗。

他把饭盒用袋子装好，带着妹妹出门。走到村口的山丘旁，柳柳突然说："哥，我忘记戴口罩了。"

阳仔吓了一跳，赶快转身一看，柳柳的脸上果然没有口罩，他有些气急败坏地责怪道："刚才在家里不是给你戴上了吗？怎么没有了呢？"

柳柳朝他咧嘴一笑，右手从背后伸出来，手里举着口罩。看着柳柳调皮的样子，阳仔又好气又好笑："再淘气不带你了。赶快戴上。"

柳柳打开口罩，把左边耳朵挂好，正要挂右边，突然一阵风，又把口罩刮到了树丛里，白色口罩挂在天女花细长的枝条上，像一大簇白色的天女花。阳仔剜了一眼柳柳，慌忙爬上石头把口罩捡回来，给柳柳戴上，拉着她向镇里走去。

树上的鱼

1

星期天早晨，没有一丝风，太阳从高楼大厦的缝隙里爬上来，小镇立刻像下了一场大火，到处都冒着热气。枝叶茂盛的榕树上，"吱啦吱啦"蝉鸣聒噪，马路上汽车稀疏，买菜回来的老人步履蹒跚地走在人行道上，不住地擦汗。

银鲤村头的破旧的院子里，地面杂乱无章地堆放着一捆捆废纸皮、一堆堆废塑料瓶子。院子角落一棵高大的阳桃树上稀稀拉拉地挂着几个阳桃，两只红头顶的鸳鸯鸭在树下晃悠着身子寻找落下来的阳桃吃。

低矮的老瓦房里，睡眼惺忪的石头从床上爬起来，揉着眼睛在屋里转了一圈，不见爸爸，这才想起来爸爸去医院接爷爷了。他洗完脸，到门口棚子下，打开电饭煲盛一碗粥，坐在简陋的桌子旁边"呼噜呼噜"地喝得香甜，汗珠顺着他的脸颊滚下来，像断了线的珠子。

外面传来大鸟的叫声，呱呱呱——呱——呱——呱呱呱，听起来像鸭子的叫声，但是比鸭子的声音好听多了。石头突然想吃咸鸭蛋，爸爸很厉害，不用看，用手一摸，买的咸鸭蛋全是红心儿。他站起来，拉开冰箱，呼啦啦翻一遍，也没找到咸鸭蛋，只好作罢。

吃完粥，石头百无聊赖，跑到爷爷捡来的废旧书堆里翻来翻去，找到一本儿童图画书《森林记》看。图画淡灰底色上画着一只棕熊，站在一棵树下向上张望。树上稀疏的叶子间吊着各种各样的鱼。看着树上五颜六色的小鱼，以及棕熊那馋相，石头眼里充满好奇。树上怎么有鱼呢？树上真有鱼吗？他扑闪着眼睛，陷入沉思。

一本书看完，石头也没找到答案，没想通为什么树上会有鱼。他不停地擦着汗，索性丢下书，打开破旧的电视，电视里播放着动画片《小葫芦娃》，影像很模糊，发出呼啦呼啦的杂音。但是石头一下子就被电视里的人物吸引住了，不时发出"咯咯"的笑声。他窝在爸爸捡来的沙发上，看到电视里葫芦娃滚下山崖时，迷迷糊糊睡着了。他梦见一条小溪穿过树林，溪水"哗啦啦"地流过，水里的鱼儿"扑棱扑棱"地蹿到树枝上，用嘴巴摇着树枝荡秋千。石头很兴奋，脸上掩饰不住笑容："哇——树上真的有鱼！"

乔生搀着父亲走进低矮的房子里，见石头正仰着脸靠在沙发里睡觉，嘴角一咧一咧的，还发出"咯咯"的笑声。

"这孩子！又梦见啥了！"乔生把父亲扶上床，躺好，打开生锈的风扇。一切安顿好，这才拿了毛巾，擦了擦石头脸上的汗水。睡梦中的石头被爸爸弄醒了，咂着嘴，吸溜着口水坐起来。

乔生拉着他去洗了脸，来到爷爷床前，石头叫一声"爷爷！"便不再说话。爷爷脸色蜡黄，有气无力地抬起胳膊，摸了摸他的头："石头乖。"

乔生转身出去，拿了渔网和水桶，进来喊石头："石头，走，跟我去逮鱼。医生说爷爷要多吃鱼补补。"

石头也不和爷爷道别，独自跑出屋外，跟在爸爸后面去捕鱼。

宽广的寒溪河在小镇的西面发了一个河汊子——石马河，温暖湿润的亚热带季风气候，孕育了石马河两岸茂盛的榕树，榕树长长的根从树枝上垂下来，一直拖到地面，从河边的小路上看去像一挂瀑布。

石头跟着爸爸来到河边的浅草地上,几只受惊的蚱蜢弹跳开。密集的蝉鸣此起彼伏,十分聒噪。爸爸躲开一堆一堆的蚂蚁窝,小心走下河坡,把宽大的渔网抛向空中,渔网在空中变成一个大大的圆箩,然后优美地落进了水里。

这一切都没有进入石头的视线,他呆呆地站着,目不转睛地盯着斜跨到河里的榕树枝,榕树浓密的叶子在阳光下摇摆着,令他目不暇接,有些恍惚。

"石头,石头!快下来捡鱼。"

石头似乎没有听到,仍然纹丝不动,任凭豆大的汗珠滚下来。

"石头——"乔生又大声喊了一声,石头才收回沉思,小心翼翼地下河坡。他走到渔网旁边时,爸爸已经把几条小鱼全部捡进桶里:"你在这里看着鱼。"

石头蹲下来,从桶里抓起一条小鱼,拿在手里左看右看,又仰头看看榕树枝条,然后再换一条不同的鱼,抬头看榕树。

乔生又拉上来一网,没有网到一条鱼。他垂头丧气地把网里的树枝捡干净,准备再撒,突然看见石头手里拿着鱼,便大声喊道:"石头,放回去,别弄跑了。"

石头正拿着鱼发呆,听到爸爸喊声一紧张,手里的鱼就逃出了手心,在地上跳着。他急得跺着脚大叫起来:"跑了跑了!爸爸,鱼跑了!"

乔生赶忙丢下渔网,跑过来,但是为时已晚,小鱼跳了几下,便钻进了河水里。乔生大声责怪道:"你拿鱼干什么!净帮倒忙。你爷爷现在需要营养,知道吗?"

石头站在水桶边,低着头不说话。乔生突然心疼起来,摸了摸石头的头说:"好了,你去岸上凉快的地方玩一会儿吧。"说完,继续去撒网。

石头委屈地爬上河岸，郁闷了好一会儿。不过很快就找到了乐趣，他看见地上一条干瘪的小虾周围黑压压地爬满了蚂蚁，蚂蚁推的推拉的拉，一点一点挪动小虾。他看得出神，突然，一个念头闪现在脑海里，说干就干！他麻利地解开裤带，掏出小鸡鸡，对准蚁群"哗啦啦"地撒了一泡尿。正在忙碌的蚂蚁被尿一浇，纷纷散开，向四处逃去。

看着蚂蚁渐渐消失，石头飞起一脚，把小虾踢出老远，然后沿着岸边的草丛，追赶一只跳来跳去的蚱蜢。

"石头，回家了！你跑那么远干吗？"石头听到爸爸的喊声，这才发现自己已经走了很远，只好沿着原路折返，一路小跑回到爸爸身边。他扒着水桶沿儿，一条一条数鱼，大大小小的鱼在水桶里扑扑棱棱，他数来数去也没数清楚。爸爸一提水桶，受惊的鱼儿腾空而起，甩了石头一脸水花。他"啊"了一声，慌忙躲闪。爸爸不禁笑出声来，提着水桶便走，石头匆匆忙忙跟在爸爸身后。

离开河岸很远，石头还在回头看那一排伸向河里的树枝。

2

一场大雨，赶上了夏天的尾巴，但仍然显示出夏天的脾气，一阵大风过后，轰轰隆隆下了一阵雨，接着呼啦啦就晴了。

太阳挂在树梢，雨后的阳光仍然猛烈，但是空气明显凉爽了许多。

两只鸳鸯鸭在院子里晃悠着身子，嘴巴在水里突突突地找东西吃。石头抬脚朝它们踢去："走开！弄得到处都是泥！"

鸭子整个夏天都没下过一只蛋，爸爸说要杀了它们，给爷爷补身子。想到爷爷的身子，石头突然想起河里的鱼，不，准确说，是想起了树上的鱼。晚上睡觉时，他又梦见了树上住着好多鱼。现在下了雨,河里的鱼会不会上树?他迫不及待地想去看看,赶快穿上鞋,就往外跑,鸳鸯鸭从他脚下扑棱着翅膀躲开。石头回头骂道:"挡路鬼!早晚要被爸爸杀掉!"

石马河边的草地上,一簇一簇的四叶草扎堆开着花,粉红的碎花朵在阳光下格外鲜艳。石头深深地吸了一口气,风里夹带着泥腥味儿,他似乎看到了河里的鱼儿。

走过几株高大的凤凰树,风变大了,呼呼地从耳边吹过,蔚蓝的天空上,两只色彩斑斓的风筝越飞越高。石头蹲下来,掐一片四叶草的叶子放进嘴里嚼着,酸得他立刻吐掉了。一个身穿黄色连衣裙的小女孩映入了他的眼帘,小女孩双手提着裙摆,裙摆在风里飘荡,身后跟着一只白色蝴蝶飞来飞去,每走一步,抖动的裙子就惊起几只蚂蚱。

石头看着小女孩被风吹起的乌黑头发,站在草地上发愣。突然,一只风筝摇摇晃晃地从天上坠落下来,"啪"地一下掉在石头的身旁。石头捡起风筝,兴奋异常。小女孩叫喊着跑过来,大口大口地喘着气。

"给,给你!"石头把风筝递给她。

小女孩的爸爸也赶过来,谢过石头,又拉着小女孩去放风筝。小女孩拿着风筝,跟着爸爸走了,不时还回头看一眼。

"婷婷,你把风筝举起来,我们再放。"小女孩的爸爸说完,扯着丝线往后跑。

婷婷!石头觉得小女孩的名字很好听,又看了她一眼,感觉她的眼里像一口水井。于是,他心里便称呼小女孩叫婷婷,称呼她的爸爸叫大人。

小女孩看了石头一眼,把风筝高高地举过头顶,等爸爸跑远了,让她放手,她一松手,风筝便被拉了上去,但很快又掉到地上。这样反复放了几次都失败了,婷婷十分懊恼。石头径直跑过去,也不说话,弯腰捡起风筝举起来,望着婷婷爸爸。婷婷爸爸站在远处一见此情景,立刻会意,拉起丝线跑起来。石头觉得差不多了,举着风筝朝另外一边快跑几步,迅速松开手,风筝"呼啦"一下就飞上了天。石头腼腆地咧嘴一笑,马上又收住了笑容,倒是婷婷高兴得跳了起来。

石头看了一会儿,独自一个人走到河边。涨满水的河面泛着漩涡,不紧不慢地流着。一支粗大的树杈倒在河里,树枝随着水流晃动,这令石头眼前一亮,在水里的树枝上应该住着鱼吧?得去看看。想到这里,石头"噌噌噌"地跑到大树边,用力拉了拉垂在树枝下的根须,树枝纹丝不动。他又捡起地上的小石块,用力扔向河里。"扑通"一声,水面泛起一圈圈波纹,很快就恢复了平静。他沮丧地一屁股坐在岸边的石块上闷闷不乐。

"哗啦"一声响,一只风筝掉到河里,挂在水里的树枝上。石头一愣:婷婷的那只风筝!不能被水冲走了,得想办法捞起来。他爬上河岸,找来一根树枝,返回河边试图打捞风筝。他用尽全部力气,把沉重的树枝伸向河里,也无法够到风筝。等他再用力去拉树枝时,身子一歪,整个人掉进了河里。他虽然会游水,但也被吓坏了,手脚并用奋力向上挣扎着,向那棵倒向河水的大树杈游过去,不时大口呛着水。夕阳斜洒在水面,整个河床上都透着光,石头在阳光下露着脑袋,艰难地游到大树杈边,一把攥住了树杈,趴在上面大口地喘气。

石头吊在树杈上喘气的画面,被赶过来的婷婷和她爸爸看到。婷婷爸爸看到一个孩子在水里,吓了一大跳:"这不是刚才那孩子吗?怎么在水里?喂!小孩!"

石头扭头看了看,不知如何回答。婷婷指着树杈上挂着的风筝说:"风筝!爸爸,他是要去捡风筝吗?"

石头一听这话,反而更加坚定了打捞风筝的念头,但是此时大人高声喊道:"捡什么风筝!多危险!小朋友你会游泳吗?赶快上来。"

石头又朝岸上看了看,坚定地点点头,然后顺着树杈摸向风筝。婷婷和大人在岸上不停地喊他上岸,他丝毫不理,一鼓作气游到风筝旁边,使劲儿摇晃几下,才把风筝摇下来。

石头一手举着风筝,一手拨水,正要往岸边游,突然感觉脚下有东西打腿,他心里一愣:好像是鱼!或者是蛇!

他有点怕,赶紧抱住树杈,低头看看没了动静。等他再转身游离树杈,水面又出现水波,他不敢怠慢,赶紧游到岸上,把风筝交给婷婷爸爸。

可是,想起水面不停出现的动静,他的好奇心一下子被激起来,转身下到水边,抱着树杈使劲再摇。水里动静更大,他捡起一块烂砖头扔过去,不见有蛇出来。他断定不是蛇,于是再次跳入水里,向水波处游过去。婷婷爸爸怕出事儿,大声喊他上来,但是石头心里被鱼迷住了,哪里肯听,对着岸上喊了一句"树枝上有鱼",便快速游到树枝旁边。他右手抓住树枝,把身子和头下潜到水下,用脚和手搜寻动静来自哪里。直到憋不住气了,也没找到,他只好浮出水面换了一口气,然后松开树枝,屁股一翘,一个猛子扎进水里。

婷婷爸爸觉得石头有点奇怪,树枝上怎么会有鱼呢!

石头在水下顺着树枝树叶,很快摸到了一截像渔网的东西,他用力向上一拉,"扑棱棱"几下,一条鱼的尾巴打到了他的脸上。

石头紧紧抓住渔网,钻出水面一看,一条一斤多重的草鱼被死死地卡在网上。他兴奋异常,拖着渔网游到河岸,晃晃悠悠地走到岸上,得意地让婷婷看他手里的鱼。婷婷惊叫起来:"爸爸!爸爸!看!好大的鱼!"

大人十分惊奇,不停地向石头竖大拇指,他认识这种丝线网是粘网,专门卡鱼鳃的。平时横拉在河里,鱼儿钻过时一卡一个准。

他笑着对俩孩子说:"可能是有人下的网被河水冲过来,挂在树枝上了。"

说完,婷婷爸爸见石头一身衣服全部湿透,贴在身上,就劝他回家:"赶快回去换衣服吧,别感冒了。"

石头看了一眼婷婷,又看一眼自己湿透的衣服,转身离开了。没走多远,又听到婷婷爸爸在身后喊他,他转身走回来,疑惑地望着他们,默不作声。

婷婷爸爸俯下身来问道:"小朋友,你几岁了?"

"十二岁。"

"上几年级?"

石头突然面无表情,不再回答。

"那你家住哪里呀?你在哪所学校读书?"

听到问他家住哪里,石头犹豫了一下,然后指了指不远的前方:"我家就在那里,银鲤村……我没有找到学校上学,爸爸说明年再找学校。"

"噢,你爸爸妈妈干什么工作的?"

石头低下头,没出声,等婷婷爸爸再问,才喏喏地回答道:"我爸爸收废品。"

"那你妈妈呢?"

石头仰脸看了一眼大人,再次低下了头。大人似乎察觉到什么,便不再追问,随即转换了话题:"你知道爸爸的电话号码吗?"

听此言,石头突然一仰头,自豪地大声回答:"知道!×××××××××××!"

"真厉害!记得这么清楚。小朋友,我还没问你的名字呢?"

"我叫张石头,大名叫张文豪。"

"真有意思的名字!你再说一下爸爸的手机号。"

石头又重复了一遍,大人掏出手机记下号码,面带微笑地说:

"张石头,你回家告诉你爸爸,明天星期天,我去你家里找他聊聊。"

石头不知道大人为什么要去他家,他看了一眼婷婷,还是答应了。大人和他道了别,带着婷婷离开了,他也哆嗦着身子,快步跑回家。

石头赶到家里时,太阳变成了一个大火球,低低地挂在西边的天际。两只鸳鸯鸭仍旧在院子里跑来跑去,见石头掂着鱼回来,齐刷刷地跟在他身后,不时啄着渔网,一点儿也不害怕。这都是石头平时惯出来的,他经常在吃饭时甩一根面条给它们吃,或者专门剩一点米饭倒在地上,让它们抢,现在只要石头一出现,两只鸭子便"突突突"地跑过来跟着他要吃的。

爸爸拿着衣服从屋里出来洗,见浑身是水的石头拎着一条鱼回来,便大声呵斥道:"你去哪里弄的鱼?不是不让你一个人下河吗?淹死了咋办?"

石头便把事情的经过一五一十地对爸爸说了,爸爸一脸的不屑:"看你能耐不小,树上还有鱼?那书上都是哄小孩子玩哩。"

石头不说话,举了举手里的鱼,向爸爸炫耀。

爸爸放下衣服,又警觉地问石头:"那大人来咱家做啥?你偷人家的鱼了?"

石头脖子一硬,仰头大声回答道:"我没有偷鱼!明明就是在树杈里抓到的。他们都在岸上看着呢。"

爸爸带着一脸疑惑,转身去洗衣服,但是心里一直为明天客人的造访而忐忑不安。

3

婷婷爸爸来到石头家里时,太阳已经高过树梢,万里碧空,不见一丝白云。知了在阳桃树上"知了知了"地叫着,鸭子卧在树荫下的水边打盹儿。炎热的天气令人烦躁不安,爷爷躺在床上侧着躺平着躺都不舒服,低一声高一声地呻吟。

石头领着婷婷和她爸爸走进低矮的屋子里:"爸爸,他们来了。"

爸爸正在屋里收拾一堆废电线,见到来人,赶忙站起来:"坐,请坐!"

婷婷爸爸和他打了招呼,拉着婷婷在破旧沙发上坐下来,环视了一下屋子,递上自己的名片:"我是东明市志愿者协会的会长,昨天带孩子在河边玩时碰到你家孩子。"

"噢噢,这孩子调皮得很。"

"不会呀,石头很聪明,又勇敢。"

"聪明个啥呀!我和她妈妈离婚了,我也不会教育孩子。"

"昨天他在河里帮我们打捞风筝,勇敢得很,一个了不起的孩子。"

"唉!就俺这家庭情况,勇敢有啥用!我离婚后,他爷爷一个人在家里没人照顾,我只好把他带出来,跟我收拾破烂,勉强能吃上饭,我也放心。谁知道两个月前突然吃不下饭,拉到医院一检查,说是肝癌晚期。钱花完了,病也没治好。没钱了医生就要我们回来养着,反正也治不好,就少花点钱吧。回来后也没钱买营养品,肉也吃不下,只能吃点鱼还勉强消化。我一天挣个十块八块的,不够交房租,也没啥钱买鱼。前几天我带石头去河里逮鱼,他就盯着河边的树枝发愣,非说树上有鱼。最近一直琢磨这事,也不知道着了啥迷。"

听爸爸说自己,石头低头不语,只顾玩着手里的布绒熊。婷婷坐在旁边,双手托腮,一会儿看看爸爸,一会儿又看看石头。大人认真听着石头爸爸的诉说,脸上一直保持着微笑。当听到石头对树上的鱼着迷时,他侧过身摸着石头的头,和蔼地问道:"石头,你怎么知道树上会有鱼呢?"

石头仍然不作声,抬起头看了一眼病床,又低头玩布绒熊。等爸爸再问他,他突然抬起头,小声嘟囔了一句:"你又没钱买鱼,我就想抓鱼给爷爷吃。"

大人愣了一下,爸爸也愣了一下,随即问石头:"那树上咋会有鱼嘛?"

"有!"石头说完,放下手里的布绒熊,走到桌子旁,从电视后面拿出来一本图画书,指着一页给爸爸看。树上画着一棵枯枝大树,树上吊着各种鱼。爸爸用漫不经心的眼光瞟了一下:"傻孩子,那书上都是哄小孩子玩呢,树上哪里会有鱼!"

"有!"石头的声音更大了。他看了一眼爸爸,指着电视机说:"我在电视上看过,在云南有一个地方,树上很多鱼。"

"你这孩子,越说越不像话!鱼怎么可能上树?"

石头突然不说话了,低下头,又开始玩布绒熊。婷婷爸爸站起来,又摸了摸他的头:"石头,我还真没听说树上有鱼呢,不过不要紧,以后我们一起研究研究。"

说完,婷婷爸爸站起身来,走到病床前,和爷爷寒暄了几句,安慰他好好养病,然后又对石头的爸爸说:"是这样,我们志愿者协会有一个项目,专门帮扶生活困难的家庭,我们想帮石头找一家学校读书,学费我们先想办法,老人家的病我们无能为力,但是我们会安排志愿者定期来看望你们。"

石头一听说可以找学校,脸上的表情顿时舒展开来。但是爸爸却开心不起来,他皱起眉头,低声"唉"地叹了一口气,对婷婷爸爸说道:"其实学校还是有的,有两家私立学校愿意接受,可是……可是没钱呀!"

石头脸上的神采一下子没了,低眉顺眼地摆弄着布绒熊。婷婷走过来，摸了摸布绒熊的头，对她爸爸说："爸爸，让他到我们学校读书吧！"

大人想说公立学校进不去，只能进私立学校，又知道几句话说不清楚，便把婷婷拉到怀里说："我也想呀，但是目前还不行，目前要找容易进去的学校。"

石头知道爸爸没钱交学费，不然早找到学校了。他看了一眼爸爸，又看了看婷婷爸爸，站起身默默地走出了屋子。一片半黄的榕树叶子飘过来，他用力踩着树叶。

大人又询问了爷爷的病情，提出想做一期公益捐赠，筹集一些钱给爷爷治病，但是被石头爸爸拒绝了："不用了，不用了，医生说这个病已到了晚期治不好，不花那个冤枉钱了。有钱还是给其他人吧。"

"治总比不治好吧？好好的大活人也不能就这样等……"大人突然住了口，扭头看一眼爷爷，接着低声说道，"也不能就这样等死呀！"

"那有啥？俺们农村不都是这样，明知道不行了，谁还去花那个钱，用钱的地方还多着呢，有钢用到刀刃上。这也是没办法的事儿。我准备把这里的货分拣完，卖完了就把人拉回去，总不能死在这里。"

婷婷爸爸不再争辩，站起身拉着婷婷向病床上的爷爷告辞，石头爸爸客客气气地送他们出屋。

婷婷爸爸来到院子里时，石头正在逗鸳鸯鸭。他从低垂的树枝上摘一个阳桃，掰下一块，抛向空中，嘴里念念有词："这是大白鲢，这是泥鳅。"阳桃一落下来，两只鸭子便伸长了脖子去抢食。他蹲下来，把手臂远远地伸出去，鸭子争先恐后地过来抢他手里的阳桃，等鸭子快要吃到阳桃时，他又迅速收回手："不给吃，不干活的家伙！天天不下蛋。"

鸭子追着他的手跑来跑去，脚下发出"嗒嗒嗒"的声音。他站起身，把阳桃挂到低矮的树杈上，指指阳桃，又指指鸭子："快扑，树上有鱼吃！"

两只鸭子长长的脖子顺着他的手摇来摇去，整齐得像部队出操。婷婷觉得太好玩了，跑过去和石头一起逗鸭子，但是她又不敢靠近。看着石头那充满童真的动作，婷婷爸爸笑出了声："嘿嘿，这孩子真有意思！"

爸爸赔着笑脸说道："调皮得很，天天疯疯癫癫的，手脚不使闲。"说完，他又大声呵斥石头，"石头！你干啥呢！叔叔要走了。"

听到爸爸喊，石头这才看到院子里站着婷婷和她爸爸。他看了一眼大人，突然拘谨起来，手不知道放哪里好。大人拉起婷婷的手，让她跟石头说再见，发现婷婷手里拿着一本图画书，正是画着树上的鱼那本，他俯身对婷婷说："婷婷，你怎么把哥哥的书拿出来了？"

"拿走吧，都是收来的书，石头看过了。"石头爸爸阻拦大人。

石头快步走到婷婷身边说："你看吧，我看过了。"

婷婷瞪着圆圆的大眼睛，好奇地说："我刚才也看了，石头哥哥，你说树上真的有鱼吗？"

石头坚定地点了点头，从婷婷手里拿过书来，翻到树上的鱼那页："有！肯定有，不过不是长这样的。我在电视里亲眼看见过。"

石头爸爸白了他一眼："就你能！鱼还会上树吗？别听他胡说！"

大人笑了笑，觉得石头心里一定装着很多有趣的念头，本想和他好好聊聊，又觉得时间不早了，便拉着婷婷向石头他们道了别，走出院门。

送走客人，石头爸爸回到院子里，对石头说："石头，你帮我抓一只鸭子，我把它杀了，中午给你爷爷炖汤。"

· 86 ·　麦／秆／儿

石头心里一愣："啊！杀了呀？不要！它们那么可爱。"

"杀了吧，也不下蛋，净吃粮食，留着干吗？"

"不要嘛！爸爸！说不定明年就会下蛋。"

"明年那得吃多少粮食啊。杀了！现在也打不到鱼，爷爷需要营养。明年春天咱再买几只小鸭子养着。"

石头不再说话，蹲下来继续逗鸭子，他抓住一只鸭子，双手抓住鸭子的翅膀，鸭子呱呱地叫着，像是挣扎，又像是淘气。石头突然又把鸭子放了："爸爸，不要杀了嘛！我去河里摸鱼。"

爸爸态度很坚决："你去哪里摸鱼，水深水大的，淹死了咋办？"

"没事的，上次我就在树杈里抓到了鱼！"

"不去，太危险。有时间我去撒网捕鱼。"

石头知道爸爸松口了，心里一阵高兴，忙走到爸爸身边："爸爸，我可以去菜市场捡菜叶子喂鸭子，跟你一起去打鱼给爷爷煲汤。"

爸爸看着孩子希冀的目光，突然鼻子一酸："唉！要不是你爷爷生这病，咱这日子咋会过成这样！"

石头不说话，走到阳桃树底下，摘了一个阳桃，三两下掰成几瓣，扔给鸭子："我救下了你们的命，赶紧给我下蛋，不然爸爸还会杀了你们。"

鸭子似乎听懂了他的话，乖乖地低下头抢吃阳桃。

4

一场雨赶在夏天的尾巴上，淅淅沥沥地下了几天几夜，终于在一个午后结束了。天空蓝得像一张纯净的大幕，不见一丝白云，喷气式飞机从遥远的高空飞过，划出一条白色的飘带。

石头坐在一截石板上，盯着天上的白色飘带，看着它一点一点被风吹散。

"石头！走，跟我去打鱼，雨后的河里好打鱼。"爸爸手里掂着渔网，从屋里走出来喊石头。

石头噌地一下站起来，跑去屋里穿了凉鞋，兴奋地跟着爸爸去打鱼。他兴奋的不是打鱼，而是想去看看歪在河里的树杈上会不会有鱼，上次从树杈上捞的鱼，爷爷整整吃了五顿，脸上看起来没那么黄了，精神也好了许多。爸爸隔三岔五到河边打鱼，但是很少能打到鱼，河面宽广，河里的树枝、石头又多，经常是打不到鱼反而把渔网刮破了。只要看到爸爸在家里耷拉着脸，石头就知道爸爸又是空手而归，或者又破了渔网，他就乖乖地帮爸爸分拣废品，不敢多说一句话。

到了河边，依旧是爸爸撒网，石头跟在后面捡鱼。满怀希望地一网一网撒下去，又失望地一网一网拉上来，一个小时撒了几十网，除了几只小虾外，一无所获。爸爸沮丧地把渔网扔在地上，一屁股坐下来叹气。石头走到爸爸面前，小声说："爸爸，我想去树杈那里看看有没有鱼，上次捞到鱼那里。"

爸爸低着头，两手搭膝盖上，也不抬眼看他："看啥看！我打了一个下午也没见鱼，哪个地方都没有鱼。"

"就那里！"石头指着不远处一棵倒向河里的榕树。

爸爸抬起头望了一眼。他想起病床上的人，突然不甘心空手而归，就站起身来，跟着石头走过去。来到大树旁，爸爸用脚踹了两下伸向河里的树杈，水面荡出一圈圈水波。石头指着水里的树枝对爸爸说："就是这里，上次就是在这里摸到鱼的。"

爸爸犹豫了片刻，脱掉衣服，让石头也脱下衣服："石头，你先下去，我跟在你后面。"

石头得到了爸爸的支持，兴奋得快要跳起来，迅速脱掉衣服，"扑通"一下跳进河里，引领爸爸游到树枝周围。石头一个猛子扎下去,半天才钻出水面,抹了一把脸上的水,摇了摇头说:"没有。"

"上次就在这里吗?"

"嗯。"石头应了一声,马上又钻进水里。等他钻出来,爸爸便沉下水里搜寻,两个人轮番搜寻一会儿,不见半片渔网,也不见有鱼,只好放弃摸鱼,游回岸边。

父子俩抖一抖身上的水,站在河边晒身子,一阵河风吹过来,石头打了一个哆嗦,不等身上的水干,俩人就套上衣服返回。

石头虽然身子精瘦,但是整天有使不完的劲儿,掂着水桶蹦蹦跳跳走在前面,爸爸无精打采地跟在后面。由于刚下过雨不久,路上不见行人。下了几天雨之后,草地上草木茂盛,野花点缀。望着空旷的草地和蔚蓝的天空,石头想起了婷婷,想起了她的大风筝。他也想要一只漂亮的大风筝,不过不是婷婷那种太花的,而是要一只大鱼一样的风筝,他觉得自己一个人就能把它放飞。

石头放慢了脚步,转过身对爸爸说:"爸爸,我想要一只风筝,这里很多人放风筝。"

爸爸看看他那渴望的脸,摸了一下他的头说:"行,等爸爸有了钱,给你买一只。"

石头低下了头,他不知道爸爸说的有钱了是啥时候,反正爸爸这次爽快答应了他,他就在心里安放一个盼头。有了盼头,石头走路又恢复了元气,兴高采烈地跑在前头。

突然,一个黑色小皮包映入了石头的眼帘。他陪爸爸去废品收购站卖货时,收购站的老板腋下夹着一个,和这个几乎一模一样。他用脚踢了一下,沉甸甸的。

"爸爸快看!"

"啥?钱包?"爸爸走过去,弯腰把皮包捡起来,拿在手里前后打量了一遍,又用手掂量掂量,禁不住打开了皮包。石头好奇地凑上去要看里面装了啥。爸爸蹲下来,和石头一起查看里面的物品。一打开,俩人吓了一跳:里面装着整整两捆百元大钞!

"这么多钱!"石头瞪大了眼睛。

爸爸又查看了其他夹层,抽出来一张身份证,拿在手里自言自语地念道:"张军。"

没等石头凑上来看身份证,爸爸便把它又装回皮包里,然后朝周围看了看,不见一个人影。他知道捡到了大老板的皮包,这里面光现金就有两万多,还有银行卡、身份证,都是重要证件。

石头不知道爸爸一个月能挣多少钱,但是他知道这两万多现金,足够他们花很长的时间,也能让爷爷住进医院。可惜这钱不属于他家,无法给他们带来任何帮助。他想起电视里失主拿出现金感谢捡钱包的人,如果爸爸找到失主,或许失主能给他一些钱表示感谢。想到此,他小声问爸爸:"爸爸,我们在这里等,丢钱包的人找到我们后说不定会给钱来感谢我们。"

石头的话一出口,瞬间就击中了爸爸的心窝,爸爸也在想这事儿,两个人拿着钱包站在路边,左看看右看看,希望失主能回来找钱包。

等来等去,太阳快要滑到地平线了,仍不见失主的人影,石头有点急了:"爸爸,丢钱包的人应该不会来了吧?他怎么知道是在这里丢失的呢?"

爸爸没有回答,但是心里开始打鼓,这要等到什么时间!估计失主不知道在哪里丢的,无法来这里找,干脆先带回家,看看下一步如何处理。他又前后左右看了几圈,对石头说:"估计没人来找,我们先拿回去再说吧。"

石头一脸茫然:"拿回家?"

"嗯,先拿回家。走。"说完,爸爸重新拎起渔网,让石头拎着水桶,向家里走去。

心里有事儿，石头和爸爸一路无话，快步走回家里。

进屋的一刹那，爸爸看到床上的父亲眼睛紧闭，面容消瘦得只剩下松皮包着骨头，喊了两声，床上只哼了一声，再无动静。他走出屋子，蹲下来拉住石头的手说："石头，爷爷的时间不多了，我们必须尽快走，不然爷爷就老在外面了。"

石头的心里一酸，嘴角动了两下，跑到屋里，站在床边轻轻地喊："爷爷！爷爷！"

爷爷微微睁开眼，艰难地转了一下头，伸出右手，试图抓住石头。石头赶紧上前抓住爷爷的手，爷爷艰难地挤出一丝微笑，嘴唇动了动，然后便闭上眼睛休息。石头非常难过，泪水差一点儿要掉下来。他抚摸了一会儿爷爷的手，便松开手走到院子里。

爸爸坐在门口，一根接一根地抽烟，怀里揣着那个黑色皮包。

石头走过来，在爸爸旁边坐下来，难过地说："爸爸，爷爷好可怜。"

石头一看到爷爷那蜡黄的脸，以及那深陷的眼窝，心里就难过得不行。他心疼爷爷，但是无能为力，爸爸也无能为力，就连爷爷能吃的鱼汤也弄不到。他开始恨自己，恨自己为什么找不到有鱼的树。

突然，爸爸丢掉手里的烟头，转过身来，对石头说："石头，我们明天就走，货不要了。"

石头一愣，爸爸几天前就说要走，一直苦于没卖完货，手里没钱。他疑惑地问道："爸爸，你有钱啦？"

爸爸看了看四周，俯下身子，用手拍了拍怀里的皮包，冲着石头点了点头。石头有点吃惊："不是要等人家来找吗？"

"这么久都没人来找，估计是没希望了，不来了。"

"那……那人家不是很着急？"

"那也没办法呀，我也想给他，但是找不到嘛。"

树 / 上 / 的 / 鱼   ·91·

石头低头不语，右手不停地挖着耳朵。爸爸又点上一根烟，一明一灭地吸着。过了一会儿，石头似乎想起了什么，趴在爸爸腿上说："爸爸，包里应该有电话号码吧，我们可以打电话找找。"

爸爸"嗯"一声，没有说话。他已经查看过包里有很多名片，这些名片上的人肯定认识失主，只是他不想告诉石头这些。

"爸爸，还是打电话问问吧，人家肯定会着急的，没有身份证连火车都坐不了的。"石头继续说道。

爸爸狠狠地吸了两口烟，丢掉烟头，站起身来，拍了拍石头的肩膀说："你别管了。"

爸爸说完，转身进了屋，再从屋里出来时，手里空空的，不见了皮包，径直走向废品堆旁收拾废品。

石头也自觉地走过去，和爸爸一起拣货。天渐渐暗下来，石头看不清爸爸的表情。

5

晚饭后，石头在院子里用水瓢舀水呼啦啦地洗了澡，把一件破旧的床单裹在身上，擦着头走进屋里，自觉地爬到床上，仰面而躺，双手枕在脑袋后面。桌子上的台扇"哗啦哗啦"地响着，但他还是觉得热。

爸爸穿着捡来的人字拖鞋，"啪啪"地走进屋，石头赶紧拉灭电灯，佯装睡觉，但是脑海里却没有停止活动，他一直在想爸爸会不会联系失主，要是不联系失主，带着钱回河南，不但足够爷爷治病，也够他的学费。这令他兴奋不已，脸上露出难以察觉的笑容，可他一想到失主会很着急，马上又陷入了沮丧。他从没见过这么多钱，失主丢了这么多钱肯定无法正常生活，天天哭得死去活来。

想来想去，石头无法入眠，只好在心里数羊：一只羊，两只羊,三只羊……数到自己记不住了,又重新再来,翻来覆去数了好几遍,也毫无睡意。他翻一下身子,看爷爷已经睡觉了,爸爸的屋里也发出"呼呼"的鼾声。突然,石头产生了下床去看看皮包的念头,这个念头一旦进入脑海里,再也挥不去。他辗转反侧地在床上折腾了一阵子后,便小心地下了床,蹑手蹑脚地走进爸爸的房间,来到爸爸床前。爸爸打鼾时一口呼吸没上来,大声咳嗽了两声,吓得石头赶紧蹲下来低下头去,等他再抬起头来,爸爸翻了个身,又继续睡去。他咬着嘴唇,小心翼翼地走到桌子前,借着窗下的月光,扫视了整个桌面,也没见皮包的影子。最后,他把目光停留在桌子靠左的抽屉上。肯定在里面!他一手扶着桌子,以免桌子晃动发出声音,一手轻轻拉动抽屉,一点一点地拉开抽屉。果然,黑色皮包安静地躺在抽屉里,他心里一阵狂喜,小心取出皮包,又慢慢关上抽屉,蹑手蹑脚走回自己的床边。

爬上床后,石头迫不及待地打开皮包,一层一层地翻看。身份证、各式各样的银行卡、美心花园业主证等塞满了皮包,业主证下方的透明口袋里,有一张小女孩的照片吸引了石头的眼球,他抽出照片用手拂了拂照片周围的压痕。照片上的小女孩看起来和石头年龄相仿,充满稚气的脸上,一双圆溜溜的眼睛炯炯有神,乌黑的头发,身上鹅黄色裙子的公主袖高高鼓起来,可惜照片只照了上半身,石头心里有些遗憾。要是他的姐姐还活着,一定也是这样漂亮。上次在草地上看到放风筝的婷婷,他就想起姐姐了。

姐姐是三年前淹死的。三年前爸妈还没离婚,姐弟俩跟着妈和爷爷在乡下生活。姐姐出事的那天,石头刚过完六岁生日。一场大雨后的傍晚,姐姐和一些人到河边摸爬蚱,一不小心跌进涨满水的河里,从此,他便没了姐姐。当村民七手八脚把姐姐打捞上来时,姐姐已经没有了呼吸,叔叔坐上邻居的摩托车,把姐姐放到自己腿上,让姐姐的头垂下来,姐姐的嘴里不停地往外流水,湿漉漉的头发快要拖到地面。摩托飞一样地离开村子，只留下妈妈哭得瘫倒在地上。

埋葬了姐姐，爸爸狠狠地把妈妈揍了一顿，然后又哭着道歉，可是妈妈没有原谅爸爸，吵来吵去离了婚，从此他又失去了妈妈。爸爸带上爷爷和他，把大门一锁，便离开了那个叫作梅家湾的村子。三年来，姐姐披头散发垂在摩托车后边的画面从来没有消失，石头经常梦到这个场景，有时候他愣愣地看着爸爸，最终没有把这个梦境说出来，他知道爸爸因为不在现场而懊悔得自扇耳光。石头记得很清楚，姐姐死后不久，爸爸就教会他游水了。

窗外起了大风，刮得棚子顶上的铁皮发出"哒哒哒"的声音。石头把照片放回皮包里，拉开另外一层，两捆崭新的百元大钞整齐地排列着，石头闻到一股淡淡的油墨味儿。他拿出来一捆，搁在手里沉甸甸的。第一次见到这么多钱，也是第一次亲手摸一摸百元钞票，他有些恍惚，甚至有点不敢相信手里真的是钱。突然，他想留下一张，放到他的百宝箱里，万一自己有非常需要的东西，就不用再向爸爸要钱买。想到这里，石头用指甲轻轻扣动钞票的边缘，钞票像电视里魔术师翻扑克那样一张张快速翻过，发出轻微的"哗哗"声。反复翻动几次，他的手指停留在其中一张，用力抽了几下，没有抽动，就换了一捆，很轻松地抽出一张来。石头把这张百元钞票放在鼻子边闻了闻，然后把剩余的钱放回皮包，拉上拉链，打算把皮包放回去。

刚一下床，他又后悔了，怕万一爸爸知道了他拿一张钱出来，肯定会很生气，没了妈妈，他不想惹爸爸生气，不想再失去爸爸的疼爱。于是他又爬上床，从枕头底下找出来那张钞票，重新把它插进钱捆里。但是怎么弄都无法把那张钞票插得和其他的钞票一样整齐，只好在桌子上轻轻地反复敲打。爸爸在屋里咳嗽了两声，石头立刻停下来，心一下子提到了嗓子眼儿。过了一会儿，确定爸爸没有醒来，他就又敲了好几下，钞票终于整齐了。石头把钱放进皮包里，悄悄地放回爸爸的抽屉里，这才回到床上睡觉。

第二天一大早起来，石头揉着眼睛走出屋子，见爸爸把一大捆废纸箱放到电动三轮车上，准备出门。他走过去，悻悻地问："爸爸，你打电话了吗？"

"给谁打电话？"爸爸没有停下手里的活儿。

"那个丢皮包的人啊！"

"打了，去去去！回屋洗脸去，小孩子家操闲心。我出去卖货，稀饭在锅里，你自己吃。"说完，爸爸捆好货物，驱车出门了。

石头慌忙跑过去把大门关上，以免鸭子再跑出去找不回来。他抬头看看蔚蓝的天空，圆圆的月亮挂在西边，红彤彤的太阳在东边跳出地平线，日月同辉，万里无云。

石头跑到水管旁洗了脸，觉得不爽，又把头放到水龙头下边，呼呼啦啦冲洗了几下，顿感清凉。他闭着眼，低着头摸到屋里，用大浴巾擦了头脸，走到爷爷床前。爷爷仰卧在床上，眼窝和脸颊深深地凹陷下去，露出高高的颧骨。爷爷的脸色蜡黄，没有一点血色。

石头见爷爷睁着眼，便拉了拉他的手臂："爷爷，爷爷！"

爷爷的头没有动，只是把眼球转向石头，手臂挪了挪，嘴角微微动一下："乖。"

石头把自己的小手放到爷爷的手心里，感觉到爷爷握了握他的手。他的心里一阵难过，爷爷曾经是多么威武啊！曾经带他去田里玩，去县城买好吃的，买衣服，现在被病魔折腾得只剩下一副骨头架子和一张皮。石头抚摸着爷爷的手，难过得泪水在眼里打转，他咬住嘴唇，努力不让眼泪流下来："爷爷，你吃稀饭吗？"

爷爷艰难地摇摇头："刚才，吃了。"说完，爷爷疲劳地闭上了眼睛。石头慢慢地从爷爷手里把自己的手抽回来，又摸了摸爷爷的胳膊,就去厨房盛了稀饭,坐在电视机前"呼噜呼噜"喝起来。喝到最后,他习惯性地留几口,端到院子里喂鸭子。

鸭子见石头端着碗走出来,条件反射般地跑过来要吃的。石头刚刚蹲下来,没等他把稀饭倒地上,两只鸭子伸着长长的脖子,争先恐后来抢碗里的稀饭,鸭头差一点伸到他脸上,他往后仰着身子躲避。由于仰得太厉害,一个趔趄差点坐到地上。他左手触到地上,身子才没有倒,碗里的稀饭一下子泼了出去。鸭子"呱呱呱"地叫着,兴奋地抢食。石头站起来,用力地踢它们:"找死啊!饿死鬼!我叫你抢,我叫你抢!"

石头一连几脚,把鸭子赶走很远,鸭子摇着尾巴,躲到阳桃树下的水洼里。石头去水管那里洗了碗,送回屋里,快到屋门口时,扭头看看鸭子仍然没有去吃泼出去的稀饭。他转身走到鸭子身旁,大声喊道:"去吃啊!"

说完,用脚试图把鸭子赶过去,鸭子摇着尾巴在树下来回转,石头用手指着其中一只说:"还生气呢!都把我拱倒了,还不允许我骂几句啊?好了好了,快去吃吧,等一下晒干就可惜了。"

石头一边哄着,一边把鸭子赶到了稀饭那里,看着鸭子吃稀饭的高兴劲儿,他心里也一下子开心起来。石头站在那里一直看着鸭子吃完,才回屋里。

阳光从窗户缝隙斜射进来,两道扁扁的光束穿透整个房间,细密的尘埃在光束里飞舞。石头伸出手指在光束里做一个手势,墙壁上立刻出现一个手枪的投影,他很开心,继续用双手做一个狗头的手势。

"石头,把爷爷的药拿过去,让爷爷吃药。"不知道啥时候爸爸回来了,在院子里喊石头。石头收了手,穿过光束,跑去里屋把药拿给爷爷,又倒了水,用嘴尝一下温度,然后喊爷爷吃了药。

突然,大门口响起了敲门声。石头心里一动,赶快跑过去开门,门外出现一个瘦高的男人,石头看他的相貌也不会超过爸爸的年龄。男人站在门口,焦急地问:"请问是杨乔生家吗?"

男人脸上"啪嗒啪嗒"往下滴汗,石头知道他一定是赶了很长时间的路。"是的,我是杨乔生。"爸爸从院子里的废品堆旁站起来回答道。

进了屋,男人也不坐,单刀直入地问道:"是你们捡到我的皮包了吗?"

石头的心一下子提到了嗓子眼儿,谢天谢地!皮包的主人终于来了!

倒是爸爸十分平静地告诉男人:"是的。"

说完,他走进里屋,拿出来那个黑色皮包:"是这个吗?"

男人一见皮包,激动得声音都变了:"是的,是的。"

"你叫张军吗?你的身份证号码是多少?"

"是的,我的身份证号码是××××××××××××××××。"

"你的包里都装的啥?"

"有两万块钱,有身份证,有六张银行卡,还有我女儿的照片……"

爸爸一听男人回答得都正确,便放心了,把皮包递给男人:"给你吧,我们也没动你的东西,你检查一下。"

男人迫不及待地打开皮包一看,所有东西完整无缺,他激动得红了眼圈,握住石头爸爸的手:"谢谢!太感谢你们了!我遇上好人了!"

爸爸被动地摇着手,连说"不客气,不客气"。男人突然松开手,从皮包里拿出一沓钱,数也不数:"这些钱算是我的谢意,请收下吧。"

石头偷偷看了看爸爸的表情,爸爸仍然一脸平静地说:"不用不用,真不用。"

男人拉住石头爸爸的手,再次要求收下:"请收下吧,你们都是大好人啊!这钱是我刚刚从银行贷出来的,准备发工人工资。再不发工资就要被告到劳动局了。"

"你是开工厂的?"

"是啊!今年的生意没法做了,辛辛苦苦干了大半年,债越积越多,天天到处要账、借钱,挖东墙补西墙,像打仗一样。"

"唉!都不容易。赶快把钱收起来吧,我们明天要回乡下了,我还要去卖货。"

"啊!你们这是……"

"我们在这里收废品,最近跌得厉害,卖不上价钱,屋里老人病重,孩子也要回去上学。"

"哦,你们也挺难的。这钱你就收下吧,给孩子买个书包嘛。"

石头很想要一个漂亮的书包,哪怕没学可上,也可以用来装他喜欢的书。他心里想着书包,爸爸态度坚决地回绝了男人:"不要不要,说不要就不要,我们要是图钱,就不会打电话给你了。"

男人无奈,只好千恩万谢之后离开了。

6

送走皮包主人,石头回到屋里心不在焉地看电视,皮包交给失主了,明天爸爸就会带他和爷爷回乡下,估计也见不到婷婷了。石头正在胡思乱想,大门再次响起来,待他从屋里跑出来,爸爸已经开了门。来人不是别人,正是婷婷和她爸。

石头站在那里瞪大眼睛,不知道说啥好,婷婷爸爸面带微笑说:"石头,怎么,不欢迎吗?"

石头这才反应过来,把两个人让进院子里,途中他偷偷看了一眼婷婷，发现婷婷也正在看他，他赶忙收回了目光，带他们进屋。

婷婷爸爸环视了屋里，问道："你爸爸呢？"

"在屋里。"

石头的话音刚落，爸爸听到动静从屋里走出来。他和大人打了招呼，把他们领进屋里，让了座，转身对石头说："也不知道招呼让座。"

"没事没事，刚进屋。"大人在破沙发上坐下来，"老人家好一些没？"

"好啥呀！还是那样。"

"噢，好好养着。对了，我这趟来，是告诉你们石头的学校找好了，我们出证明，学费减免一大半。"

石头和爸爸听了这话，都低下了头。屋子里一下子安静下来，过了一两分钟，爸爸抬起头，搓着手说："谢谢你们，帮俺找到了学校。但是石头不去上学了。"

"为什么呀？"

爸爸朝屋里看了一眼，小声说道："是这样，他爷爷的病越来越严重，这几天水都喝不了，一喝就吐，估计没多少日子了。我想把他拉回去，总不能死在外面。"

"石头也回去吗？"

"是的，石头也回去，在老家上学不要钱。"

"这边的学校会好一些，费用也帮你们解决了，真遗憾！"

"谢谢你们！在这边上不起，减免了一部分学费又怎么样呢？还要吃饭，还要租房子，活不起啊！家乡有政策，上学不要钱，家里有地，饿不死。"

婷婷爸爸一阵沉默，婷婷和石头小声说着什么，不时开心地笑。

婷婷爸爸叹了一口气说："唉！也对，家里公共服务条件好了，回去生活也不错。"

婷婷爸爸说完，把婷婷拉到身旁，搂着她说："石头哥哥要回家乡上学，有机会我们可以去他家乡玩。"

婷婷转过身，一双大眼睛盯着爸爸，声音清脆地说："爸爸，石头还是说树上会有鱼！"

说话间，婷婷脸上露出不服气的神情，婷婷爸爸转过头，温和地问石头："石头同学，你为啥一直相信树上会有鱼呢？鱼是在水里生活的，离开水会死的。"

石头没有抬头，只顾玩弄着手里的布绒熊。婷婷爸爸不好再问，便站起来告别。石头爸爸慌忙站起来，脸上堆着笑容说："别听他胡说，小孩子家懂什么！"

婷婷爸爸拉着婷婷走出屋子，两只鸳鸯鸭摇晃着身子走过来，婷婷吓得躲到大人背后。石头抬起脚就踢："滚开！"

鸭子扑棱棱走开了，看着石头骂鸭子时的认真表情，婷婷觉得很好玩，悄悄走到他身旁，小声说："它们能听懂你的话吗？"

石头一仰脸，指着一只头大的鸭子，神气地回答道："能，当然能，早上我骂了它们，它们居然生气，不吃我喂的稀饭。"

说话间，婷婷爸爸和石头爸爸走到前面去了，石头和婷婷在后面聊得热火朝天。走出大门，两个孩子才恋恋不舍地挥手道别。

上了车，婷婷说："爸爸，我知道石头为什么相信树上有鱼了，他和我说了。"

婷婷爸爸感到好奇，忙问婷婷："为什么呀？"

婷婷把身子探到前排座，小声说："他不想让爷爷死，想抓鱼给爷爷吃，可是他又没有别的办法。所以，天天盼着能像书上说的那样树上会有鱼。"

大人"唉——"的一声叹了一口气，想说啥，却啥也没说："唉！如果现实中能想到办法，谁又会去烧香磕头求菩萨呢？"

7

天突然阴了下来,一阵大风吹过,杂物棚子被吹得"啪嗒啪嗒"响。石头踩在满地打旋的阳桃叶子上,低着头走在院子里。爸爸拍了拍石头的肩膀说:"走,帮我抓鸭子去。"

石头一愣:"啊!抓鸭子干吗?"

"杀了给你吃肉。"

"不要,不要!"

"要杀,明天就走了,鸭子又不能带。"

石头听到爸爸一定要杀鸭子,急得哭起来:"不要啊!爸爸,不要啊!"

爸爸开始责怪石头不懂事儿:"你这孩子,怎么这么犟!鸭子不杀丢这里也是饿死。"

爸爸说完,跑过去满院子追着捉鸭子。鸭子似乎心有灵犀,扑扑棱棱跑开,蹿上蹿下四处躲避,扬起一地鸭毛。最终,两只鸭子还是没有逃过爸爸的手心,宰了。望着满地的鸭毛,石头伤心地躺到床上,哭了半天。中午吃饭的时候,爸爸把一盆鸭肉端上了桌子,满屋子飘着香味儿。爸爸走过来硬把他拉起来,拉到饭桌前:"吃吧,石头,你看我炖得多香。"

石头止住了哭,看了一眼鸭肉,突然又大哭起来,爸爸劝来劝去,他才止住了哭。但是面对爸爸夹过来的肉,他一口回绝:"我不吃!"

"你这孩子!有啥可心疼的,鸡鸭都是用来吃的。"说完,爸爸把石头拉到饭桌前,夹了一大块鸭肉放进他碗里:"吃吧,赶紧趁热吃。"

石头看看碗里的鸭腿,"哇"的一声又哭起来。

几几的眼睛

上

几几一出生就是一个美丽的麂子,大大的眼睛上方有一道细细的黑毛,像涂了眼影。浑身浅褐色,没有一根杂毛,这一身纯毛,是继承了妈妈赤雁的基因。

在整个阿木山里,赤雁是出了名的美麂子,身材矫健,毛色纯亮。曾经有一个青麂家族的公麂子,在几几出生后跟踪赤雁好几个月,试图追求她。赤雁不喜欢不同类的青麂子,忍受不了他们的骚扰,不得不带着小几几,跟着丈夫赤丘迁徙到这个偏远的牙子山。这里林深草茂,居民稀少,并且人们都善良,从来不伤害麂子。

在赤雁众多的追求者里,公麂子赤丘最不出名,但是对赤雁最忠诚,虽然不像别的公麂子那样天天围着赤雁转,也不会在白天亲吻赤雁的臀部,但是天黑后他会在赤雁周围用前蹄子敲击枯木,发出"哒哒哒"的声音。这声音是属于他们两个的信号,赤雁一听到这"哒哒"声,心里便怦怦直跳,不由自主地向声音靠近。等赤雁来到身边,赤丘也不去亲近,只是仰起头对着夜空发出"叽——叽——"两声叫,然后就低头走路,赤雁兴奋地跟在他身后,整个星空和树林都属于他们。

赤丘带着赤雁来到阿木山的清水潭边,潺潺溪水从山上流下来，撞击在石头上，溅起成片的水花落在潭水周围。那里的草常年得到溪水滋润，长得特别丰盛。赤丘发现这片美食之后，从没有自己单独享用过，每次都会带赤雁一起来享用。每当赤雁专心吃草的时候，赤丘便会在她的周围警戒，哪怕有一点动静，他都会仰起脖子仔细观察，生怕有猎人偷袭。其实何止是赤雁胆小，他们麂子家族都非常胆小，哪怕有一丝半点的风吹草动，都令他们高度警觉。赤丘跑到两米之外来回走动，竖起灵敏的耳朵，试图捕捉来自周围的声音。确定周围没有危险了，他兴奋地跑回赤雁身边，不时蹭蹭她的身子，闻闻她的臀部，然后扬起头，翻着嘴唇在她周围走动，以表达爱慕之情，向她传递亲昵信号。赤雁这个时候便会停下吃草，看着赤丘那深情而又兴奋的挑逗动作，又难为情地装作看不到，低下头来继续吃草。可是她哪里能够静下心来吃草，衔在嘴里的草也咬不住，尾巴不停地摇摆，身子来回动着。这一切被赤丘看得清清楚楚，他准确捕捉到赤雁臀部发出来的求爱气味儿，知道赤雁心里早已经接受了他。于是他更加大胆，不停地用嘴唇摩擦赤雁的臀部，翻着嘴唇把爱意展示给赤雁。在他的不断挑逗和刺激下，赤雁越来越兴奋，止不住心旌摇曳，频频晃动着臀部，最后，在赤丘的激烈挑逗下，她终于接受了赤丘。

几个月后，漂亮的小麂子几几出生了，面对眼前的孩子，赤丘和赤雁都兴奋不已，天天守护在孩子身边，赤雁喂奶，赤丘警戒，好一个美满幸福的家庭。

生活在阿木山丛林的麂子家族里，几乎所有年轻的公麂子都非常羡慕赤丘，嫉妒他能捕获赤雁的芳心，并与她生儿育女。有几只不安分的公麂子并不甘心就此甘拜下风，在赤雁生下小几几后，仍然不停地骚扰她，经常在她出入的地方隐藏起来，等到赤雁一出现，他们便突然跑出来，对着赤雁翻嘴唇，发出"叽叽"的求偶叫声，吓得赤雁带着小几几撒腿就跑，一直跑到看不见他们身影的地方,才敢停下来。几几每次都累得气喘吁吁,问妈妈:"妈妈,我们为什么要跑啊?他们会欺负我们吗?"

这个时候,赤雁总会觉得难为情,不知道如何解释几几眼里看到的这一切,只好告诉几几:"妈妈是属于爸爸的,不能被他们靠近。"

几几跟着妈妈跑了几个月,身体逐渐长大了,也练了一身飞奔的本领。等他和爸爸妈妈迁徙到牙子山,他发现这片坡度很小的山丘非常适合他奔跑,每天在天快黑的时候,他都会单独跑出来练习奔跑,找鲜嫩的草和树叶吃。

阿木山有一个远近闻名的猎手,大家都尊称他为阿哥。阿哥不但枪法非常准确,还善于使用弓箭。他驯养了一条黑狗,凶猛机灵,只要他和黑狗一起进山,从来不会空手而归,最少也要打到一两只野兔或者山鸡。阿木山的麂子们非常害怕他。阿哥打死了三只麂子之后,麂子们几乎不敢白天出来,只能在天黑的时候出来觅食。后来有一只老麂子闻出了猎狗在树根上留下的尿渍记号,才准确躲开了阿哥和他的猎狗。从此,阿哥便再也见不到麂子的身影,每次进山,只能打到一些野鸡等小动物。后来政府加严了猎枪管制,他再也不敢扛着猎枪进山打猎,只能偷偷带着自制的弓箭,到山里打些鸟类。

有一天傍晚,阿哥骑着电动车收山货回来,经过牙子山,黑狗吐着舌头跟在他后面。走过山坳时,他感觉到憋尿憋得难受,便停下车子,跑到树林里解手。茂密的树林里,除了偶尔响起一两声鸟鸣,只剩下风吹树叶的沙沙声。他找了一棵大树,解开裤子,对着大树的根部哗啦啦一阵声响,顿时一身轻松。当他系好皮带准备回去时,黑狗突然狂躁起来,对着山里汪汪汪一阵大叫。凭他多年的捕猎经验,他知道黑狗可能发现了大型猎物,他敏感地跑回车旁拿出弓箭,跟着猎狗进了山。猎狗兴奋地在草丛里跑着,不时在地上来回嗅着。走进山里不远,阿哥发现地上有一些圆形颗粒状的粪便,他用脚踢了踢,仔细辨认,发现这不是山民放羊留下的羊粪,也不是山猪的粪便。

麂子!他的脑海里一下子冒出来这个念头。

想到这里有麂子,阿哥异常兴奋,赶快呵斥住正想在树根上撒尿做记号的猎狗。他不能让猎狗留下尿渍,以免被猎物发现他和猎狗的行踪。他叫住猎狗,小心翼翼地返回电动车旁边,打开车座的盖子,拿出来一件宝贝。这件宝贝是他刚从非法网站买来的,属于最新型的万能捕猎网,不但能捕飞鸟,连黄羊和麂子都能捕到。今天在牙子山发现麂子的踪迹,令他很兴奋,刚好试一试这个宝贝。

他拿着捕猎网,顺着粪便的痕迹一直走进深山,在一块大石头后边的丛林间隙里把网下好,又掏出手机做了定位,拍了照片。等他忙完,天已经暗下来,他不敢逗留,带着猎狗匆匆走出树林,骑上车子下山。

夜幕降临之后,圆圆的月亮从天边升起来,山林里响起了此起彼伏的虫鸣声,夜莺在树梢不时发出一两声鸣叫。赤丘独身从深山里走出来,他最近极少跟赤雁和几几一起出来,这也是这个种群的生活习惯,这个习惯避免了他们被猎人或者食肉动物围猎的危险。

一阵风吹来,赤丘身后传来"扑嗒"一声。赤丘惊恐万分,他并不知那不过是树上掉下的一截腐朽树枝。他以为是猎人或者食肉动物来袭,便朝着山下飞奔而逃。身边的草丛被他踢得哗啦啦作响,正在鸣叫的虫子也顿时哑了声音。正在树下草丛里休息的山鸡突然受到惊吓,扑棱棱逃向远方。麂子种族的胆子非常小,这在赤丘身上表现得非常突出,他越跑越害怕,越跑越快。突然,他感觉撞上了一张大网,"扑通"一声摔倒在地上,没等到他想起来挣脱大网,就吓得屁股后面湿了一大片,躺在地上脑子里一片空白,四只蹄子不停地蹬着,没蹬几下,便不动了,身材健壮的赤丘,就这样被突如其来的大网吓死了!他甚至都来不及想一下可怜的赤雁和几几以后的生活,便一命呜呼了。

中

东边的天空露出鱼肚白,山坳里升起袅袅炊烟,飞鸟早已出巢,树林里鸟鸣声此起彼伏。

几几从大石头背后站起身来,伸个懒腰,无精打采地走了几步,轻轻地打了个响鼻,但这丝毫没有驱散身心的疲劳,他心里慌得厉害。昨天晚上趁着月光吃树叶,不时传来"扑嗒"的声音,令他不得不警觉地抬起头,四处张望,不断变换藏身的地方。月亮已经斜过大山背后,几几仍然觉得没吃饱,他已经习惯了夜晚觅食,也习惯了饥饿的夜晚。在很小的时候,妈妈就反复告诉他尽量不要在白天下山吃草,特别不要到水潭边吃草,因为有水的地方就可能有人类活动,一旦被人类盯上了,极有可能丢掉性命。近两年,各种饭馆流行吃野味,麂子肉已经成为最普遍最受欢迎的野味。昨晚几几饿着肚子,躲在一块大石头背后睡着了,但很快又醒来,再睡着再醒来,折腾到天亮,反倒比睡觉之前更加疲劳。

几几有些想念妈妈,不知道爸爸和妈妈现在都在哪里。上一次见妈妈,已经是一个多月前,妈妈告诉他一定要分散,一定要提高警惕,练就奔跑的本领,以躲避人类的追捕。他无精打采地在干枯的草丛里走着,晨风吹来,树林发出"沙沙"的声音。远处传来炊烟的味道,这是必须警觉的味道。他犹豫地走几步又退几步,来回徘徊着,突然闻到一股熟悉的味道。爸爸!是爸爸身上的味道!爸爸一定在不远的地方。他试着叫了两声:"叽——叽——"四处除了鸟叫外一片安静,他一边警觉地昂起头四处张望,一边急切地往山下走。

很快，几几就见到了可怕的一幕，身体健壮的爸爸倒在一张大网的旁边，臀部流出黄色的液体，难道这就是妈妈跟他讲述的吓破胆吗？难道爸爸被吓死了吗？天啊！到底是怎么回事儿呀！他急切地围着爸爸的尸体转圈，不时向四处张望，又低头用前蹄扒着地面。地上枯叶和尘土溅起来，落到他的嘴唇上、脸上，他都丝毫没感觉到。他绝望地大口喘着粗气，不时发出"叽——叽——"的哀鸣声。

突然，远处传来一阵狗叫，隐隐约约能听见有人说话的声音。几几忍住悲愤，走到一块高地上，伸长脖子看了看，然后又跑过来继续围着爸爸转，但是他再也不敢哀鸣，只能把悲伤和怒火压在心里。这心中的悲伤和怒火憋得他越来越急躁，喘气越来越粗。

狗叫声越来越近，人们说话的声音也越来越清晰，几几知道危险正在向他逼近，必须马上离开。想到这里，他低下头蹭了蹭爸爸的脊背，伤心地离开了。

几几刚走远不久，阿哥和阿贵就赶到了现场，看着躺在地上的赤丘，阿哥开怀大笑，踢着赤丘的尸体说："早听人说麂子胆小，我还第一次亲眼看到被吓死的麂子。"

说完，他走到一棵枝头挂满红叶的乌桕树旁，把捕兽网收起来，装好，转眼看见阿贵掀开赤丘的后腿自言自语说："捡到宝贝了啊！阿哥！你看多大一坨麝香。"

阿哥蔑视地看了他一眼，道："你懂什么啊！哪里会有麝香？麝香是麝鹿长的，公麝鹿的肚脐下边有一块麝香囊。这是麂子，麂子哪里会有香囊？"

阿贵有些不相信，再次掀开赤丘的后腿，用脚踢了踢他的臀部，失望地帮着阿哥抬起赤丘的尸体，艰难地向山下走去。几几躲在不远处的一棵大树后面，大气都不敢出，眼睁睁看着猎人把爸爸的尸体抬走。他强忍着泪水,一直等到猎人和猎狗消失在树林中,才从大树后面走出来,用前蹄使劲儿扒地面,草丛里再次尘土飞扬。终于,几几扒累了,稚嫩的蹄甲被磨得开裂成细条儿,脚掌厚厚的肉蹼也被划破了,露出红红的肉芽,但是他不觉得疼痛,爸爸那死不瞑目的惊恐神态、猎人那洋洋得意却又狰狞的面目以及凶恶的猎狗,都一遍又一遍地在他的眼前闪现。想起这一幕,怒火再次在他的脑海里聚集、膨胀,他的头开始嗡嗡作响,眼球快要从眼眶里跳出来。

终于,几几压不住心中的怒火和悲愤。他仰起头,对着天空连叫几声:"叽——叽……"山下突然传来几声"旺旺"的狗叫声,吓得他浑身一激灵,顾不得伤心,一股脑儿向山坡另一边俯冲而去。奔跑中,他被一条野生藤蔓绊住,"扑通"一下摔倒在地,头部一下子撞到石头上,疼得他几乎要昏过去,但是他不敢继续倒在地上,强忍疼痛挣扎着站起来继续奔跑。他几次被石头和杂草绊倒,又都站起来重新奔跑。就这样不知跑了多久,终于听不见猎狗的"汪汪"叫声,他也累得实在跑不动了,四肢一软,倒在地上。滚烫的地面,石子儿硌得皮肤疼痛难忍,他张着嘴大口大口地喘气,长长的口水从嘴角流出来,一直拖到地上。

太阳在蔚蓝的天空越爬越高,阳光也越来越强烈,照在几几身上火辣滚烫,令他更加难受,又累又口渴。他没有站起来的力气,也没有站起来的心情。他甚至想到了死,就这样躺着被太阳晒着,干渴而死。越来越小的活动范围令他和妈妈的生活越来越艰难,稍有不慎就可能掉入猎人留下的捕兽网,可能直接遭遇扛着猎枪和弓箭的猎人。他小时候,妈妈告诉他人类开始加强管制猎枪,政府派人到各村搜查猎枪。可是狡猾的猎人总会躲过执法人员的巡逻,把长长的双管猎枪藏到山洞里,等到巡逻的人一走,又扛起猎枪对付他们。

几几感到喉咙里越来越干,眼前开始模糊,天空也开始暗下来,满山坡的石头在天空飞来飞去,四面响起嘈杂的响声。天空出现爸爸高大的身影,爸爸伸长脖子对着他不停地大叫:"叽——"

叫着叫着,爸爸消失了,天上的石头也消失了,它进入了一个漆黑的管道,身子顺着管道不断下沉,下沉……

就在他快要沉入无底深渊的时候,几几感到突然有水滴滴到他的脸上,水滴立刻令他的眼睛和嘴唇感到湿润。一只软软的大手不断拍打着他的脸和嘴巴。他不自觉地砸巴一下嘴,把水滴吸进嘴里,干得冒烟的嘴巴里立刻湿润起来,细微的水滴像甘露一样立刻传遍嘴里的味觉,迅速传遍全身。渐渐地,他又听到了周围的嘈杂声,有风吹树梢的哗哗声,有啁啾的鸟鸣声,还有从天空传来的"叽——叽——"声。

妈妈!是妈妈的声音!妈妈的声音越来越近,越来越清晰。妈妈身上特有的味道也钻进他的鼻子里,唤醒了他的知觉。那软软的大手变成了一条温暖柔软的舌头,那是妈妈的舌头!他再熟悉不过,出生的时候,妈妈曾经用这舌头帮他舔干净嘴边和身上的胎液。

慢慢地,几几睁开了眼睛,恍惚一会儿之后,他看见了妈妈。妈妈正低着头舔着他的嘴唇,一滴一滴往他嘴里送水。妈妈的眼睛里充满了慈祥,又充满了焦急。见他醒过来,妈妈兴奋地快速舔了他几下,围着他转两圈,前蹄不时扒着地面,嘴里不时发出:"叽——"的叫声。

看到妈妈,几几的眼泪一下子流下来。他试着抬起头,响应着妈妈的爱抚,然后在妈妈的鼓励下,艰难地站起来。妈妈又围着他转了一圈,用嘴在他身上蹭了蹭,向着山坡下方的河谷走去。几几步伐趔趄地跟在妈妈身后,不时向妈妈发出"叽——"的叫声,妈妈听到他的叫声,转过身来,蹭蹭他的脸,继续带着他向前走。山风带着热气吹过来，几几吞了吞口水，艰难地跟着妈妈下山，山谷里传来斑鸠"咕——咕咕"的叫声。

深山林里有一处悬崖高大陡峭，怪石嶙峋，细细的泉水从直立的石壁上流下来，撞击到石壁上的小石头和鸡血藤裸露的根须上，溅射出细碎的水花，周围的草地被水花滋润得青翠旺盛。几几被妈妈带到这里后，一连多日都没有离开过，靠着丰富的青草和嫩树叶，几几很快就恢复了元气。几几脚掌上被磨破的伤口也已经痊愈，他又能蹦蹦跳跳地在山坡上玩耍嬉戏了。妈妈再次离开他，到更远的地方觅食，去繁衍新的一代。

亲眼看见了爸爸的死，和妈妈一起亲身经历了艰难的逃难，几几变得更加警觉，进食时吃几口便停下来张望四周，竖起耳朵听，不放过远处任何可疑声音。他终于明白了麂子家族为什么都那么胆小，麂子经历了太多的陷阱和伤亡，一生都在担惊受怕中度过，练就了灵敏的警觉性，来保护自己；稍有疏忽，就有可能成为肉食动物的果腹猎物和人类的桌上美味。那些替代他们死去的野兔等动物，都因为速度太慢而付出了惨重的生命代价。

随着交通的改善和山区的开发，人类的活动范围越来越大，麂子们的生存空间也越来越小，靠近水源的平地都被开垦成田地，种上了庄稼和蔬菜。就连上次妈妈带他去疗伤的悬崖边，也被开发成了一个旅游景点，经常有人三五成群去戏水、照相、烧烤，留下许多白色、红色的垃圾。这令几几心里非常担忧和难过，他经常孤身只影穿梭在有限的山林里，寻找好的水源和嫩树叶，以补充整日奔跑所需要的能量。

转眼到了秋冬之交，山林里的野草枯黄，又老又硬的树叶开始凋零，树枝上也不再长出新的嫩叶。

在饥寒交迫中度过一个夜晚，几几在鸟鸣声中睁开了眼睛，早晨的凉风吹透了他的皮肤，令他打了个寒战。连续几天，几几寻遍了能够到达的山林，也无法填饱肚子，只能仰头望着大树梢上的少许嫩叶叹气。一只松鼠在树上跳来跳去寻找松果，看着松鼠轻盈的身影，几几渴望自己也能够拥有爬树的本领，像松鼠那样跳到树梢上，那样他就不会挨饿了。可是现实中他不会爬树，只能夜以继日地奔跑，以寻找能吃的食物。

几几站起身，抖了抖落在身上的树叶，无精打采地向山下走去。一条浑身纯色的青蛇，在草丛里拦住了去路，青蛇昂起头，和他对峙了一会儿，对着他晃了晃脑袋，消失在杂草和枯叶中。几几收回警觉的目光，继续前行。枝叶稀疏的松树下，张着嘴巴的干松果东一个西一个躺在地上，留下了松鼠活动的踪迹。

几几走到一条被踩成细线的小路尽头，眼前豁然开朗，出现一片稍微平坦的小谷地。谷地上坡度舒缓的地面，被开垦成一片一片的梯田。靠近最低处的一片田地面积稍大，田里稀稀疏疏长着玉米，玉米下部的叶子已经干枯，只剩下上部还有几片绿色叶子。几几停下脚步，警觉地望一望周围，试探着来到田地边，左右转动着头，仔细观察确认没有动静，这才走近玉米地。他把身子留在玉米地外边，伸长脖子把一条长长的玉米叶子卷进嘴里，青青的玉米叶子味道的确比树叶好吃，一点也不苦。他有些兴奋，咽下一口玉米叶，肚里立刻发出咕噜的声音。他只顾快速啃食玉米叶，放松了警惕，等到吃完四株玉米的叶子时，猛然发觉不远处传来窸窸窣窣的脚步声。

坏了！猎人来了！几几停下咀嚼，仰起头看了看，侧着耳朵仔细听听，确认危险在向他靠近。他调转身子，拔腿就跑。但是，狡猾的猎人早已把猎枪瞄准了他，他刚跑进山坡的树林里，后面就响起了"砰"的一声。

下

猎人阿哥小心翼翼地紧盯着在玉米地边进食的麂子,既生气又兴奋。他一边蹑手蹑脚向玉米地靠近,一边自言自语道:"好啊!居然来破坏玉米,看来是打得太少,都泛滥了。来得早不如来得巧,撞上了我的枪口。"

他猫着腰快接近玉米地时,脚下的干树叶发出窸窸窣窣的响声,惊动了正在吃玉米叶子的麂子。麂子警觉地抬头看了看,和他的目光对了个正着,麂子一见来人了,撒开蹄子就往山上跑。到手的猎物怎么可能让它跑掉!阿哥迅速端起猎枪,对准麂子逃跑的方向"呼"地放了一枪,不料扣动扳机时脚下踩到了石头,他一个趔趄没站稳,枪口偏上了天空。

枪响之后,树林惊起几只鸟雀,"扑棱棱"地飞走了。等他定睛再看,麂子早已消失得无影无踪。他遗憾地跺了跺脚,垂头丧气地走到玉米地里,查看了被麂子偷吃的玉米,掏出手机打电话给阿贵:"喂,阿贵。你在干吗?"

"阿哥,我在家里洗摩托车。这么早有啥好事儿?"

"来!赶快来!有好事儿!"

"什么好事儿?"

"有一只麂子下山来吃我的玉米,我一枪打偏了,让它跑掉了,你扛着枪过来,咱两个人去山里找找。"

"阿哥!我不想打了,最近老做梦,我妈也劝我说不缺吃不缺喝的,别摸枪了。"

"你这家伙,啥问题?"

"我妈说经常梦到我爸在山里喊话,喊得她心里烦。"

"阿贵啊!你爸活着时可是阿木山一支枪,没有人能超过他。

兴许是你妈想你爸了。你过来嘛,过来跟我把这只麂子弄到手。"

"我不去了,我要帮妈妈蒸酒。"

"来嘛!酒晚一点蒸嘛!"

"阿哥!我说实话,村里都说你变了,你的枪口会抖,打不到山里的麂子,打不到野猪,几次要伤到人。"

"是谁胡说的?我怎么会伤人!"阿哥一听有人说他枪法差,马上提高了声音辩驳。

阿贵见状,赶忙改了口:"哎哟!可不是我说的。我知道你是神枪手,倒在你枪下的麂子少说也有十几只吧。"

阿哥唤不来阿贵,一个人上山搜寻了半天,也不见麂子的影子,只好下山。

几几从枪口下逃出来后,一路狂奔,一口气逃到了妈妈带他吃草的水潭边,低着头张开嘴巴大口大口地喘气。他知道自己犯错了,不该去做那种危险的事儿。可他不知道怎么样才不犯错误,饥饿令他无法保持足够的体力,一旦遇到猎人或者其他肉食动物,也很危险。休息一会儿之后,几几走到水潭边喝了水,突然听到了汽车的声音,他知道有人过来,赶快跑到密林深处。

接下来的几天,几几每天躲在水潭后面的密林里,极渴时才跑到水潭边喝水,水潭周围有稍微新鲜细嫩的草和树叶。每次他吃完草,仰起头望着清澈的瀑布从山上流下来,心里都会想起没开发时的水潭。他恨人类,恨人类占领了他的地盘,可是他除了逃跑,别无选择,休息了几天之后,他又开始了漫无目的的奔跑。

有一天,几几正在一片平地里吃草,突然听见山林里传来了"叽——"的叫声。妈妈?是妈妈的声音!多么熟悉的声音,他已经很久没有听到这声音了。

几几兴奋不已,仰起头朝着声音的方向看了看,便毫不犹豫地奔跑过去。穿过一片桉树林,看见妈妈正站在一块大石头上四处张望。

"叽——叽——"他朝着妈妈喊叫两声,三步并作两步跑到妈妈身边,围绕妈妈跳来跳去,不停地用嘴巴蹭妈妈的身子。妈妈也用嘴巴回应着他,眼睛里流出了激动而又心疼的泪水。

就在几几和妈妈亲昵的时候,他们的叫声惊动了正在山里搜寻的阿哥。自从失手打偏了枪,阿哥一直记挂着那只麂子,一有时间他就扛着枪跑到山上找,他坚信麂子没有走远,应该还在这座山里。为了避免猎狗的叫声惊动麂子,他总是只身一人背着枪上山。他刚在一截断树上坐下来,从口袋里摸出烟盒,突然听到不远处传来几声微弱的叫声,凭着他多年打猎练就的敏感听力,他果断认定是麂子的叫声,并且就在不远处。他赶忙把烟盒又装回了口袋里,站起身朝声音走过去,手也习惯性地握紧了猎枪。

沉浸于母子相逢的喜悦中的几几对即将到来的危险丝毫没有察觉,兴奋地和妈妈亲昵着。倒是妈妈赤雁不敢掉以轻心,时不时高高昂起头张望,搜索来自四周的动静。她用头顶住几几的脖子,推着他转了半个圈,像几几小时候那样和他逗趣儿,然后抽出身子,前蹄站在大石头上,伸长了脖子,摇了摇耳朵,观察动静。这一次她的耳朵捕捉到了微弱的"窸窸窣窣"的脚步声。

不好!有动静!赤雁赶紧示意几几停下玩耍,静静听一下,告诉他这种声音就是猎人的脚步声,一定要记清楚。交代完,赤雁便带着几几快速离开。没跑几步,身后便响起了枪声,或许是由于山里的大树的掩体作用,连续的两次枪声都没能伤到他们,他们趁机朝山下飞奔而去。

然而,这一次赤雁和几几都没有那么顺利,刚跑出几十米,前面突然响起了猎狗的叫声。赤雁头脑里马上意识到更大的危险来了,看来今天他们母子是凶多吉少。她没有时间犹豫,伸长脖子左右观察了一下,毅然示意几几跟着她拐向另外一个方向跑去。身后又传来几声枪响，几几看到妈妈身子一颤，差一点跌倒，但是他们不敢停歇，稳住脚步用尽全身力气逃命。倾斜的山坡和脚下崎岖不平的砾石非常难走，平时练就的奔跑本领根本无法发挥出来，还要不时躲避横七竖八的树藤和灌木。狗叫的声音越来越近，赤雁的脚步开始有些凌乱。

赤雁带着几几艰难地跑到一片稍微平坦空旷的地方，旁边出现一处悬崖。"砰——"又一声枪响，子弹打到他们身边的毛榉树干上，榉树一阵抖动，落下几片半干的黄叶。赤雁心里一紧，"叽——叽"两声喊叫，示意几几拼命快跑，而她自己却突然放慢了脚步。几几收到妈妈的催促声用尽全身力量向前冲，没跑几步，他突然感觉有些不对劲儿，扭头一看，不见了妈妈！他果断地停下脚步，转身看见妈妈在身后慢了下来。

赤雁慢跑着，看见几几停下来了，急得冲着他大叫两声："叽——叽——"

几几见妈妈赶他快逃，又着急又心疼。可是他感受到了妈妈近乎绝望的声音里那种坚决和生气。他使劲用前蹄扒了几下地面，转身逃命，没跑几步便听到身后一声长叫"叽——"

他不自觉地再次转身看看妈妈，就在他转身的一刹那间，被眼前的一幕吓傻了。妈妈叫喊着，纵身向悬崖跳去。

"叽——叽——"几几心如刀绞，大叫两声，但是越来越近的狗叫声令他不敢停留，流着眼泪转身逃命。

绝望中的赤雁叫喊着在空中打一个转，落到了峭壁的树上，她感到一阵眩晕，肋骨和后腿撕心裂肺地疼。清醒过来后她没有半点儿停留，尽最大力气叫喊。

猎狗顺着赤雁的声音来到悬崖边，对着悬在半空的赤雁又跳又叫。阿哥和另外一个村的猎人赶到现场，见此情景都感到有些沮丧。阿哥拿着猎枪双手拄在膝盖上，弯着腰喘气。

突然,他听见另外的方向传来一声微弱的叫声:"叽——"

他站起身来又看一眼悬崖上的赤雁,发现哪里有些不对劲儿:不对,这不是吃玉米的那一只麂子,那一只麂子还活着,就在附近!想到这里,他不再休息,扛着猎枪继续追寻。

他走过这片平地,准备进入树林的时候,令他惊讶的事情发生了。一只漂亮壮实的麂子从树林深处跑过来,直奔他而来。他被眼前的一幕惊呆了,那只麂子眼睛上方两道黑毛像两条浓密的眉毛,增添了几分英俊。

就是吃玉米那只麂子!阿哥迅速躲到一棵大树后面,端起猎枪瞄准了麂子。但是麂子并没有逃走,而是继续朝着他跑过来。

阿哥打了几十年猎,从来没见过如此场景,但是作为一个猎人,他不愿错过这绝好的机会,稍作犹豫后,毅然举起了猎枪,单眼瞄准了麂子。

就在他对着越来越近的麂子准备扣动扳机的时候,一双饱含泪水的眼睛映入了他的眼帘,那双眼睛在两条黑色眉毛下瞪得滚圆滚圆的,向外凸出的眼球像两颗玻璃球,放射出愤怒和绝望的光。麂子的泪水从眼角流下来,在脸颊上留下两条宽宽的湿痕。

阿哥的脑海里立刻浮现出另外一双眼睛,那是初夏被他的猎网吓死的那只麂子的眼睛。眼前的这双眼睛和那双眼睛竟然是如此一样,一样充满绝望和仇恨。面对越来越近的这双眼睛,他突然头皮一紧,停住了手里的扳机。

眼看那只麂子就要从他身边跑过,他突然意识到了什么,快速举起猎枪,对着麂子前面的地上开了一枪,又装满枪膛,再开一枪。

几几突然遭遇一阵子弹,不敢再往前跑,转身回树林。

阿哥从树后面走出来,长出了一口气。可是还没等他站稳,那只麂子再次从树林里走出来,嘴里发出"叽——叽——"的哀鸣声。他连忙再次对着麂子放了两枪，再次把麂子赶回树林。后面传来猎狗的狂叫和悬崖下麂子的叫声，他似乎明白了什么，转身跑到悬崖边，对着挂在树上的奄奄一息的麂子连开两枪。麂子叫了一声，挣扎了两下，便没有了动静。他又跑过去，对着树林放几枪，直到把身上带的火药打完，等了半天不见麂子出来，这才重新回到悬崖边，把猎枪狠狠地扔下悬崖。他对另外一个猎人说："走，以后再也不打猎了！"

另外一个猎人和阿哥也认识，知道他的枪法准得很，但是他今天被阿哥的异常举动弄得摸不着头脑，看阿哥阴着脸独自离开，便不好多问，喊着猎狗跟在阿哥身后离开了悬崖。

大黄蜂

上

　　下了几天的雨终于停了,太阳从东边天空的云朵里钻出来,给大地洒下一片光芒。东东戴上麦秆色的太阳帽走出门,T恤衫上的印花在太阳下闪闪发光。浑身雪白的小猫贝贝也不甘寂寞,跟在他身后出了屋子,前爪一接触到地上的水渍,马上抬起爪子弹几下,看着地上的水渍,悬着爪子,试探着不知道该把爪子放哪里。东东扭头一看猫出来了,马上训斥道:"贝贝,回去!弄脏了爪子,妈妈又不让你进屋。"

　　说完,他朝贝贝跺了跺脚,贝贝望着他"喵喵"地叫了几声。东东知道它想出去,又怕水不敢出去,看它委屈的样子,东东就重新走回屋门口,弯下腰来摸着它的头说:"刚下过雨,地上太脏,不能出去,听话呀,乖!"

　　贝贝又"喵喵"地叫几声,抬头看了看他,最终还是退回了屋里。

　　憋了几天没出门的东东迫不及待地走到户外,径直走向爸爸的菜园。

　　院子里空气清新通透,猛烈的阳光刺眼,东东手搭凉棚,抬头看了看天空,蔚蓝的天空万里无云,只有喷气式飞机划下一条长长的白缎子。东东低下头，看到一条浑身是刺的红花毛毛虫在地上不紧不慢地爬着。他一脚踩上去，把毛毛虫踩得稀烂："该死的虫子！吃我家的菜！"

踩死了虫子，东东走进菜园，一个个大盆组成的菜园在雨水滋润后生机勃勃。几天时间不见，西红柿苗长得和东东一样高了，叶子间开出一簇一簇的小黄花，每一朵小花都像一个小小的五角星，点缀在翠绿的叶子间。黄瓜粗壮的蔓儿爬上高高的竹竿，带着细细黄瓜仔的母花和短小的公花间隔开放。瓜秧下部挂着几个已经成形的小黄瓜，小黄瓜浑身长满了尖尖的刺，顶上带着刚刚枯萎的黄花。东东试了几次想摸摸它，都因为怕刺手而放弃了。

他蹲下身子，双手捧着脸，双肘抵在膝盖上，看着黄瓜出神。突然，他发现有两条黄瓜长相好丑，细细的黄瓜弯曲得像镰刀，末梢却长得粗粗的，像一个大肚子。而其他的黄瓜都长得直直的，东东感觉好奇怪，一样种的黄瓜，一样的品种怎么会长出这么丑怪的黄瓜呢？他终于没有忍住好奇心，伸手去摸黄瓜。他的手一伸进到黄瓜叶下面，惊动了几只蜜蜂，它们"嗡嗡嗡"地飞出来，在他脸前飞来飞去，吓得他一个趔趄，一屁股坐在地上。

"哎呀！妈呀！"他双手围住脸，用脚蹬着地退后几步。蜜蜂却当他不存在，继续在黄瓜丛中飞来飞去，一会儿钻到黄瓜花里采蜜，一会儿又飞到另外一朵花上，腿上沾满了厚厚的花粉。

爸爸从屋里走出来，见到东东坐在湿湿的地上，赶忙走过来问他："东东，你坐在地上干吗？"

东东站起来，拍了拍手上的泥土，指着黄瓜丛里飞来飞去的蜜蜂说："蜜蜂吓到我了。"

"不要招惹它们，它们在采蜜。"

"怎么这里那么多蜜蜂啊？"

"有花的地方就会有蜜蜂，它们采蜜时顺便帮蔬菜授粉。"

东东退到爸爸身边,"哦"了一声,又走到黄瓜旁边,指着弯弯曲曲的黄瓜问道:"爸爸,为什么这两根黄瓜是弯曲的?"

"没长好吧,哪能都长一样漂亮!"

"那为什么其他的黄瓜不会弯曲呢?"

"那咋知道啊?你啥都好奇!"

东东没有得到自己想要的答案,心里很不舒服,围着黄瓜和西红柿转来转去。一只蜜蜂飞到他的头上,吓得他赶紧用手把蜜蜂赶跑。爸爸赶忙喊住他:"赶快过来,别打它,它会蜇你。"

东东赶忙跑回爸爸身边,用手做了一个打人的手势:"死蜜蜂,快走开!"

爸爸绕开他,走到西红柿旁边,把被风雨打倒的枝蔓重新扶起来,用绳子绑好。

"爸爸,你看这百香果怎么蔫了?"东东无趣,自己走到墙边,指着爬满墙壁的百香果问道。

爸爸转身看了看他,放下手里的活,走过去看。果然发现几个百香果上有疤痕,果实也萎缩变形,比别的果子小了很多。但是也不知道怎么回事儿,爸爸用手来回摇晃几下果子,就拉着东东要回屋,可是东东心里的疙瘩没解开,不肯回去:"爸爸,妈妈说这百香果要用来做饮料的,你说这果子都萎缩了,会不会都死了?"

爸爸无奈,只好再去检查百香果,看来看去也没发现问题,倒是东东又发现了新大陆:"爸爸,你看这几只蜜蜂怎么不一样?又细又长的身子,样子长得好丑!"

爸爸顺着他的手看去,两只黄黑色的蜜蜂在百香果周围飞着,他也不知道怎么回答,就敷衍道:"都是蜜蜂,你和妹妹长得还不一样呢!走吧!"

东东极不情愿地跟着爸爸走回屋,无精打采地坐到沙发上。猫咪贝贝见他回来了,马上走过来,用身子蹭他的腿,"喵喵喵"地叫着。他黑色的裤腿上立刻黏上了很多白色的毛。妈妈见状，马上拿着扫把驱赶猫咪："贝贝！走开！"

贝贝"蹭"地一下跑到窗户下面，眼巴巴地看着东东。东东心疼贝贝，立刻对妈妈大声喊道："妈妈！跟你说了，不要拿扫把赶它，它会害怕的。"

"跟你说过多少遍了，不要让它蹭你，就是不听，你看看好好的裤子又弄了一身毛。"

"妈妈！它也有感情，也会害怕！你看它躲在那里多可怜！"

"你这孩子！不就是一只猫吗？你还吼我！看来得赶紧把它送走。"

"不要嘛！它从来没有出过门口，你送哪里去啊？到别人家里它怎么适应？"

"你到底顾哪里呀？马上要升学考试了，你的心都不用到学习上，还有心思顾它？"

"不是你捡回来的吗？它好不容易熟悉了，怎么可以又把它送给陌生人！我哪里没有学习了？难道有猫就不能学习了吗？"

"你看看你，一回屋就围着猫转，写作业也让它躺在桌子上，你根本没有专心学习。"

"别吵了，以后再说。"爸爸走过来，把妈妈拉到一边，小声对她说，"你和他说那么多干吗？赶快找人家，偷偷送走就行了。"

没想到这话被东东听到了，立刻走过来对他们叫喊："不要！你们把猫送走了，我更加学不好！"

爸爸气得脸都变黑了，但是看到东东那坚决的表情，怕激起他更大的反应，只好压住心里的火，对他说："好了好了，不送，不送。但是你得专心学习，不能老是黏着它。"

东东见爸爸答应不把贝贝送走，马上缓和下来："好！我专心学习，但是你们不要老是拿扫把赶它，你看它的眼，好可怜！"

贝贝好像听懂了他们的谈话，乖乖地走到墙角卧下来，舔着自己的爪子，不时抬头看看东东。

中

三伏天过去了，天气仍然很热，但是空气中明显少了水分，不再令人感到皮肤潮湿。一阵紧似一阵的西南风迎面扑来，干燥酷热。

午后的地面像被热风筒吹过一样，东东站在大门口，把脚从拖鞋里抽出来，踩到水泥地面上，烫得他马上缩回去。高大的樟树上，知了在"吱吱"地叫着，声音很近，仿佛就在头顶上叫。等他抬起头去看，蝉鸣戛然而止。他好奇地把目光在树枝间扫来扫去，也不见知了在哪儿。等他低下头，叫声马上又在树上响起来，他从地上捡起小石头，用力朝浓密的樟树枝叶扔过去。一只黑色的知了鸣叫着从树枝间飞出来，逃向远处，碰到两片青里透黄的樟树叶，树叶摇摇摆摆地落下来。小石头穿过树叶，落进后面的水塘里，发出"咚"的一声响。

看到知了，东东很兴奋，继续在树枝间找了半天，但一无所获，只好离开大樟树，回了屋。

"贝贝！打死你！又把床单抓烂了！这床单刚刚换了没几天！"东东刚一进屋，就听到妈妈在屋里大声呵斥猫咪。他赶快跑到卧室看看怎么回事儿，刚走到房间门口，猫咪便从屋里蹿出来，一下子撞到他的腿上，疼得"喵"的一声，逃到客厅去了。妈妈手里拿着鸡毛掸子跟出来，追着猫咪打。

东东知道猫咪又犯错误了，心里很难过。他知道猫咪犯错误多了，妈妈一定会把它送走。想到这里，他又生猫咪的气：不好好在地上玩，为什么一定要去妈妈床上去？为什么一定要抓床单，真是找打！不是刚买的猫抓板吗？还不喜欢吗？真是不自觉！

妈妈也不理他，拎着掸子追到客厅。猫咪吓得躲到了沙发底下，妈妈大力敲打着沙发，低着头喊它："出来！贝贝！出来！你躲到哪里都跑不掉！"

猫咪退到最里面的墙角，藏在沙发腿后面不肯出来。够不到猫咪，妈妈气急败坏，一下子把沙发角掀起来。猫咪见无处可逃，"蹭"地一下跑出来，箭一样逃到了书房里。妈妈"啪"一下丢下沙发角，直奔书房。东东见妈妈动了真格要打猫咪，吓得他赶快跑过去拉住妈妈："妈妈，别打了，它已经知道错了。你看它都逃到书房里了。"

"不行！今天一定要打！一个月抓烂两条床单，不打它根本没记性。"

"都不知道什么时候抓烂的，你现在打它有用吗？打死它，它也不知道为啥挨打呀！"

"不知道？哼！我看打到它身上它长不长记性。"说完，妈妈甩开东东，要往书房里走。东东急中生智，"砰"一声把书房门关上了，自己站在门口，双手在身后紧紧抓紧门把手。妈妈早已恼羞成怒，哪里肯罢休，用力把东东拉开，闯进书房，朝着书桌底下的猫咪一阵乱扫。被打中的猫咪"喵呜——"一声蹿出来，四处躲藏。书房里无处可躲，它一下子顺着书柜门爬到了书柜顶上，后半身高高翘起，前爪伸开，嘴巴贴近书柜，眼睛里充满了惊恐，直直地盯着妈妈。

妈妈见打不到猫咪，把手里的鸡毛掸子狠狠地往柜顶扔去。猫咪躲避不及，鸡毛掸子正中它的脊背，它凄惨地大叫一声，跳下了柜子，逃了出去。东东心疼得立刻掉下眼泪，拉着妈妈的手，哭着央求妈妈："妈妈，不要再打了，它已经吓坏了！你看它的眼睛里充满了惊恐！平时对它那么好，现在又照死里打它，它心里怎么能接受得了！"

妈妈平复了一下心中的怒火，指着东东说："都是你！我说送人你不让，现在好了，又要买床单！"

说完，妈妈走出书房，东东跟在身后。等俩人走到客厅，妈妈抬头看见猫咪爬上窗帘的顶部，爪子紧紧抓住窗帘，满眼恐惧。

"下来！你还想抓烂窗帘是不是？"妈妈又来了火气，跑过去抖动窗帘，试图把猫咪抖下来。

可是吓坏了的猫咪死都不肯下来，吊在半空来回摇着尾巴。东东大哭着用力把妈妈往外拉："妈妈！不要再打了，求你了，不要再打了！"

"不打？不打它会下来吗？马上又要报废一挂窗帘。"

"不！不要打了，它已经吓坏了。"说完，东东突然转到妈妈面前，又大声对妈妈说，"我来，我来让它下来好吗？"

"我就不信抖不下它！"

"不要啊！妈妈！它怕你，不敢下来。让我来，它听我的。求你了妈妈！你看它有多绝望！"东东泪流满面地再次央求妈妈。

妈妈见状，也只好作罢，不再抖窗帘，站在旁边等东东喊猫咪下来。东东双手推着妈妈，让她出去："你先出去好吗？你不走它不敢下来。"

妈妈气愤不已，但也无可奈何，趁机给自己找个台阶下，骂着猫咪走开了。

东东小心翼翼地走近窗台试着动了动窗帘，猫咪立刻向上爬了一下，警觉地望着他。他立刻松开手，轻声唤道："贝贝，贝贝，妈妈走了，妈妈不打你了，下来，下来好吗？"

猫咪丝毫没有放松警惕，不肯下来。东东心里难受极了，豆大的泪珠又落下来："贝贝，我是东东呀，你的好伙伴。下来吧，我已经求妈妈原谅你了,妈妈不打你了,听话。"

说完,他又轻轻地动一下窗帘,继续劝猫咪下来,声音柔和得像哄一个婴儿。劝了几分钟,猫咪终于放松了警戒,也许是爪子太累了,它顺着窗帘跳了下来,很快又钻进床底下。东东心里一阵欢喜,蹲下身来,把头伏在地上,和猫咪对视着:"贝贝,出来吧,出来让我抱抱。"

任凭东东怎么哄,猫咪就是不肯出来。东东站起身来,哭着走到客厅里。恰好爸爸回来了,问明了事情的来龙去脉,摸着东东的头说:"哭啥!不就是猫吗?不用管它,早晚它都会跑出来。"

东东却不这样想,他哭着对爸爸说:"它连我都不相信了。呜呜呜……"

"别哭了,别哭了。哎,对了,你拿化毛膏去喂它试试。"爸爸帮他擦去脸上的泪水,给他出了一个主意。

他一听到化毛膏,觉得可行,因为猫咪最喜欢吃化毛膏。每次喂猫咪化毛膏,像挤牙膏一样挤出一小段,猫咪一口咬下来,然后用舌头反复舔着瓶口,恨不得把舌头伸进那小小的瓶口。虽然猫咪喜欢化毛膏,但东东每次都不敢多喂,严格按照医生吩咐,喂一段就把瓶子收起来,放进抽屉里。此时,猫咪便围着抽屉转来转去,前爪不时扒一下抽屉,直到觉得没希望了,才悻悻地走开。

东东想到这里,赶快从抽屉里找出化毛膏,回到卧室里。他干脆在地上坐下来,弓着身子,手里拿着化毛膏对着猫咪说:"贝贝,出来吧,这是你最喜欢的化毛膏。"

他把头钻到床底下,挤出一小段化毛膏,递给猫咪。猫闻到了化毛膏的香味儿,用舌头舔了舔嘴唇,又看了看东东的眼神,终于,"喵"地叫了一声。东东听出这叫声又回到了从前,他知道猫咪终于放下了戒备,重新把他当作好朋友。他又往前挪了挪身子,把化毛膏送到猫咪嘴边,猫咪试着舔了一下,然后一口吞下了化毛膏。东东开心地笑了，又挤出一点，后退着身子，引诱猫咪走出了床底。

喂完化毛膏，东东轻轻抚摸了一会儿猫咪的脊背，把它搂在怀里："小乖乖，还疼吗？"

猫咪舔着嘴唇，不吱声，任凭东东在它身上来回抚摸。

"东东，出来没有？"爸爸"啪嗒啪嗒"趿拉着拖鞋走过来，东东没有动身，随口应了一声："出来了。"

"出来了就好了，放开它吧。走，跟我去菜园摘菜。"爸爸站在门口，让他放下猫咪，一起去菜园。

东东把猫咪放下来，又抚摸了好一会儿，才依依不舍地跟着爸爸出门。

下

"东东！过来！"

见妈妈站在书房门口，拿着手机厉声喊他，东东就知道事情露馅了。他不敢看妈妈的眼睛，低着头小声答应了一声，然后跟着妈妈来到客厅。客厅里电视机里正在播放《非诚勿扰》，声音开得很大，东东看了一眼电视机，心想肯定是妈妈刚才看电视时查了手机，发现了问题。

"我问你，这是怎么回事儿？"妈妈把手机伸到东东面前，指着屏幕大声问他。

"什么怎么回事儿？我不知道。"

"不知道？我的手机只有你玩，没有人动过。你说，这四千块钱是不是你转出去的？"

"我没有！"

"没有，你再说没有！我看你是要挨打了，小小年纪学会花钱了，一下子买四千块钱的东西，还都是没用的。说，到底怎么一回事儿？"

妈妈说完，用力推搡一把。东东一个趔趄，眼泪马上落下来，开始嘤嘤地哭。

"哭什么哭？赶快说怎么一回事儿？"

面对妈妈的步步紧逼，东东再也忍不住了，"哇"的一声哭了出来："我不是故意的。"

"不是故意的？买这么多东西还不是故意的？快说怎么一回事儿？是不是受骗了？"

"昨天……呜呜……昨天我在一个直播里看到有人玩猫，有很多好看的猫屋和玩具……呜呜……还有，还有摇奖，我……我一激动就摇中了一个号码，中了很多东西，本来值很多钱，中奖了就优惠了。我……我就付了款。妈妈，我……我错了……呜呜呜……"东东哭着，吞吞吐吐地说出了事情的经过。

妈妈知道他上了别人的当，但是非常心疼自己的钱，气得身体都在发抖，不由自主地对着他的屁股就是一巴掌："叫你不要玩我的手机，叫你不要乱点，你就是不听。"

东东哭得更伤心了，倒不是因为妈妈打得疼，他自己知道犯了错误，妈妈打他一顿他反而觉得心里好受。他也不知道为什么伤心，只是觉得很委屈："呜……我知道错了，可是……可是我实在很无聊，你们都玩手机，你们都出去吃饭，都有自己的事做，我除了学习和看书，什么都没有。你们除了叫我写作业，看书，从来都不关心我快乐不快乐……呜呜呜……"

东东大哭不止。妈妈还未消气，继续数落他："哭哭哭，还哭什么！"但是声音明显低了下来，心里也咯噔一愣，觉得哪里不对劲儿。妈妈说完，走去了卧室，只剩下东东和猫咪在客厅。

东东坐到沙发上,哭声越来越小,最后只剩下抽泣。猫咪悄无声息地走过来,乖乖地在他面前坐下来,眼巴巴地望着他的脸,不时用身子蹭他一下。

东东用手抚摸着猫咪的脊背,感谢猫咪在他伤心的时候默默陪着他。不知什么时候,东东不哭了,开始和猫咪玩起来,逗他打滚,扯着它的胡子,把它扯得龇牙咧嘴,样子滑稽极了。

"东东,你看我给你买了啥。"爸爸从外面回来,把手里的袋子朝东东晃了晃。

东东抬头一看爸爸手里拎着一袋大大的杧果,一下子高兴地跳起来,迎上去把杧果接过来,正要找刀削来吃,被爸爸制止了:"先别吃,跟我去菜园摘黄瓜、浇水去。菜肯定旱死了。"

东东只好把袋子放在茶几上,掏出一个杧果,放在鼻子下闻了闻,又放下,跟着爸爸去了菜园。

夏天接近尾声,午后的阳光已经明显温和许多,照在身上也不再火辣。东东接过爸爸递过来的篮子,到黄瓜秧丛中寻找长大的黄瓜。长了半个夏天的黄瓜秧已经开始枯萎,全没了先前的翠绿茂盛,结出来的黄瓜也不似以前粗壮,弯弯曲曲的像镰刀。东东小心翼翼地摘下一个弯曲瘦小的黄瓜,发现弯曲的地方有两个很小的洞,周围已经结了干疤。他心里想了一下,便拿着走过去对爸爸说:"爸爸,我知道为什么有的黄瓜是弯的了。"

爸爸没有停止浇水,只是问一句:"为什么啊?"

"你看,这是虫咬的。虫子咬过的这边长得慢,其他地方长得快,所以就变成弯的了。"

"嗯,是这样的。你观察得很仔细!"

"那变形的百香果是不是也因为虫子呀?"东东不依不饶,继续追着爸爸问。

爸爸放下水桶,擦了擦脸上的汗水说:"是的,你去观察观察。"

东东放下手里的黄瓜,走到靠墙的百香果棚子边,仔细看了看,果然发现畸形的百香果上有好几个针眼一样的小疤痕。

"爸爸,爸爸,快来看!真的有虫眼。"发现了这个秘密,东东兴奋地喊爸爸过来,爸爸忙着浇水,没有过去,只说了一句:"等一下,那不是虫眼,是蜂蜇的。"

东东把吊在棚子下边的百香果挨个儿看一遍,突然发现一个百香果上面趴着一只蜜蜂。他在菜园里经常见到蜜蜂,并不觉得害怕,挥挥手想赶它们走:"去去去,去传粉采蜜去。"

这一驱赶不当紧,一下子从叶子丛中飞出来三只瘦长的蜜蜂,"嗡"一声飞到他的脸前,吓得他赶快用手去护脸,一只蜜蜂迅速在他胳膊上蜇了一下。他感到胳膊一阵刺疼,用手使劲一拍,蜜蜂被拍扁了,落在地上。

东东咧着嘴,看看胳膊,被蜇的地方还留着一截蜂针,他赶快跑到爸爸那里,带着哭腔说:"爸爸,我被蜜蜂蜇了。"

爸爸赶忙放下手里的活计,帮他把蜂针拔出来,用清水清洗伤口:"蜜蜂呢?"

"被我打死了。"

爸爸怕东东是被毒蜂蜇的,让他带着去看打死的蜜蜂。东东咧着嘴把爸爸带到墙边的百香果棚子边,指着地上说:"就是它!"

爸爸用脚踢了踢地上的死蜂说:"这不是蜜蜂,这是针蜂,大黄蜂。在花丛中飞来飞去,实际上是来蜇果子的。"

东东皮肤细嫩,针蜂蜇一下,立刻就出现一个红点。东东疼得快要哭出来,一脸委屈地问爸爸:"它为什么要蜇果子呀?"

爸爸又洗一遍伤口,一边揉着伤口一边对他说:"你要赶它们走,它们肯定就会蜇你呀,它们可不管你对它好不好。"

东东一脸茫然,又问道:"可是不赶走它们,它们会咬果子。"

爸爸一时语塞,不知如何回答,只好安慰他,让他先回屋里去:"好了,你别摘了,先回屋里去吧。"

东东拿着两个黄瓜,离开菜园,向屋里走去。一阵风吹来,凤凰树细碎的黄叶飒飒落下,像下了一阵黄色的花雨。

秋 花

1

　　黎明前，月亮爬上树梢，氤氲的白雾笼罩着村子。秋花顶着一头凉气从村口出来，手里拎着饭盒。草丛里的虫子"吱吱"地鸣叫着，她很好奇。每次晚上从医院回村，都能听到这"吱吱"的叫声，觉得好听，想看看是不是蛐蛐。她轻轻地放下手里的饭盒，猫着腰，蹑手蹑脚地靠近草丛。不时有蚊子从她脸上飞过，她不敢扬手驱赶蚊子，屏住呼吸，只是摇摇头，半长的头发一扫，蚊子就跑了。眼看就要靠近草丛，已经闻到了艾蒿的香味儿，突然，秋花脚下踩到石子，一个趔趄，差一点儿没摔倒。她的脚步声惊动了草丛里的鸣虫，叫声戛然而止。她懊悔地拍一下脑袋，打开手机电筒，弓着身子在草丛里找虫子，沿着路边找了好久，也没找到。回头一看，饭盒被落下老远。不好！公交车要开了！想到此，秋花赶紧跑过去，拎起饭盒，匆匆地往公交站跑去。

　　公交司机正要关门，秋花跑到门口喊：哎哎哎！等一下！

　　司机留着短寸平头，宽大的脸庞上永远带着笑容。秋花在爸爸面前称呼他大脸盘子叔叔。

　　又是你！慌里慌张的！爸爸好点儿了没？秋花一上车，司机大叔就笑着问她。

好多了！我爸说叫我谢谢你送给他报纸。

谢啥！公交公司订的报纸，你爸想看，我天天给他看。说完，司机启动车子，驶出村口。

秋花坐在前排座位，怀里抱着饭盒。里面是奶奶煮的排骨粥，营养价值很高。早上，奶奶给她盛了一碗，味道鲜着呢！爸爸这几天吃排骨粥，能吃一大碗，蜡黄的脸上也有血色了。

秋花舔一下嘴唇，脸上掠过不易觉察的微笑。

爸爸是她开学那天入院的，也坐这趟公交车。大脸盘子叔叔还故意开得很慢，以减轻爸爸的痛苦。一转眼爸爸已经住院一个月了，秋花也不知道爸爸患什么病，反正挺严重，从奶奶的叹气声里就能觉察到，但是奶奶不告诉她，从老家来的二叔也不告诉她，叫她只管好好学习。她每天早上给爸爸带早餐去医院，然后才去学校。

车子晃晃悠悠地在清晨的城市里穿行，唱着歌儿的洒水车慢慢驶过，骑车的行人慌忙躲避。秋花抱着饭盒，迷迷糊糊就睡着了，头歪在车窗和椅子靠背之间，嘴巴不时动一下，不时又露出微笑。睡梦里，妈妈从南方回来，把一沓钞票往病床上一砸：钱！够了！马上做手术！然后又掏出来一件南方的白纱裙子，和班里彤彤的一模一样，妈妈叫她马上穿起来，去学校走一圈。她穿上雪白的裙子，双手掂着两边的裙摆，怕拖到地上弄脏了。

突然，听到有人大声喊她：小姑娘！醒醒！医院到了。

她一激灵，咂了咂嘴，赶快抱着饭盒下车。坐在门口的帅哥朝她笑了笑：小姑娘，小心点儿。

到了医院，秋花不敢怠慢，一路小跑直奔病房，刚好医生带着护士查房，身材魁梧的医生把口罩的绳子挂在耳朵上，弯着腰问爸爸的情况。

你这个东西，活检结果是良性瘤，但是要尽快切除，长期压迫血管和神经，随时会发生危险。

手术有风险吗？

那肯定有，长的位置不对，不好做，但是也要尽快做。

得多少钱呀？

我查了你的医保，只能报销百分之三十，估计自己要负担十来万。

我们仅借到两三万，还差很多呀。

那你们要尽早想办法，医院已经尽力了。这么多病人，医院也无能为力。我现在快成铁石心肠了，我也无能为力呀。

说完，医生干笑两声，突然发现身后的秋花，他转身摸摸秋花的头：又给你爸爸送早餐啦！然后就走出病房。

秋花对医生的话似懂非懂，但是她记住了"随时会发生危险"这几个字。

她把饭盒放到桌子上，打开，递给爸爸和叔叔。自己一个人趴在病床上，用胳膊肘支着床，双手托住脸，目不转睛地看爸爸吃饭。她想等爸爸吃完，就把刚才的梦讲给爸爸听。

爸爸吃完早餐，催秋花去上学，秋花一看手机，时间不早了，就起身离开病房。走到门口，她又转身回来，想说什么，最终没说，转身跑下楼去。

到了学校，刚好上课铃声响起。秋花跑进教室，看着同学陆续跑进来，她突然想到"鱼贯而入"这个词，她得意地笑一下，教室外面的小雨便落了下来。

语文老师讲解朱自清的《背影》，秋花想到爸爸。爸爸那瘦弱的身影在面前晃来晃去。突然，同桌俯下身，拉一拉秋花：哎哎，秋花，你爸现在怎么样了？

好一些了，还在医院，医生说要做手术。

那就赶快做呀。

我家里没钱，我妈妈还在深圳打工攒钱。

哎哎！和你说，可以做水滴筹呀。

不好吧？不是实在没办法了才去做水滴筹吗？

不是治病要紧嘛。

不好不好，我有吃的有喝的有房子住，再去让人家捐钱，我才不要呢。我妈说涨工资了。

两个人正说着，突然发现老师的眼睛在盯着她们，秋花赶快坐好身子。一直到下课，她都没再分心。

放学后还要去医院，秋花在学校见缝插针写完作业。放学铃声一响，她就跑向校门，校长在楼上看到秋花慌里慌张的样子，摇了摇头，对身边的教务主任说：这个学生的心不在学校。

2

秋花只想早点去医院，哪里会想到校长怎么想。她一口气跑到公交站，上了车，刚一坐稳，有一位帅哥从前面的位置挪过来，坐到她身旁。秋花抬头一看，是早上提醒她下车小心的那位，她有些拘谨地挪了挪身子。

你在这所学校上学吗？

嗯。

你天天要去医院看你爸爸吗？

嗯。车窗外的树枝扫到了玻璃上，她吓了一跳，斜着身子躲过树枝，肩膀就撞到了帅哥的胳膊上。

对不起！

没事没事。我们是邻居嘛，天天坐一班车。

嗯。

哎，对了，你有微信吗？我加你微信。

没有，我用的手机是老人机。

噢……帅哥一脸失望。

正说着话，车子到了医院门口，秋花下车，帅哥也下车。

你爸爸住哪个病房呀？

西楼301。秋花回答完，手机响了。

妈妈！

秋花，你到医院了吗？

刚到，妈妈，你啥时候回来呀？医生说爸爸是良性血管瘤，要赶快做手术。

我把钱打回家了，我不回去，路费花钱，缺工又扣钱。你在家好好学习，有时间帮奶奶干活，多去陪陪爸爸……

嗯。面对妈妈一连串的叮嘱，秋花有点失望。妈妈说完，她说了一声妈妈再见，就挂了。

你妈妈？

嗯。

她在外地吗？

嗯。在深圳。

我去404，再见。到了住院大楼，帅哥和秋花道了别。

秋花慢腾腾地走进病房，叔叔坐在椅子上，一只脚光着蹬在床沿儿上。爸爸睡着了，轻轻打着鼾。她小心翼翼地走过去，叔叔收起手机，说有人送了牛奶来，问她饿不饿。秋花拿了一盒牛奶，坐在叔叔身边看画册。

一声咳嗽，爸爸醒了。他翻了一个身，睁开眼看见秋花：你早点回去吧，明早给我把那个软和的小枕头拿过来，脖子疼。

爸爸说完就坐起来要喝水，秋花把茶杯递给他，帮他把留置的输液针头的胶布重新弄好，带上爸爸换洗的衣服和饭盒，离开了病房。

公交车上，帅哥已经坐在前排。见她找不到座位，就要给她让座，她死活不肯，就站着。她已经十四岁，不是小孩子了，晚上睡觉时，她能摸到胸前有鼓鼓的小包，这么大了，再要人家让座，那多不好意思！帅哥见她不肯坐，只好作罢，一路上有一搭没一搭地和她聊天。

下了车，天已经黑透，走到村口时，路边又响起"吱吱"声，秋花马上产生条件反射，被吸引过去。等她走近，叫声戛然而止。她怅然若失，愣在那里。帅哥刚好走过来，见她待在这里，就问她：你咋还不回家呀？站在这里干吗？

没什么，我想看看什么虫子在叫。她话音刚落，"吱吱"的虫鸣又响起来。

你听。

噢！这个呀，这个是油葫芦。

是蛐蛐吗？

应该不是，蛐蛐早上不叫。走吧，回家吧。你家住哪个巷子？

我家住七巷。

对了，我明天开车去医院，你坐我的车吧，六点在村口等我。你的手机号码给我一下。

不容秋花拒绝，帅哥便掏出手机，要了她的号码，才各自回村。

奶奶正在做晚饭，见秋花回来，顾不得回头看她一眼：把衣服放洗衣机里，把饭盒用热水烫一下。秋花应了，按照吩咐做好。这时奶奶也做好晚饭了，秋花陪着奶奶吃饭，其间，奶奶询问了爸爸的情况，说周日要和她一起去医院看看。秋花"嗯"了一声，不再出声。

饭后，秋花洗了澡，回到房间做作业。奶奶在厨房叮叮当当地洗碗，窗外传来几声狗叫和"突突突"的摩托车声。

做完作业，秋花收拾好书包，换上校服，准备上床睡觉。虽然奶奶不要她穿着校服睡觉，但她非要坚持，换好校服睡觉，早上起来直接去洗漱，不用找衣服，很多同学都是这样的。

刚一躺下来，手机响了，是同桌的短信：男人！悄悄告诉你，我流血了。

秋花一愣，赶忙回信：啊？咋弄的呢？

傻瓜！我是女人了，我妈说我是女人了！

你来了那个？

对呀！

哎呀妈呀！你真是我的女人了！爱你一下。

亲亲！你啥时候有微信呀？

我妈怕我玩手机，不让我用智能机。爸爸现在住院又需要钱，哪里敢提买手机的事儿！秋花的脸上突然阴郁下来。

哎哎哎！亲爱的，我妈说周日陪我去买咪咪罩哎！我要买一件白色的。

这么小年龄，你就穿呀？

哎呀，不是啦！我妈说买一件带海绵罩杯的背心，穿在校服里鼓鼓的，估计能在班里迷倒一片呢。

哎呀，你羞不羞啊！流氓。

就流氓！就流氓！气死你！睡觉了，明天见。

放下手机，秋花抬头看了看自己的胸脯，又用手摸摸。突然她一骨碌爬起来，对着衣柜的镜子反复观察，双手捂在胸前，抿着嘴看了又看。她觉得自己发育也很快，虽然同桌没有让她摸过，但她相信自己的胸一定不比同桌的小。这么说，也该买胸罩了吗？想到这里，秋花打开衣柜，找出来一件妈妈的黑色胸罩，在自己身上比来比去，摇了摇头，又找出来一件红色的，穿身上转来转去看半天。最后，她满意地对着镜子点点头，把胸罩放回柜子里，跳到床上，蒙着头睡觉。

3

第二天一早，秋花起得晚，她不敢怠慢，也顾不得刷牙，洗一把脸，带着奶奶准备好的饭盒，匆匆地往外跑。出门口时奶奶在后面反复叮嘱：慢一点儿！冒冒失失的不像女孩子样儿！

等她跑到村口的大杧果树下，不见帅哥，一看手机，还没到六点，她只好等着。突然，身后"噗哒"一声响，她吓一跳，转身一看，一个硕大的杧果摔裂，溅了一地的黄色汁液。她走过去看看黄澄澄的杧果肉，想捡起一瓣尝尝，又朝周围看了看，终于没有捡。秋花正要去路边草丛找油葫芦，突然听到汽车鸣笛，有人叫她：小朋友！

秋花抬头一看，帅哥开着黑色小汽车向她驶过来，车前面的标志是"BYD"，她认识这个车牌叫比亚迪。车开到她跟前，帅哥从车窗里探出头来喊她上车，她拉了几次才拉开车门，坐到后座里。

秋花关上门，帅哥并不急着开车，转过头，右手扶着方向盘，左手拿着一个信封递给她：你爸爸治病需要钱，这五百块钱是我的一点心意，有困难大家互相帮忙。秋花说啥都不敢收，怕妈妈骂她。帅哥把信封扔到车座上，对她说：收着吧，没关系，都是住一个村的，一点心意。

秋花还是不收，帅哥干脆转过身子，笑着对她说：治病要紧，等你以后赚了钱再还我也行。

秋花一听这话，觉得不好再推辞，就把钱收下，装进书包，连说谢谢。帅哥启动车子，边开车，边和秋花聊天，时不时吹几声口哨。

车子没走多远，秋花就和帅哥聊得很熟，不再感到拘谨，她觉得帅哥人挺好，乐于助人，说话又幽默，渐渐地话也多了起来。帅哥询问她爸爸的病情，还告诉她这病要尽早做手术，拖时间太长会引起并发症。秋花本来就担心爸爸的病情，妈妈不在身边，奶奶又年龄大了，她心里的担心不知道找谁倾诉，经帅哥这样一说，她心里更加难过，突然很想念妈妈，想要妈妈赶快回来，带钱给爸爸做手术。心里一有事儿，秋花便不再吱声，坐在车里独自发愣，有时候帅哥问几声，她才反应过来。

医院门口，帅哥停下车子，转过头问她：你爸爸还差多少医药费？

秋花一下子被问住，她只知道还差很多钱，不知道具体数字，也无法回答帅哥，只好告诉帅哥说还差很多。帅哥朝车窗外看了看，回头对秋花说：我有个办法，可以让你给爸爸挣医疗费。

秋花心里一亮，弱弱地问：什么办法呀？

我妹妹在做微商，卖一个新款化妆品，她们的团队现在做得很火爆，一个月能挣一万多。

秋花在脑海里反复想，也想象不出一万块钱是什么概念。帅哥接着说道：我帮你问问，看看她们怎么做的。

说完，帅哥下车打了一通电话，然后上车对秋花说：问过我妹妹，她说是通过阶梯销售，像滚雪球那样，由团队帮助销售员把客户圈越滚越大，具体我也不懂。

秋花脸上露出一丝难以觉察的微笑，她对微商有一点了解，班里那个穿漂亮白纱裙的同学就是在做微商，卖化妆品，卖一套能赚一百五十块，一周卖两套，一个月能挣一千多块钱。那同学曾经问她要不要一起做，她没有本钱，也没有智能手机和微信。况且，妈妈经常叮嘱她专心学习，不要跟别人一起玩些乱七八糟的东西。

帅哥看看秋花的脸色，突然说：我妹妹在读技校，她们班里有好几个人都在做微商，具体我也不清楚。本来你还在读初中，做微商不好,可是你爸爸动手术需要那么多钱,我也不知道怎样帮你,这样吧,我车里有一部旧手机,你先用着。我给你下载一个微信号,你在微信上和我妹妹聊聊,我中午也问问她。

说完,帅哥拿出一个旧 OPPO 手机,摆弄一会儿后递给秋花:微信号已申请好,我也加了你的微信号,你先用着。

秋花犹豫着,最后还是接过手机,放进书包,再次道谢后,才下车去医院。

病房里爸爸正在用湿毛巾擦脸。她打开饭盒递给爸爸。爸爸今天的脸色不好,蜡黄蜡黄的,向她询问家里的情况,叮嘱她好好上学。她"嗯"了一声,正要去学校,突然想到包里的五百块钱,于是就掏出那个信封,转身交给爸爸:爸,有一个同住咱们村的人,捐了五百块钱,说给你治病。爸爸一脸疑惑地问道:什么人?他认识我吗?

我不知道,一个年轻男的,他也有亲戚在这个医院住院。我俩天天坐同一辆公交车。

秋花隐去今天早上坐小车的事儿。爸爸"哦"了一声,嘴里自言自语着:是谁呢?这么好心。

秋花别过爸爸,跑出病房,去赶公交车。

到了学校,还没有上课,秋花掏出 OPPO 手机,放在桌子下面玩,打开微信后,有三个人加她好友,她全部都通过。其中一个马尾辫头像的女孩找她:美女,你好,是我哥把你推荐给我的。

秋花正要回复,同桌从身后悄悄凑过来,在她耳边大声地"啊"一声,秋花一惊,慌忙收起手机,但是为时已晚,手机早已被同桌看到。同桌拉着她的袖子低声叫道:好你个秋花,买新手机居然不告诉我。

秋花轻轻地打了同桌一下:哪有买呀!我哪有钱买呀!是旧的,别人不要的。你这死人!

秋花故作轻松地拿出手机，在同桌眼前晃晃。同桌放下书包，坐下来，小声说：哎哎！拿来看看。

秋花把手机递给同桌，同桌掏出自己的手机和秋花的OPPO放在一起：哎呀，一模一样，快加微信。

秋花接过手机，打开微信，但是她并不熟悉怎么加微信，干脆递给同桌，同桌扫了二维码，通过后，把手机还给秋花。

俩人正嘀咕着，语文老师进来了，俩人赶快把手机放进书包。秋花一紧张，碰到课桌上的书，"啪嗒"一声，书掉在地上，引来全班同学的目光，她赶紧捡起书，开始上课。

课后，语文老师布置作文，要求写一个对自己有重要意义的人或一件事，秋花合上书本，会心地一笑。

放学后，秋花不敢怠慢，收拾好书包跑去赶公交车。

在公交车里，她好奇地打开微信翻看，马尾辫给她留言：我哥哥说你爸爸生病，家里需要钱，叫我帮你。

接着又是一条：我把资料给了我哥，你签个名，我帮你申请货。你把身份证复印一份，签上名字。

秋花不太明白什么资料，应该是做微商，卖化妆品的那些资料。她又翻到帅哥给她的留言：六点半我在医院门口等你，一起回家。

到了医院，秋花到病房取了饭盒下来，帅哥的车已经在大门口等她，她拉开车门进去，也不说谢谢。帅哥拿出一份表格让她签名，又叫她拿出身份证，到旁边的复印社复印。

这一切都办完，帅哥又掏出来五百块钱递给秋花：这是借给你的五百块钱，你在收条上签个名，这钱不要乱花，用来向我妹妹买货，具体怎么操作怎么销售，我叫我妹妹教你，我也不懂。好的话，下周就能赚钱。好好做，挣了钱不要乱花，攒着给你爸爸治病。

秋花从来没有拿过这么多钱,她有点不敢接。

帅哥左手拿起秋花的手,右手把钱放到她的手心里:好好拿着,又不是给你的,是借给你的,等你赚了钱还我,请我吃饭。

秋花只好接过钱,小心翼翼地装进书包里。帅哥启动车子,一起回村里。

4

一周后,秋花按照帅哥妹妹的指引,进货,进群,发朋友圈,果真赚了一千块钱,她第一时间把钱还给帅哥,然后又按照帅哥的建议,找帅哥的妹妹借了五千块钱,成为批发商,开始信心百倍地做微商。秋花觉得终于可以帮助妈妈挣钱,心里很开心,但是她对任何人都保密,要给爸爸妈妈一个惊喜。

在兴奋中,秋花的日子过得很快,转眼暑假将至。一个周五晚上,秋花从医院回到家,听到奶奶在厨房里和人说话,她走过去一看,惊呆了:妈妈!你怎么回来了?

傻孩子,我怎么不能回来?

你不是还要挣钱给爸爸治病吗?

够了!不用那么多钱!

妈妈把秋花的书包取下来,摸着她的脸说:瘦了,让孩子跟着受苦,这过的是啥日子呀!说完,妈妈的脸上起一层阴云,拉着秋花的胳膊,走到卧室里,从行李箱里找出一双白色运动鞋,递给秋花:试试合脚不合脚。

秋花坐下来,穿上新鞋,从卧室走到厨房,让奶奶看。奶奶架着两只湿手,围着秋花转一圈:好看好看。等你长大挣了钱,也给奶奶买一双。

秋花的嘴唇动了几下,最终没有说话,就跑回卧室。她脱下鞋子,问道:妈,上次不是说我爸做手术还差很多钱吗?够了吗?

够了!政府出台了新政策,医疗保险改革,你爸的病报销比例提高很多,咱自己不用出那么多钱。

秋花不明白医保改革是啥,也不知道报销比例是啥,可是她心里的一块石头落了地,不再为爸爸的医疗费担心,同时又有点失落。

吃了饭,秋花早早洗澡睡觉。妈妈和秋花在床上说话,问秋花想不想妈妈。秋花的眼泪一下子就下来了,哭泣着说:想!然后就大哭起来。妈妈把她搂在怀里:宝贝,别哭,妈妈不是回来了吗?医保能报销,妈妈以后再也不出去打工,就在家里陪着你。

秋花越哭越厉害,双手抓紧妈妈的睡衣抽咽着。妈妈扯过床单,帮她擦着眼泪,劝她不哭:别哭了,别哭了。明天还要早起去医院看爸爸。等爸爸做完手术,出了院,我天天陪着你。你好好学习,早点毕业上班挣钱,爸爸妈妈还指望着你养老呢。

秋花的抽咽声越来越小,慢慢地进入梦乡。

第二天一早起来,秋花和妈妈、奶奶一起乘公交车去医院。她突然想起帅哥,感觉好久没见到他,要是他能开车顺路一起去医院,那该有多好!奶奶的腿不好,上公交车困难。她想发微信给帅哥,但是怕妈妈发现她的手机,就忍住没发。

快下车的时候,秋花的手机突然震动起来,她不敢看,用手捂着口袋。可是"呜呜呜"的声音还是惊动了妈妈,妈妈问她:是不是你的手机在震动?

秋花支支吾吾地说:是的,不管它。

妈妈没再吱声,手机一会儿果然不响了。等她们走到医院走廊的时候,手机又"呜呜呜"地震动起来。妈妈催她看看,她推脱不过,只好掏出 OPPO 手机接听,手机里传出一个男的声音:徐秋花,你借我们的钱啥时候还?

秋花心里一惊，她不认识这个号码，也不熟悉这个人的声音，她只借了帅哥的钱，也早已经还清。借了他妹妹的钱，说好了等卖完货就还她，再没有借其他人的钱。但是在妈妈面前她不敢大声反驳，听了一会儿，干脆挂掉。

妈妈问她是谁来电，她迅速把手机装进口袋里，唯唯诺诺告诉妈妈说是陌生人，可能是骚扰电话，妈妈这才不作声。

突然，妈妈似乎感觉到哪里不妥，转身拉着秋花问：我看看你的手机。啥时候换的？

秋花知道瞒不住了，掏出手机，递给妈妈：是我同学的旧手机，借给我用。

妈妈"哦"一声，拿着手机左看右看，一不小心按到开机键，屏幕亮了。屏幕上显示几个微信留言，她点开一个：徐秋花同学，你欠的钱明天到期，连本带利一共是两万三千四百块。

妈妈吓一大跳，继续点开其他的：你赶快确定还款时间，每天增加利息一千五百块。

这下妈妈懵了，把手机伸到秋花面前，大声问道：这咋回事儿？

秋花接过手机一看，也吓傻了！

我没有借钱，这人我根本不认识！

不认识？不认识怎么找你催债？

我也不知道呀！

妈妈夺过手机，翻看了秋花的微信圈和朋友来往留言，她知道事态严重，急切地问：你啥时候做微商的？你哪来的钱？快说！

秋花只好把事情的经过说给妈妈听，最后，还反复强调：我只剩下借的五千块买货钱没还，等货回来就能赚回来，很快就能还上。

那怎么有这么多人找你催款呢？

我也不知道呀！

你呀你！肯定被人骗了！

妈妈不敢怠慢，赶快拉着秋花来到病房，也顾不得和丈夫说话，把秋花和她的叔叔叫了出来，留下奶奶在病房。

三个人下楼来到院子里，妈妈把手机递给叔叔看，告诉他事情的经过。叔叔听后，脸色一沉，问秋花：你知道那个帅哥住哪里吗？

他说住咱们那个村子。

多少号？

我没问！

你记得长啥样儿吗？还记得他的车牌号吗？

不记得。不过要是见到，我认识他，他天天早晚和我坐同一班公交车。

最后一次见他是啥时候？

秋花这才想起来，已经有一个多月没见到帅哥。突然，秋花想起来，赶忙对叔叔说：我有他的微信号。

说完，她点开帅哥的微信递给叔叔，叔叔点击视频通话，显示不是好友。

叔叔气急败坏地按掉通话，对秋花说：你已经被他拉黑了。骗到你的贷款签名就拉黑了你。这是校园贷，害了很多人。

妈妈急得不知如何是好，用手指头戳着秋花的头：你呀！不好好上学，净是找事儿！

秋花一脸委屈，又不敢顶撞妈妈，只是小声嘟囔着：我也是想赚钱给爸爸看病。

叔叔把手机装进口袋，拉着秋花说：咱俩去报警，叫妈妈上去陪爸爸。

我也去！妈妈说完，三个人一路小跑出了医院。

怀 梦

1

"啊——"强子猛地从床上坐起来,双手揪住头发,使劲地摇着。

他又梦见了妻子仙草临死前疼得扭曲的脸庞,尽管他没有见到仙草临死前的样子。

喊声惊醒了身旁的灵子。灵子坐起来,捋了捋凌乱的头发,钻进了他的怀里。上个月底的一个夜晚,他也是这样在梦里惊醒,灵子无声地抚了抚他的胸口,无声地钻到他的怀里。

强子搂着灵子,望了望窗外,路灯下的铁轨闪着冰冷的光。

这条长长的铁路,从古坳山口穿过,像一条细长的丝带,秋风镇便是丝带上的铃铛。每到傍晚,山风从山谷里吹过来,夕阳下的古坳道班便响起了"当当当"的铃声,那是秋风镇在向疾驰而来的火车打招呼。

每当这铃声响起,强子便马上打起精神,进入控制室,准确无误地把铁轨扳向右边,然后目送火车疾驰而过。秋风镇车站是山里唯一的站台,强子从铁路学校毕业后,回到家乡,来这里实习,在父亲手把手的教导下,强子很快成了一名出色的扳道工。他习惯了山里的宁静,他喜欢山风,喜欢窗外的鸟鸣,喜欢火车经过时的鸣笛声。即将退休的父亲要调他去更大的车站，却被他拒绝了，守着小小的道班，他在这个小镇上一干就是十年。

五年前，为了这份喜欢的工作，也为这小小的道班，他付出了惨重的代价，在他的心里刻下了深深的伤痕，每次想起来，他都要用手捶打自己的胸口。

出事那天本来不是他上班，夜班的同事突然病倒，道班里只有他们两个扳道工，他不得不顶替同事，完成夜里的工作。

夜里十点半，他突然接到岳父的电话，在县城待产的仙草突然羊水破裂，提前送到了医院。强子心急如焚，却又无法脱身，凌晨一点半有一列火车进站，需要扳道。他只能坚守岗位。扳完道，火车疾驰而过，他来不及等到天亮有车，便急不可待地抄起电单车出门。刚关上门，手机就响了，匆忙中按了几次，才接通了电话："妈！"

"你赶快来，仙草已经不行了！快点快点！越快越好。"妈妈在电话里已经语无伦次。

挂了电话，手机掉在地上。强子立在那里，感觉血液"嗖嗖"地往上涌，头昏脑涨，眼冒金光。突然，他疯了似的启动电单车，转身就跑，结果，一头跌进了铁路里。早晨，班长巡岗时，才把他送进医院。

他把仙草的骨灰葬在了道班后面的山里，种上了一棵合欢树，那是仙草最喜欢的花儿。

第二天，在窄小的道班宿舍里，强子和父母相对而坐，屋子里死一般沉寂。

母亲打破了寂静："那个……强子啊，孩子太小，出了院，我们把他带回老家去吧。"

强子突然抬起头，用布满血丝的眼睛望着母亲，冷冷地说："不！孩子是我和仙草的，哪里都不去，我自己带。"

父亲掐灭手里的烟,扔在地上,用脚捻了捻,说道:"这个……心情我们理解,可是……毕竟……"

强子站起来,大声说道:"不行!绝对不行!孩子不能离开我!"

就这样,强子和父母僵持不下。最后,母亲决定留下来,把孩子照顾到三岁,强子把他送进幼儿园,母亲才回了家乡。

面对仙草的遗像,强子把孩子的名字改成了怀梦,以期仙草能够伴随他的生活。每天早晨和傍晚,他都会骑着电车,带怀梦穿梭于学校和道班之间,路边树上的鸟雀用欢快的歌声一路伴随着他们。怀梦喜欢百灵鸟儿,强子就停下车子,顺着声音寻找,用手指着树杈上的鸟儿,让孩子认识。夕阳下,强子的脸上又恢复了孩子般的笑容。

在学校门口,强子把怀梦交给班主任灵子时,总会朝她露出一排洁白的牙齿,灵子则挥着盖住手梢的衣袖,和他们道别。柔和的余晖弥漫了校园和破旧的红砖小路。

一次班会上,灵子布置家庭作文,要同学们写自己的妈妈。

第二天,怀梦没有交作业,灵子问他,他也不吱声。灵子一打听,才知道怀梦的家庭情况。

周末晚饭后,强子端着一盆水去门外边浇花,一开门便和一个人撞了个满怀,差一点把水泼到来人身上。他抬头一看,灵子那双扑闪扑闪的大眼睛正温柔地望着他。他心里突然颤抖了一下,感觉要被这笑容融化。他腼腆地笑了一下,掩饰住内心的激动,把灵子让进屋里。在灵子小心翼翼的询问下,强子平静地讲述了孩子和家庭的遭遇。

回到学校,灵子躺在床上翻来覆去无法入眠,脑海里满是强子那深邃的眼神。这个男人对她有一种强大的磁场和震撼的力量,令她无法自拔。

一个周末的上午，灵子狠下心来，向父母说出了心里的想法，父母极力反对她和强子相处。她去小镇支教，父母就担心她太苦太累，要是嫁到小镇，父母更加放心不下。可是灵子没有听从父母的意见，直接跑去道班向强子表白，她愿意在这个小镇上陪伴强子，陪伴孩子。最初强子不愿意，一个城里娇生惯养的姑娘，比自己小十几岁，跟着他在这小镇上受苦，还要带一个别人的孩子，强子不忍心。可是，灵子紧追不舍，天天跑来道班给强子做饭，给孩子洗衣服。日子一长，强子对这个善良的姑娘没有了抵抗力，接受了灵子。他礼貌地给父母打了电话。哪知道，父母双双反对，认为灵子年龄太小，只是一时冲动，不会长久跟他过好日子，将来出现矛盾，势必会给孩子带来伤害。

固执的强子再一次违背父命，把灵子接到了道班。

第一天早晨，怀梦仍然习惯地喊灵子："王老师。"灵子把他搂在怀里，摸着他的头说："怀梦，以后在家里不叫王老师，叫灵子好吗？我是你的灵子，你是我的怀梦，你是一棵仙草。"

话音一落，她马上意识到失言，斜着眼瞄了一眼强子。强子没有吱声，只是默默地望着窗外。

怀梦看看灵子，又看看爸爸。强子弯下腰来，摸着孩子的脸说："以后叫灵子吧。我们是一家人了。"

灵子的心里一颤，把强子的头搂了过来，三颗脑袋靠在了一起。

2

沐浴在朝阳里的小镇，成为一道生机勃勃的风景线。怀梦打开车窗，兴奋地对着大山喊："啊——"

灵子吓得赶快搂紧他，把他的手收回来："怀梦！危险！"

怀梦伸了伸舌头,转身趴在灵子腿上,双手抱住她的腰,灵子心里温暖得如窗外的阳光。不远处传来火车的汽笛声,强子吹着口哨,"嘀嘀嘀"地按着三轮车的喇叭,回应着即将到来的火车。

突然,一头水牛跌进了铁轨,强子知道这对火车和乘客意味着什么,他转身看了看远处,汽笛声越来越近,他赶紧从车上抽出一杆执勤小红旗,毅然跳进了铁轨。在枕木和铁轨纵横交错的铁路上,笨重的水牛东躜西撞,慌乱地打转,四蹄不时踩空。强子一边和水牛周旋,试图把它赶上去,一边焦急地望着远方。火车呼啸而来,受惊的水牛突然一头把强子顶翻在地。面对迎面而来的火车,千钧一发之际,强子竭尽全力用旗杆狠狠扎向水牛,水牛疼痛难忍,跳出了铁轨。由于用力过猛,他脚下踏空,再次跌倒在铁轨上,尽管火车紧急制动,但为时已晚,年轻的强子被疾驰而来的火车撞得血肉模糊,惨不忍睹。庞大的钢铁巨龙面前,强子的力量显得如此微不足道。

一切来得太突然,灵子和怀梦没有来得及下车,便已经和心爱的人阴阳两隔。回过神来的灵子,丢下怀梦,疯了似的向强子奔去:"强子——"

山谷回响,大地震动。然而,强子已经不能听到她的呼唤,迎接她的是血肉模糊的尸体,和铁路人员慌乱的惊呼声。

一切都是那么突然,灵子刻骨铭心的爱情结束了,在小镇陪伴强子的梦想也结束了。

等灵子醒来,周围站满了护士和学校的领导。她一骨碌坐起来,抓住医生的胳膊,急切地问:"强子呢?强子怎么样了?"

医生挣脱她的手,拍了拍她的肩膀,神情凝重地说:"你别激动,快躺下来先休息。"

灵子一下子回忆起来,强子没了。平时温顺的她,翻身起来就往墙上撞去,医生眼疾手快,一把抓住了她。她歇斯底里地挣扎着，绝望地叫喊："让我去死——让我去死——让我去死，让我去死……"

窗外，救护车"呜哇呜哇"地此起彼伏，淹没了她越来越弱的呼喊声。医生和护士紧紧地拉住她，给她再次注射了镇静剂，她这才慢慢安静下来，有气无力地蜷着身子，抱住脸嘤嘤地哭。

3

强子的追悼会安排在殡仪馆的告别厅。考虑到怀梦太小，怕给他心里留下太多阴影，俩老人不想让他参加丧礼。听此言，灵子失态地大声叫喊："为什么？为什么不让他见爸爸最后一面！"

大家只好让怀梦跟着灵子，灵子始终没有松开怀梦的手。

铁路局领导致悼词，镇领导致悼词，怀梦偎依在灵子身边，始终没有哭。追悼会结束，家属向遗体献花，灵子和怀梦一起抱着花束走向灵柩，见到强子那稍微扭曲的脸庞，灵子早已泣不成声。怀梦看了一眼灵子，嘴角撇了撇，没有哭出来，灵子拉着他，指着强子的遗体说："怀梦，和爸爸说再见吧！"

怀梦看了一眼遗体，转身趴在灵子身上"哇"的一声大哭起来。灵子抱着他，把花束放在强子遗体旁边，悲痛欲绝，再也不忍多看，浑身颤抖着走了出去。

办完丧礼，在窄小的道班宿舍里，强子和仙草的遗像并列摆放着。强子工作用的绿色帆布包在旁边的墙壁上挂着，显得格外刺眼。

疲惫的怀梦在床上睡着了，强子的父母和灵子面对面坐着，灵子抱着双臂，身体有些颤抖，屋子里寂静得令人害怕。

"你……怎么打算？"父亲打破了沉寂，他做梦都没想到，上次仙草去世时的问话再一次发生。

灵子低着头，不作声。

母亲抬头看着灵子说："你还年轻，孩子又不是你的，不能拖累你。"

灵子突然抬起头，大声说："孩子是我的，怀梦就是我的孩子。"

父亲抓了抓头，说道："这个……心情能理解，谢谢你有心了。可是……毕竟不是亲生的，不要这样耽误了自己。"

灵子站起身来："爸，妈，孩子就是我的，我一定要把他养大成人，陪伴他一辈子。"

父母再要说什么，见灵子朝他们摆手，便不再吱声。他们觉得这是命，时隔四年，两场谈话过程和结果都惊人相似。

老两口又住了几天，怀梦渐渐又恢复了往日的活泼，灵子也和学校打了电话，要回去上班。老两口便登上了绿皮火车，离开了小镇。

送行那天，灵子带着怀梦站在窄小的月台上，朝火车使劲儿挥手，跟奶奶道别。奶奶望着怀梦，想要交代什么，一开口便泣不成声。火车像往常一样，在"咔嚓咔嚓"声中远去。

怀梦喊了一声"奶奶"，便扑在灵子身上大哭。灵子蹲下来，擦去他脸上的泪水，把他揽进怀里："不哭哈，咱不哭。我们回家。"

说完，灵子拉着怀梦，走回道班。

4

第一天去学校，灵子亲自把怀梦送到教室里，他们走进教室里的一瞬间，同学们的眼光齐刷刷地看过来。灵子感觉有些别扭，把怀梦送到座位上，又把书掏出来，放在课桌上，她才回办公室。

从第一节课到放学，怀梦都没说一句话，也没有认真听讲，只是反复在本子上画火车,这是灵子向几个老师打听来的。放学铃声一响,她就急不可耐地匆匆收拾了桌子,跑去教室把怀梦接了过来。

出了校门,灵子推着电动车,怀梦紧跟着她,两个人都不说话,怀梦不时把脚下的小石子踢出去。一阵秋风吹过,枯黄的落叶在风里打了个旋儿,落在了怀梦的头上。灵子拿掉落叶,对怀梦说:"来,坐上来,我们回家。"

怀梦仍旧不出声,默默地爬上了电动车。

到家后灵子放下电动车,赶快去宿舍后面的厨房里做饭。怀梦一骨碌爬上了床,坐在床上望着墙上的照片发呆。三张照片都是强子生前拍的,灵子曾经要收起来,被怀梦阻止了。一张是强子的自拍照,他刚上班第一天,挎着绿色帆布包站在铁轨旁自豪地拍下了这张照片。另外两张都是火车的照片,一张是冒白烟的绿色载货火车,一张是顶上拖着尾巴的电气火车。怀梦看着照片发了一会儿呆,拉开书包继续画火车,他已经画了六张纸,每一张都是一节火车,火车尾部还画上挂钩,那是爸爸教他认识的挂钩结构。

灵子手忙脚乱地做好饭,擦了擦额头的汗珠。以前她从不会做饭,在家里妈妈把各种好吃的做好,她吃现成的。到学校支教,一直吃食堂。结婚后,强子对她说:"你不用学做饭,我做的好吃。"

想起这句话,灵子咬着手指,会心地笑了。她钻出厨房,对着宿舍喊:"怀梦,开饭了,灵子给你做了鸡胗。"

一连喊了两声,不见有动静。"这孩子!"她一边自言自语,一边推开宿舍的门一看,床上没有人。她又喊了两声,仍然没人应声。她觉得蹊跷,推开洗手间的门,里面也不见怀梦的影子。这下灵子有点急了,匆匆地跑出屋子,到铁轨旁四处喊怀梦的名字。铁路上空无一人,只有山谷里传来的回声,惊起树杈上的鸟儿,扑棱一声飞走了。

望着悠长的铁路，以及空旷的山谷，灵子有点惊慌失措，在风里张开双臂不停地喊，最后声音都变了腔。

随着一声汽笛，一辆列车从站台穿过，呼啸而去。望着渐行渐远的车尾，灵子突然想起了什么，她转身朝扳道室的方向跑去。

米黄色的扳道室，在尚未褪去绿色的大山前面，孤单而又显眼。灵子一口气跑到扳道室旁边，转到扳道室正面一看，她的身子一下子软了下来。她有气无力地靠在墙上，弯着腰垂着双臂，大声喊道："你怎么不打招呼就跑出来？你会把我吓死的，知道吗？"

怀梦坐在扳道室外的长木椅上，望着窗外废旧的扳道器发呆，听到灵子喊他，缓缓地转过头来说："灵子，你会扳道吗？"

灵子的心里一颤，跑过去蹲在地上，把他搂在怀里，眼泪唰地一下子流了下来。怀梦把手里的画放到椅子上，面无表情，只是用手指梳理着灵子的马尾辫玩。一阵风来，画纸被吹落在不远的地上，怀梦一激灵站起身，跑过去捡起来，紧紧攥在手里。灵子走过去，蹲下来拿过画纸，一条"Y"字型的双轨铁路，贯穿画纸的中央，"Y"字的交叉口，一个简单的房子只画了外形轮廓。灵子再一次泪流满面，拉起怀梦的手，往家里走去。

回到家里，灵子安抚了老半天，怀梦才算吃了晚饭，洗了脸自己爬到床上睡觉。夜里九点多，怀梦突然在床上哭了起来，灵子顾不得批改完作业，便上床去搂着他一起睡了。

5

第二天早上，俩人起床有点迟，匆匆吃了早餐，赶去学校，上课铃已经响了。灵子把怀梦送到教室，怀梦默默走到课桌旁坐好，早已站到讲台的老师开始讲课。

一节课下来，怀梦都很专心的样子，时不时朝讲台望着，老师多次把目光投向他，表示赞许。下课时，老师当着同学们的面表扬了怀梦，正要离开教室，怀梦的同桌小虎突然站起来，对着老师喊道："老师！他没有听你讲课。"

老师一愣，转身走过来："你说什么？"

"老师，他没有认真听讲，他在画火车。"小虎说完，从课桌下的抽屉里拿出怀梦的画纸，朝老师扬了扬。

怀梦一下站起来，慌忙去抢画纸："给我，不许动我的画！"

小虎哪里肯给，站起身高高举起手里的画纸。怀梦急得一脚跳到凳子上，抓住了画纸，小虎把手往回一抽，画纸被撕成了两半！气急败坏的怀梦扑到小虎身上，掰开他的手，抢回了另外一半画纸。小虎伸手再来抢，怀梦把画藏进抽屉里，转身一拳打在小虎脸上，小虎的鼻子顿时流血不止。面对这突如其来的一幕，老师惊讶不已，赶快把俩人拉开，然后对着怀梦大声训斥："怎么可以打人！太不像话了！"

说完，老师掏出纸巾，给小虎擦干净脸上的血，又给他把鼻孔塞上，转身拉着怀梦说："到我办公室来！"也不等怀梦反应，老师把他生拉硬拽拖到办公室。

等学校领导找到灵子，灵子跑去老师办公室，学校已经通知受伤者家长。怀梦站在办公室里，任凭老师如何说，始终不说一句话，手里紧紧握住那张被撕毁的画。灵子跑到怀梦面前，蹲下来盯着他，急切地问道："怎么一回事儿？怀梦，你为什么打人？告诉灵子好吗？"

怀梦一声不吭地看着灵子，泪水在眼睛里打转，但是始终没有掉下来。灵子看了看他的手，从他手里拿过来被撕烂的画纸，一下子明白了。她的眼泪开始不听使唤，顺着脸颊流下来："怀梦，不管如何，我们不能打人，你知道吗？"

怀梦仍旧不出声，老师对灵子说："从头到尾，一句话不说。

怀／梦 ·155·

你说说这孩子怎么这么怪!"

就在这时,教务处主任推门走进办公室,后面跟着受伤的小虎和他的家长。家长一见到怀梦,便大吵大闹:"小小年纪光天化日之下敢打人,简直是无法无天了。"

灵子赶快说好话,连声说对不起,又拉着怀梦的手说:"怀梦,快道歉!快说对不起!"

怀梦硬着头拒不道歉,把脸转向窗外。灵子提高声音,大声说道:"怀梦!快点道歉!"

怀梦仍然不理会。家长有些恼羞成怒:"好啊!打了人你还有理了?是不是?这么没教养!噢!没爹没娘的孩子,野蛮着呢,可是这是学校……"

灵子突然打断家长,一把搂过怀梦,对家长说:"你不可以这样说他!"

"怎么啦?打了人还不许说?难道我说错了吗?不是没爹没娘的孩子,会这样野蛮吗?"

教务处主任看不下去了,笑着对家长说:"孩子打人不对,应该道歉,可是,也不用这样说吧?孩子还小。"

"不让说?哼!我说这么难听,他都没反应。他道歉呀!打了人至少要鞠躬道歉吧!"

灵子转过身去,对家长深深鞠一躬,直起身子,对家长说:"孩子还小,犯了错误,我来道歉,我来道歉不行吗?要么你打我一拳出出气。"

家长不依不饶,一定要怀梦道歉。灵子只好连哄带骂再催怀梦道歉,最后,看到灵子急得满脸泪水,怀梦终于妥协了。灵子拉着他走到家长面前,快速鞠了一躬,然后转过脸去,身子有些发抖,眼泪终于流了下来。

· 156 · 麦／秆／儿

6

进入腊月,秋风镇便进入了一年中最冷的时节,有了古拗山这座宽厚的围墙,把西北吹来的冷风死死地挡住,秋风镇的冬天也不觉得太冷。人们只穿了一件薄棉袄,或是一件毛衣,就已足够御寒。铁路上撬动铁轨的工人,索性把棉袄也脱下来,挂在绿色的铁网围栏上。

小镇的集市上,敞着衣服扣子的老大爷,肩上扛着长长的竹扫把,嘴里喊着"看着看着!",提醒人们小心被扫把挂着了。悠闲的女人,手里牵着五六岁的小女孩,背上的婴儿在熟睡中流着口水。

灵子用身子挡住拥挤的行人,给怀梦开路。第一次在小镇逛年集,她对一切都充满了好奇,同时又有些紧张,怕熙熙攘攘的人群把怀梦挤丢了,她紧紧地攥住怀梦的手,一刻也不敢松开,手心里都沁出了汗水。好不容易挤出闹市,来到路边一个卖烧饼的铺子,挂着一个纸板写的牌子:五香烧饼,一元一个。闻着香喷喷的味道,她俯下身子问怀梦:"好香的烧饼,你吃不吃?"

怀梦歪着头看了看,回答道:"我爸爸说那边的好吃。"

说完,他指着马路对面的一个烧饼炉子。灵子带他走过去,想买两个烧饼,一问价格:八毛钱一个。灵子心里咯噔一下,眼泪立刻涌了出来。她背过身去,擦了眼泪,正要拉着怀梦回去,手机响了起来:"灵子,我是……"

从声音里,灵子听出来是怀梦的爷爷老林,他很少打电话来,每次都是奶奶打电话来询问怀梦的情况,找怀梦说说话。

灵子弱弱地喊了一声:爸。对方就直奔主题:"灵子,过年你们回来吧,我们都准备好了。"

灵子沉默不语,她还没想好过年的事儿,依她内心的想法,她

怀/梦 ·157·

想留在小镇过年,可是想到怀梦,又想带他回去和奶奶团聚。

"你们两个人在小镇上无依无靠,肯定要回来过年的,回来热闹热闹。"

老林正说着,突然奶奶抢过电话:"灵子啊,放假回来,都得回来过年。我们明天就去接你们。"

说完,不等灵子说话,便挂了线。灵子犹豫一会儿,拨通了妈妈的电话,妈妈原本也想让她和孩子去城里过年。听说奶奶极力要求回去,就劝灵子先回奶奶家过年,然后再回县城住几天。

挂了电话,灵子又打电话给怀梦的爷爷,说明天就回去,自己坐绿皮火车回去,不用接。

决定了回去,灵子便不再犹豫,马上回去买了车票,收拾好行李。

第二天赶到家里,已经是傍晚。奶奶一见到怀梦,一把搂在怀里,眼泪就下来了。稍作休息后,老林把灵子和怀梦带到一个房间里说:"这是你们的房间。被子已经晒好了。"

灵子打量着屋子里的摆设,一张实木打造的大床,一张书桌。怀梦跑过去,把桌子上的火车模型抱在了怀里。灵子看着墙上的相框,里面几张照片都有些发黄。突然,怀梦指着一张照片叫起来:"爸爸!是爸爸!"

奶奶把相框取下来,让他摸了摸那张照片,对他说:"这个不是爸爸,这个是爷爷。"

灵子心里一动,吃惊地瞪大了眼睛:"原来我爸也是铁路人啊?"

"是呀!这是毕业实习时和火车合的影。"

"戴着大盖帽真神气!"

"神气是神气,就是辛苦,开了一辈子火车,还让强子也考了铁路学校。"奶奶说到这里,脸上突然阴郁下来。

灵子低头不语，怀梦抱着相框东看西看。奶奶摸了摸他的头，叹了口气说："唉！命里注定！父子俩都为铁路而生。"

灵子从怀梦手里拿过相框，看着几张发黄的照片。突然，一张照片映入眼帘，照片里的爸爸一身铁路制服，头戴大檐帽，站在一所发黄的房子前，向经过的列车敬礼，房子正是秋风镇道班的扳道室，是她和怀梦正在苦苦坚守的家。

一家人都陷入沉默时，老林摸了摸怀梦的头说："怀梦，你喜欢火车吗？"

听到火车，怀梦突然兴奋起来，跑过去拉开书包，掏出来磨得皱巴巴的画本，递给爷爷看。老林打开画本，看着一张张歪歪扭扭的火车和铁路，他一时沉默了。

灵子突然转过身，走到老林面前，严肃地说："爸，我想去学开火车。"

老林怀疑自己听错了，猛地抬起头，看着灵子说："火车可不是闹着玩的，火车司机手里握着整车人的生命，思想要高度集中，那都是男人干的职业。"

灵子说道："也有女司机呀，现在男女平等了。"

老林一时沉默，灵子趁机央求他："爸，你帮我找找铁路学校的门路嘛。我可以从头学。"

老林扬起脸，看了看天花板，说道："不容易啊！都休息吧，天不早了，坐了一天火车，孩子也累了。"

两个老人离开了房间，灵子和怀梦上床休息。怀梦抱着手里的火车模型很快就睡着了。灵子在昏暗中朝墙上的相框看了看，也侧身睡去。

灵子和怀梦在乡下过了春节，又住了几天，便按照计划到县城的母亲家住下来，除了陪母亲之外，灵子在外面跑了几天，母亲问她，她也不说，只说出去逛逛，转身又问："你想不想我陪你？"

母亲回答说:"那当然啦!你去支教这两年,你不知道我多担心你啊!"

灵子机灵地回答:"那我就想办法回来陪你!"

"想啥办法呀?要调回来吗?"

"保密!"

"这孩子,神神秘秘的。"

过了正月十五,灵子便离开了县城,回到秋风镇,投入到了紧张的工作中。怀梦也很快适应了学校的生活,但是,仍然不愿意和同学玩,只是默默地努力学习,没事就拿着那本画册画火车。

灵子利用周末的时间,又带怀梦去县城,她要办成一件想做的事情,但是她谁都没有告诉,只是按照自己的计划默默进行。

期末考试结束,灵子便找到了校长,提出了自己辞职和怀梦转学的请求。校长和教务处领导苦心相劝,皆无法改变灵子的决定,最后,校长用一种异样的神情看了看灵子,只好在申请书上签了字。灵子走出办公室门口的时候,听到教务处主任小声对校长说:"到底是城里的人,想让她扎根这山里,终归靠不住。"

7

离开秋风镇那天,天气炎热,铁路两旁的夹竹桃粉红的花朵在太阳的炙烤下无精打采,长长的铁轨在阳光下发出刺眼的光亮。灵子回头看了一眼道班那土黄色的房子,带着怀梦转身上了火车。

下了火车,回到母亲家里,灵子把行李往屋里一放,对母亲说:"妈,我们回来了。"

母亲高兴地拉着怀梦的手说:"好好好!回来就好!这下可以住到开学再回去了。"

"妈,我们不回去了。"

"你说啥？不回哪里？"

"不回秋风镇了。"

对灵子这个决定，母亲感到十分意外，以前她好劝歹劝，灵子就是不肯回来，坚持在那偏僻的山里支教，带着孩子艰苦地生活。这次主动回来了，母亲高兴地揉着眼睛说："你终于想通了，在那穷山沟里多苦啊。"

"妈，我不是怕苦，我是回来上学的。"

"啥？上啥学？"

"妈，我来县城读铁路技工学校。怀梦也转到县一小读书了。"

母亲不懂学校的事儿，一时无语，但是她知道灵子的性格，劝也无用，只好说："我也不懂，你自己选择就好。"

灵子应了一声，便带怀梦去收拾屋子。院子里走动的鸽子"噗哒哒"一声飞到房檐儿上，地上的落叶四散开去。

暑假结束后，灵子按照以前办好的手续，顺利进入了西塘铁路技工学校，怀梦则进了第一小学五年级插班。入学当天，她特意打了个电话给老林，老林在电话里只告诉她很多学校招生为了赚钱，要小心上当，便不再多说。

开学后，灵子和怀梦各自住校，周末她去学校接怀梦一起回家。母亲则变着花样做好美味佳肴，等他们回来。饭后，一家人坐在院子的石榴树下，在蟋蟀的唧唧声里，共享天伦之乐。

怀梦进入新的学校里，没有人知道他的过去，他便有了新的状态，一直没有勇气参加的篮球队，他也报名加入了。灵子看在眼里，深感欣慰，时间正逐渐冲淡失亲的伤痛，她相信怀梦慢慢会走出阴影。

想到这里，她在纸上写下"妈妈"两个字，脸上露出不易觉察的微笑。

心里有着对火车和铁路的期待，灵子对学习也投入了极大的热

怀／梦 ·161·

情。但是毕竟是女生，学习期间的苦和累还是超出了她的想象。

通过两年的努力，她不仅掌握了传统蒸汽机车的驾驶技术，还熟悉了电气化火车的驾驶技术。第一节实践课是列检常识实践。一大早，灵子就兴奋地起了床，穿好制服，挺起胸脯，对着镜子里的自己敬了个礼，满怀信心地走向铁路实践基地。

导师把一个墨绿色工具包递到她手里，压得她一咧嘴，两手向下一沉，差点接不住。导师收起笑容，大声对她说："拿好！挎在身上！"

她用力拎起工具包，挎到肩膀上，按照指令，掏出锤子，检查列车各个部位。

"转向架弹簧"

"正常"

"主轴螺丝"

"正常"

…………

灵子踩着高低不平的枕木和石子儿，一个小时的实践课下来，便汗流浃背。她一屁股坐在铁轨上，用袖子擦汗。导师见状，大声吼道："起来！马上离开铁轨！"

灵子吓了一大跳，迅速跳到站台上，一脸懵懂地看着导师，不明白他为啥那么大声。导师摘下帽子，对她说道："铁轨上随时都有可能来车，干完活迅速离开，这是第一原则，一定要记住。"

灵子心里一热，马上响亮地回答："记住了！"

实践课结束，下午自由活动，灵子早早地去学校把怀梦接回家里。刚要去洗制服，怀梦的教导主任打来电话："你好！这里是教导处，我是王老师。"

"王老师好！"

"收到学校的通知了吗？要求家长下周一参加孩子的半成

人礼。"

灵子心里一愣，没听怀梦说呀，可又不便和老师说没收到，便和老师说收到了。挂了电话，灵子把怀梦叫过来，问明缘由。怀梦吞吞吐吐不说话，在灵子的再三追问下，才从书包里掏出学校的通知，递给灵子。灵子一看，是两周前的通知，说下周一举行半成人礼，学生代表上台做感恩致辞，要求父母参加。看到怀梦面无表情，灵子变得小心翼翼起来，抚摸着怀梦的头，温和地问道："怀梦，为啥不告诉灵子呢？灵子可以请假去的。"

怀梦不作声，灵子问了几遍，他才说他一个人可以，不要灵子去，也有的学生父母不参加。灵子蹲下来，把他搂在怀里，说："灵子一定会去，会陪你一起参加。"

怀梦仍然说不用了，不要灵子参加。灵子不敢再说下去，便拉他去屋里写作业，自己去洗衣服。

按照铁路学校的规矩，除非生病，学生不得请假。周一一大早，灵子跑到学校，向教导员和教务处反复说明了情况，请了假，匆匆忙忙赶去怀梦的学校。

到了学校，操场早已坐满了人。主持人刚好叫到怀梦的名字，怀梦拿着一张纸走上讲台，向台下看了一圈，突然，他发现灵子在观众席的左边站着，便收回了目光，展开发言稿，开始发言：

"……我有一个好妈妈，还有一个好爸爸，我的爸爸是一名扳道工，每到周末，爸爸便带我去道班看火车。上个星期，爸爸还带我去动物园玩，在爸爸妈妈的养育下，我快乐地长大了。我要感谢他们的养育之恩，现在，有他们的陪伴，我很幸福……"

灵子早已泪流满面，双手掩面，忍住不哭出声来。

怀梦的发言结束，操场上响起了雷鸣般的掌声。灵子跑到讲台边，一把拉住怀梦，把他搂在怀里，低声问道："怀梦，你为什么要说谎？爸爸已经不在了。"

怀梦挣脱了她，倔强地说："他没有！"

说完，眼泪便涌了出来。灵子再次试图拥抱他，他躲开了。灵子低声喊道："怀梦！爸爸已经离开了我们！"

怀梦转身对灵子说了一声"你别再说了"，便跑了出去。灵子远远地跟在后面，一直看到他跑回教室，自己才在教室外面的花坛上坐下来，看着怀梦趴在课桌上，她心里像打翻了五味瓶，无助的泪水爬满了双颊，她也不擦，被风吹起的头发凌乱地贴在脸上。怀梦的举动深深地刺痛了她，也打破了她花费几年时间建立起来的自信。

就这样，怀梦在教室里趴着，灵子在外面坐着，一直到中午放学。同学们散了之后，灵子擦干脸上的泪水，捋了捋头发，走进教室，轻轻地拉起怀梦："好了，怀梦，我们回家吧。"

怀梦也不再倔强，无声地跟着灵子回了家。

8

怀梦的半成人礼过后，灵子一度陷入了失落，她无法让怀梦亲近她，她对未来也没有信心。虽然两人表面上很快恢复如初，但是眼神里明显有了隔阂。这让灵子无法快乐起来，夜里经常失眠。

学校逐渐进入全面的实战实习，她常常精神不集中。在一次实践课上，她甚至还出现了错误。当初她恳求报名入学时，就曾有人担心一个女孩子做机车司机是否合适。如今面对她的表现，学校领导便找她谈了一次话，把学校的担忧和她说了，她情绪低落到极点，一度想放弃。

学校组织了铁路系统退休职工到学校做报告，讲述实际工作经验和心得。灵子起初不想参加，犹豫了半天，她还是去了。

活动开始，当嘉宾走上讲台，灵子惊呆了，做报告的不是别人，正是怀梦的爷爷老林！老林扫视了观众席，很快看到了她，朝她笑了笑。不知道为何，自从知道老林也是老铁路职工，尊敬之情油然而生。她坐直身子，朝老林投去一个微笑，聚精会神地听完了报告。

午饭后，她正要回宿舍午休，教务处有人来找她，她跟着来人走进教务处，老林正笑眯眯地坐在沙发上。她鼓起勇气喊了一声："爸。"

老林示意她坐下来，递给她一瓶水："怎么样？这两年学得怎么样？"

虽然每年假日她都会带怀梦回乡下住一段日子，但是像今天这样，两个人在工作场合单独见面，还是第一次。她有些紧张，接过水，放在茶几上，低着头回答道："不太好。"

"学校和我说了你的情况。当初我就和你说，火车司机是一个高度紧张而又枯燥的工作。"

老林接着问道："听说你最近精力不集中，不像以前那样积极努力。有啥事吗？怀梦不听话吗？"

说到怀梦，灵子一下子控制不住，嘤嘤地抽泣起来。

老林有些意外，再三追问缘由，灵子只好把怀梦的举动和他说了。老林没有多言，只叫灵子好好学习，说他会去找怀梦聊聊，然后便叫灵子回去了。

第二天，老林和学校商量后，在学校留了下来，除了辅导一些学生外，重点带灵子实战训练。在他的鼓励和辅导下，灵子每天干劲儿十足，不到两周时间，就可以熟练地反复操作各项设备，使用真机车实际操作。

周六晚上，学校举行第一次夜间实战考核，老林把怀梦带到学校，给灵子加油。

灵子一身正装制服，双手戴着白手套，神情严肃地抚了抚胸口,长出了一口气,走进了驾驶室,向坐在副驾驶室的导师敬个礼,然后在操作间坐下来。

"汽笛开关"

"正常"

"制动"

"正常"

"灯光"

"正常"

"前方铁轨"

"正常"

"鸣笛"

"启动"

一声鸣笛过后,灵子缓缓推动操作杆,机车动了起来。灵子激动得心都要从胸腔里跳出来,她严肃地望着前方,两条被磨得锃亮的铁轨在灯光下如两条玉带,引领机车前进。

突然,一条狗出现在铁轨上!灵子"啊"了一声,血液一下子涌上了头。

"制动!"导师大喝一声。

灵子慌忙拉起制动杆,火车缓缓地停下来,在惯性的推动下,机车还是撞上了流浪狗。那只狗慢慢幻化成一头牛,最后变成一摊鲜血,顺着铁轨四散开来,布满了她的眼睛。"啊——"她闭上眼睛,抱住头蹲在地上。

导师把她拉起来,走下机车。老林和怀梦都慌忙跑过来,拉起灵子:"灵子!灵子!你怎么啦?"

灵子拼命摇着头,倒在了站台上,抱着头哭泣。怀梦蹲下来,轻轻拍着灵子的背,灵子抽咽着,身体发抖。

突然,怀梦双膝跪下去,身子紧紧贴住灵子,双手搂着她的头,轻轻喊了一声:"妈妈!"

灵子浑身一激灵,猛地抬起头,眼睛瞪得大大的,直直地盯着怀梦,双手扶住他的肩膀:"你叫什么?怀梦!你叫什么?再叫一声,快!"

怀梦慢慢地站起来,拉着灵子的手,提高声音又喊了一声:"妈妈——"

这回灵子听清楚了,她一下子扑到怀梦身上,双膝跪在地上,"哇"的一声大哭起来,哭声顺着空旷的铁路,响彻了整个考核场。

老林把两个人拉起来,递了纸巾,灵子擦干眼泪,羞涩地看了一眼老林。怀梦一手拉着灵子,一手拉着老林,走出考核场,地面上三个身影被路灯拖得老长。

按照老林的吩咐,灵子休息了两天。第三天下午,老林找到灵子,询问她的状态,问她可否继续考试,灵子咬了咬嘴唇,回答道:"你在铁路上干了一辈子,强子把生命都给了铁路,我既然选择了强子,选择了这个家,一定要接着干下去,因为铁路上有我的亲人,有怀梦的牵挂。"

老林心里暗暗为灵子的韧性叫好,说了一声"那我知道了,今晚继续考试",便去了教务处。

晚上八点,老林带着灵子和怀梦,准时出现在考核场。来到机车滑动区门口,怀梦拉着灵子的手,朝她点了点头,坚定地说:"妈妈!加油!你一定能行。"

灵子拍了拍他的肩膀,说:"谢谢怀梦!"

说完,灵子大步向机车走去。怀梦手里拿着一支小红旗,和爷爷站在站台上,等候机车的到来。

一阵汽笛声过后,机车在"咔嚓咔嚓"声中缓缓驶来。老林拉着怀梦的手,脸上露出欣慰的笑容。坐在驾驶室里的灵子从身边驶过时,怀梦拼命挥舞着旗子,大声喊着:"妈妈!对不起!"

也学牡丹开

1

清明节一过,春天的影子一下子铺满了院子。

暖洋洋的夕阳泻下来,笼罩在烂了半截的陶罐上,陶罐里一株茎秆发黑的老月季树,在冬天本该是光秃秃的,却长出了一簇新叶子,在阳光下显得尤为嫩绿。枝叶的顶部,居然还有一朵含苞欲放的花蕾,露出一点粉红,在长满青苔的老屋墙根旁,显得特别耀眼,给破旧的院子带来了鲜活的气息。红孩儿拿着一个大水瓶子给月季花浇水,一只蜜蜂在花上面嗡嗡地叫。

十岁的红孩儿本来叫红海,班里的同学和他开玩笑,都叫他红孩儿。

六岁的时候,爸爸妈妈带他来到南社古村租下这间旧院子,爸爸妈妈从周围村里收回来的废品堆满了院子。有时候还能给他捡回来一把塑料驳壳枪,他对着天上的星星"哒哒哒"一阵扫射后,神气十足。他还用爸爸捡回来的一把玩具枪,改造成可以一次射击两发子弹的玩具手枪,送给过生日的同桌。

微风吹过月季花,轻抚着红孩儿有些高原红的脸颊。他用力擤了一下鼻涕,正要往月季花旁边的砖头上抹,突然想起灵子说的话,又打消了这个念头,跑去石槽旁边的水龙头边放水洗了手,又洗了一把脸。流水闪着银光哗哗地从水龙头里流出来,冰凉里透着太阳的味道。水槽里倒映出稚嫩的脸庞,有些长的头发,凌乱地映在水里,像阳光下草丛的影子。他有些不好意思地用手搅乱了水里的影子,讪笑着走开。

红孩儿拿起树杈上的毛巾,仔细地擦脸,连耳朵根后面和脖子都擦一遍,湿毛巾的凉气令他缩了缩脖子。上个月体育课间,灵子在操场上说不喜欢到处抹鼻涕的人,还不喜欢不洗澡、脖子上有灰的人。他深深地记下了灵子的话,开始很细心地洗脸,而不是像以前那样用水随便抹一把。

放下毛巾,红孩儿从厨房端来一个铝锅,接了满满一锅水,吃力地端到煤气炉上开始烧。蓝色的火苗舔着锅底,从周围蹿出来,映在他的脸上。他转过身去,打开矮小的冰箱,找出来一截白萝卜,"咔嚓"一口咬下小半截,在嘴里"咔嚓咔嚓"地嚼着,两腮撑得鼓鼓的,像塞进了两个小苹果。

锅里的水呼呼地响起,妈妈告诉他:响水不开,开水不响。他关掉了火,妈妈说水烧响了就可以洗澡,不用浪费煤气烧开。这几个月爸爸和妈妈收到的废品越来越少,商店里的废纸皮,饭店里的酒瓶都越来越少,妈妈说生意都不好做。

2

红孩儿小心翼翼地把热水端到简陋的洗澡间,用马勺舀了热水倒进水桶里,再放一些冷水进去,蹲下来洗澡。每次洗到下身,他都会不好意思地笑。有一次和灵子一起去废弃的菜园玩,他被尿憋得难受,跑到一棵大树后面偷偷地撒尿。灵子以为他到树后找好玩的东西,就从后面跟了上去。他攒足了劲儿撒了尿,舒服得打了个激灵,灵子突然从后面跑过来,看到他敞开的裤子,害羞得扭头跑开了，草丛里的蚱蜢都跳了起来。他慌忙提上裤子，转身走出来时，一脚还踩在湿湿的尿上，黏了一脚的泥。每次洗澡时，他都会在心里想：肯定被她看见了。

红孩儿从洗澡间出来，微风一吹，他哆嗦了一下，赶紧把身上的拉链拉上。搭在头上的半截浴巾，烂了一个洞，从破洞里往院子里看，像爸爸捡回来的旧望远镜似的。他伸出右手，在破洞外面做了一个胜利的手势，西天的白云染上了一层红光，东边蔚蓝的天空开始暗下来。他哆嗦着身体回屋换了衣服，用妈妈的梳子把头发梳得整齐油光的，觉得不好看，又用手揉了揉，回到院子里。

巷子里的摩托车一阵突突作响，墙边的榕树上黄鹂鸟儿"咕噜咕噜"地叫着，红孩儿百无聊赖地等待夕阳落山。他望着浓密的榕树，寻找黄鹂鸟儿的身影。黄鹂鸟儿的声音一起，他学着同学蹩脚地吹几下口哨，又拿起窗台上晒着的青菜叶，对着榕树说："下来，下来，给你吃。"

妈妈不让他吹口哨，说是坏孩子才吹口哨，可是他想吹。放学路上，男生甩起头，吹起口哨，立刻有女生望过来，这场景经常令他心里痒痒的。可是他不会吹口哨，也没有钱买口香糖，边走边吹出透亮的泡泡。他也有零花钱，爸爸每次卖完废品，总会叫他过来："海儿，过来，拿去买酸奶。"

红孩儿两岁的时候，爸爸就发现红孩儿喜欢喝酸奶。

每次把他放在三轮车后厢里，到城里收废品，遇到喝酸奶的孩子，他总是眼巴巴地望着。爸爸买了牛奶给他，喝了两口，都被丢到一边，后来买了酸奶，用精美的小木片挖一点黏稠的酸奶，送到他嘴里，他吧嗒吧嗒嘴唇，很快吞下去，把一小盒酸奶喝完，他还东张西望地找。自此以后，爸爸经常给他买酸奶喝。一直到现在，他也把酸奶视为最爱的零食，经常会捏着小小的木片，从盒子里挑起酸奶，一点一点地吸进嘴里。他会享受地闭上眼睛，来回舔着嘴角。

逗完黄鹂鸟儿,夕阳不知不觉地就滑了下去,天也慢慢地暗了下来。红孩儿回屋里拿了自己最心爱的酸奶,装进口袋里,鼓鼓的像两个大包。

红孩儿从屋里走出来的那一刻,心里跳得怦怦响,他长出了一口气,用手拂了拂胸口,见到灵子,他不知道先说什么话,灵子知道了他家里收废品,不知道是否还会和他玩。

3

星期一那天放学,灵子和男生打闹,手表被甩进了污水沟,他在众目睽睽之下,掀开水泥板,从污水里拿出手表,鼻子上还蹭了黑黑的污泥。在一帮人嘻嘻哈哈打闹之后,灵子说要感谢他,周末请他看电影,听说看电影,《捉妖记》海报里的画面立刻从他脑海里蹦出来。一想起要进电影院了,他的嘴角边就不自觉地露出微笑,这可是他第一次进电影院看电影。

电影院门口的广告牌常常令他神往,妈妈捡回来的废纸里,偶尔也会有电影院的彩页海报,五彩缤纷的海报被铺在木板钉成的饭桌上,他能听到主人公打斗的声音。从海报上他知道了《长江七号》,知道了《捉妖记》。晚上,月亮在云朵间穿梭,满地的树影若隐若现,他拿起一截木头,在院子里想象着电影里的人,弯着腰来回跑着捉妖,他的黄狗是忠实的观众,吐着舌头,坐在大门内侧目不转睛地盯着他。

红孩儿走出院子,巷子里传来"汪汪汪"的狗叫声,他不想惊动周围的鸡和狗,也不想惊动天上的星星和月亮,蹑手蹑脚地走出村子,几乎一路小跑来到约定的茶山红星电影院门口。

晚风过处,路边的秋枫落下几片黄叶,有广告纸片在风里打个旋儿，贴在了树根部，红孩儿站在马路边，巨大的霓虹灯下，小脸儿像晚霞里的夕阳。

一辆摩托车擦身而过，在红孩儿身旁的白色汽车边停下来，司机穿着深蓝色运动裤，外侧有三条荧光白色的竖条纹。他知道那是阿迪达斯的标志，学校隔壁就有一间阿迪达斯的店子，他想等考上高中时，就向爸爸要一套阿迪达斯的衣服。

白色汽车右侧的车门突然被打开了，摩托车来不及躲避，只能倒向右边。阿迪达斯一个趔趄，松开手里已经倒下的摩托车。

一个老婆婆突然靠近来，弯下双腿坐到地上，又慢慢地在摩托车旁边躺下来。面对突如其来的这一幕，红孩儿突然觉得她的姿势很优美。夏天的晚上，他的姥姥经常在地上铺一张凉席，也是这样慢慢地坐下，慢慢地躺下来。他会坐到姥姥的身旁，享受姥姥的扇子。

红孩儿在路边扑闪着眼睛，姥姥就从眼前消失了。姥姥是去年春天离开人世的，走的时候就靠墙坐在床上，头歪向一边，安静得像睡着了。

地上的老婆婆突然抱住了阿迪达斯的腿，"哎哟哎哟"地喊着，电影院门口跑出来一个金黄头发的年轻人，拉住阿迪达斯的胳膊，要求赔钱。红孩儿打心里讨厌这种黄毛发型，比他家的黄毛狗还难看。

阿迪达斯哪里愿意赔钱，本来就是老婆婆自己躺下来的。

双方争执不下，周围围满了人，突然挤进来一个挺着大肚子的女人，把红孩儿拉到电影院门口内侧说："小孩子，你看到了哈，是他把老人撞倒的，你要给我们作证。非法开摩托车，撞了人还想赖皮。"

红孩儿的心里咯噔一下，不解地望着女人那风里飘动的头发。女人摇了摇他的胳膊，又吓唬他说："听见没有？你不作证等一下有人打你。"

红孩儿看了看女人瞪得老大的眼睛,有点胆怯地转过头去。女人用力捏了一下他的胳膊:"走,去作证!"他疼得咬了咬牙,挣开了女人的手。女人又说道:"你这孩子,你看阿姨怀着孩子,现在也没钱吃饭,婆婆一天没吃饭了,摔伤了也没钱去医院,你就帮帮阿姨吧,阿姨把这个给你。"

说完,女人把一把黑色玩具手枪递给红孩儿,那是红孩儿在学校门口的文具店里见过的,今年最流行的,他想等到过年不要买衣服了,让爸爸给自己买一把枪。红孩儿把玩了几下玩具枪,正要还回去,女人拉着他走进了人群,指着红孩儿对大家说:"就是他撞的,这个小孩儿亲眼看见的,他可以作证。"

说完,她把红孩儿向前推了一把。红孩儿没有说话,看看手里的枪,看看躺在地上的老婆婆,又看看正在据理力争的阿迪达斯。晚风愈吹愈大,地上的树叶在围观人的腿脚之间乱蹿,老婆婆抱紧阿迪达斯的腿,把头埋进胳膊弯里避风。

围观的人开始骚动起来:"小孩子不说假话,让小孩子说说。"

"这孩子,你快说,看见撞人没有?"

阿迪达斯这时候也看到了红孩儿,他指着红孩儿对大伙说:"刚才,这个小孩子就在旁边,他可以作证。"

红孩儿看了看阿迪达斯,又看了看人群。突然,灵子从人群后边钻进来,站在他的对面,眼里充满疑惑。他和灵子对视那一刻,心跳得更加厉害。在人们的追问下,他终于鼓起勇气,把玩具枪还给女人,对女人说道:"我没看见他撞到阿婆。"

女人马上捏住他的胳膊,训斥道:"你这小孩儿怎么说瞎话!刚才你和我说亲眼看见的。"

红孩儿咬了咬牙,再次挣脱女人的手。女人抬起脚来踢了一下红孩儿,红孩儿一个趔趄,趴倒在了地上。他忍住疼痛爬起来,捡起心爱的酸奶,重新装回口袋。他感觉鼻子热乎乎的,用手一摸,一手的血。他也不擦,任凭血流到嘴角,重新站好,对女人说:"你骗人!是阿婆自己倒下,然后搂住了他的腿。"

女人又要踢红孩儿,阿迪达斯和围观的人上前拉住女人:"你怎么打小孩子,人家一个小孩子,敢讲真话怎么了?"

"碰瓷儿,肯定是碰瓷儿。赶快报警吧。"

你一嘴,我一舌,越来越多的人谴责女人和老婆婆,女人渐渐有些站不住,又朝红孩儿的屁股踢了一脚,走过去扶起老人,边骂边往外走:"这世道真是的,撞了人还不承认,仗着人多……"

有人朝红孩儿围过来,关心地问这问那,灵子跑过来,拉住他的左手,看着他不说话。

红孩儿用右手擦一下鼻子上的血,不知往哪里抹,灵子赶紧跑去路边,捡起一张广告纸,递给他擦了手,又直直地看着他。他看见灵子的眼角有泪水流下来,想伸手去擦,可是自己两手都是血,又不敢去擦,只能小声地对灵子说:"对不起,没看成电影。"

听到这里,灵子"哇"的一声哭出声来:"我们回家吧,不要看电影了。"

她想去拉红孩儿的手,看到他手上的血,又怕。红孩儿抬起头来,吸了一下鼻子,对灵子说:"走,我们回家。"

说完,俩人走出渐渐散去的人群,在枣红色的自行车绿道上往回走。红孩儿掏出口袋里的酸奶,两盒都递给了灵子,灵子也不拒绝,一手一个紧紧攥在手里。

夜风吹起一地的落叶,像波浪一样,在两个孩子身后滚动着。路边墙上的文化彩绘里,黑色字的古诗词若隐若现:

> 白日不到处,青春恰自来。
>
> 苔花如米小,也学牡丹开。

静静的西蔡河

1

初伏的晚上天气闷热,空气像静止了似的,不见一丝风。西蔡河安静地横亘在村头,两岸的大白杨树在夜空里黑魆魆的,像一幢幢庞然大物。吃晚饭的时间已过,端着碗聚集在大路边饭场儿吃饭的人们四散开去,只有昌叔依旧坐在墙边乘凉。他把一只前头破烂穿孔的布鞋垫在屁股下面坐着,背靠着一个刚刚闲置下来的石磙。

空气闷热得令人喘不过气来,往脸上随手一抹,一把汗水就下来了。女人吆喝着男人和孩子把饭碗丢到灶台上,不想进屋洗刷。男人们纷纷逃出蒸笼似的房间,拎着芦席陆续走出家门,到村头的打麦场上乘凉、睡觉。剩下女人在家里刷洗了锅碗瓢勺,敲着猪食槽喂了猪,趁着天黑,站在压水井旁边儿用毛巾擦了身子,也拿着蒲席跑到大门外的马路边乘凉。女人们怕着凉,不睡芦席,睡的是菖蒲叶子做的蒲席,质地柔软,夜里又不会太凉。女人们怕露水打了身子落下风湿病,在马路边躺着闲聊一会儿,或者睡到半夜,露水下来之前就纷纷回屋去睡。

果果跟着小头叔叔在家里赶着编芦席,摘去叶子的芦苇秆儿白天已经用石磙碾过。果果一手用一双筷子夹着扁扁的芦苇,一手抽动芦苇,芦苇从筷子之间穿过,外面的叶柄软皮就被刮下来,剩下白生生的苇篾。小头叔叔用镰刀把苇篾抛开，一条一条织进芦席。别看瘦高个子的叔叔头小，做事却快，不到一个小时，一捆芦苇就变成了一张宽大的芦席，席子上还编了环环相扣的菱形。他让果果睡上去试试，果果一骨碌爬上去，他又突然想起来还没去刺，赶紧让果果起来。堂屋门外的白炽灯泡发出微弱的黄光，把两人的身影投射到地面，两个黑影在地上晃来晃去。小头叔叔用一件粗布旧衣服把席子反复擦了，确保没有毛刺了，才把席子卷成筒，用麻绳捆住，立在地上。小头叔叔往井边的水槽里放满水，让果果跳进去洗了，自己端起一大盆水劈头浇下去，顿觉凉快。

"走，去南场里睡觉。"小头擦干身子，带着果果去村南头的打麦场。

打麦场位于西蔡河岸边，紧挨着一片坟地，过去是生产队的公共打麦场，后来一块一块分给个人。麦收时节，一家家把碾好的麦粒儿堆成小山，顺着河风扬场，强劲的河风把麦糠吹得一干二净，一家接一家的麦堆和麦秸垛连成一片。得天独厚的地理位置令打麦场几十年不变，得到琉璃弯村一代又一代人的青睐。收完小麦犁起来种萝卜、白菜，萝卜、白菜收了种洋葱和莲花豆，四五月份，收了洋葱、莲花豆又耙平碾实，成为光亮的打麦场。

来到打麦场里时，场里早已是东一个、西一片地睡满了人，小头叔叔照例带着果果跑到三大爷身边，铺开凉席，躺下来听三大爷讲段子。

果果仰面躺着，双手枕在头下。天上的星星密密麻麻，不见一丝云彩。果果只认识北斗星和启明星，别的都不认识，姐姐走了之后，再没有人教他认星星。他恨死了爸爸，恨爸爸不应该让那个编椅子的男人住家里勾引姐姐。他也恨姐姐，恨姐姐不应该轻率地跟编椅子的男人私奔，留下他和爸爸在村里被人戳脊梁骨。他更恨那个男人，男人凭着会编椅子，天天走村串巷，走到哪里住到哪里，走到哪里吃到哪里，肯定没少招惹女人。

那天下午，父亲把那男人领回家里编椅子，进门见到姐姐那一刻，果果就感觉男人贼溜溜的眼睛里放出异样的光。吃晚饭时，姐姐炒了鸡蛋端上来，坐下来一起吃饭，爸爸不想让姐姐上桌吃饭，说了一句"你去厨房看着火"，姐姐装作没听见，坐下来拿起馒头咬一口："看着呢，没事。"

接着，两个人很快对上了眼，目光一来一回，话便多了起来。男人跟姐姐说他们温州的衣服、温州的皮鞋，讲外面世界的精彩。姐姐的眼里开始放光，不断劝男人吃菜，根本不在意果果和爸爸的存在。果果的心里很不舒服，凭什么一个陌生男人一下子就把姐姐抢去了！他甚至想把男人赶跑，但是又怕挨爸爸的鞋底子。妈妈死后的第三天，石头骂他"没娘"，他打了石头，回家挨了爸爸的鞋底子。

果果草草地吃了饭，上床睡觉了。第二天早上，他被爸爸的骂声吵醒了，父亲骂骂咧咧摔了东西，一个人气呼呼地坐在窗棂下面抽烟。果果起了床，揉揉蒙眬的眼睛，一下子明白了，姐姐跟着男人跑了，这让他心里一下子像被人剜了一刀，十分难受。

月亮出来时，起风了，白杨树肥大的叶子"哗啦啦"地作响，人们把杨树叫作"鬼拍手"，倒也贴切恰当。打麦场上仍然热闹，果果翻了一个身，侧躺着，心里难受，看到一颗流星划过天空，他的眼泪流了下来，姐姐就像那颗流星一样，瞬间就不见了。姐姐到底去了哪里？他想姐姐。

不知什么时候，蛐蛐停止了鸣叫，果果也迷迷糊糊地睡着了，打麦场上也逐渐恢复了安静，静得能清晰地听到村里的狗叫声。

半夜里，月亮滑向天边，夜空又暗了下来，不知什么时候下了露水，打麦场边的黄蒿和茅草的叶子尖儿上挂着露珠，在皎洁的月光下晶莹剔透。西蔡河边的芦苇荡在微风里沙沙作响，青蛙早已不再大声叫唤,只是不时发出一声"咕"。

小头叔叔被尿憋醒了,起身跑到场边的坟头旁"哗啦啦"地解了小便,又走到果果身边看看。月光下的果果半露着身体,眼角的泪痕清晰可见。小头叔叔伸手帮他把床单盖好,突然发现果果的裤头顶起了高高的帐篷,便踢了踢他:"起来,起来尿尿。"

果果正在梦里憋尿,四处找不到厕所,急得夹着腿团团转,被小头叔叔踢醒了,赶紧爬起来去解手。小头叔叔走回自己的席子继续睡觉,他刚躺下来,就听到果果的叫声:"人,有人!"

他一骨碌爬起来,跑过去问果果:"哪里有人?哪里有人?"

果果并不害怕,指着不远处的坟地说:"在那,就在那儿!"

小头叔叔顺着果果的手指看去,前面什么也没有,他拍了一下果果的头:"做梦了是吧?哪里有人?快去睡觉!"

说完,他扳着果果的头往回走。果果虽然满腹狐疑,但确实人影不见了,他只好跟着叔叔回去睡觉。刚走几步,他不死心,回头再看一眼。两座大坟之间那个蹲着的人影再次出现了,刚好被他看到,他急忙拉住小头叔叔的胳膊:"人!人!叔快看!"

小头叔叔听罢,慌忙转身,只见不远处两座高坟之间的地面上有一个蓝色人影,像一个孩子蹲在地上,还晃来晃去。他虽说不太信鬼,但如今摆在眼前,不免心里还是一紧,拉着果果走到席子上,轻声对果果说:"别怕,没啥。快睡觉。"

小头躺下来,用床单蒙着头,辗转反侧无法入睡。他小心翼翼地伸出头看看,人影又变成了红色,变得更高大了。终于他忍不住了,爬到隔壁把三爷叫醒:"三爷,三爷。"

三爷哼唧了一下,醒了,砸巴一下嘴问道:"啥事儿啊?这大半夜的。"

"三爷,好像……好像有鬼。"

"啊!哪里有鬼!"三爷一骨碌爬起来。

· 178 · 麦/秆/儿

"三爷,你看那……"小头指着远处,压低有些发抖的声音说道。

三爷朝着小头所指之处一看,两座大坟之间有一个半人高的影子晃来晃去。他大吃一惊,大喊:"有鬼!快走!"

说完,三爷慌忙卷起席子就往村里跑。经他这一喊,胆小的人也从梦里惊醒,抓起铺盖就跑,一时打麦场上乱作一团。西蔡河边芦苇丛里的野鸟"扑嗒嗒"飞去,更增添了一些恐怖感。

只有昌叔不着急走,他不慌不忙地站起来,望着远处的坟头问道:"哪里有鬼?准是一只野狗,净是自己吓自己。"

大胆的人停住脚步,回头看去,坟场里果然不见了鬼影,安静如初。一些人开始犹豫,大胆的人开始跟着昌叔留下来,但是大部分人还是回了村,最后只有两个年轻人和果果陪着昌叔。没过多久两个年轻人也溜走了,偌大的打麦场上只剩下昌叔和果果。昌叔不时从床单下伸出头看看坟场,又看看周围不见一个人影儿,也睡不安稳了,他凑过去推了推果果,低声说:"果果,回家睡吧。"

果果也睡不着,见昌叔喊他,便索性坐了起来,目不转睛地看着昌叔说:"你走我就走,你不走我也不走。"

"你不怕吗?"

"不怕!"果果披着床单,摇了摇头。

昌叔本来心里想回去,听果果这样说,便不再犹豫,拍了拍果果的头:"那就不走,睡吧!"

说完,俩人重新躺下来蒙着头睡觉。两个人虽然都蒙着头,但是谁也没睡着,不时动一下身子。没过多久,昌叔有点沉不住气了,伸出胳膊碰一碰果果的胳膊:"果果,我们回家睡吧,冷了。"

说完,也不等果果回答,就卷起了铺盖,果果只好也收拾了床单和席子,跟着他回了家。打麦场上恢复了宁静,在夜空里显得空空荡荡的。

静/静/的/西/蔡/河 ·179·

2

头伏下雨，伏伏下雨。

头伏那天早晨下了一场大雨，接下来几乎天天下雨，并且雨下得发喘，下下停停，一直持续到三伏天的末尾。经过一个月的雨水补充，西蔡河迎来了最威风的时节，宽阔的河床上，略显浑浊的河水像万马奔腾，不时打着漩涡向前涌流。河里的芦苇荡被淹没大半，只露出很小的一截随着流水晃动。

雨天好撒网，深水有大鱼。小头当然不会错过这大好时机，雨一停，他便迫不及待地拿了渔网和鱼肚笼去西蔡河打鱼，果果跟在身后，小狗阿黄也蹦蹦跳跳不离左右。

路过老五家门口，从门楼里边跑出来三只鸭子，晃悠着身子刚一出门，被阿黄上前一扑，"扑棱棱"地又跳回门里边，窄小的巷子里回响着"呱呱呱"的叫声。果果朝阿黄踢一脚，大声呵斥，阿黄摇着尾巴蹿到两人的前头，一摇一晃地向西蔡河跑去。

来到西蔡河边，汹涌的河水激流翻滚，声势浩大。小头找了一处水流稍缓的河湾处，尝试着撒了几网，都因脚下打滑而没撒开，打上来的都是小虾小鲢鱼。果果从岸上找来几块半截砖头，让小头叔叔垫在脚下，小头脚下有了根，果然用得上劲儿，左手抄网，右手把网，身子向左边扭到90度，把网用力向右前方甩出去。渔网在空中张开，像要把天罩住。等渔网落下去，河面上激起一阵水花。小头小心翼翼地拉起渔网，刚拉一半，渔网便不停地抖动，他知道这一网有大的，沉住气贴着水面慢慢把渔网拉上来。

渔网还没出水，就看见一条大草鱼在网里挣扎。小头高兴得叫起来，喊果果拿鱼肚笼来装鱼。果果从没近距离见过这么大的鱼，兴奋不已，大步走到小头叔叔身边，突然脚下一滑差一点滑倒跌进河里，他双手触地，没让自己倒下去。小头大喊"小心"，便不敢再让他靠近，从他手中接过竹篾编的肚笼，小心翼翼地把鱼装进去，背在身上，继续往前走，又转身对果果说："河边太滑，你别跟着捡鱼了，你走岸上跟着吧。"

果果爬上岸，远远跟着小头叔叔。走到石拱桥边时，他看见瞎六坐在桥栏杆旁边拉弦子，曲子凄切忧伤，站在旁边听了一会儿，心里感到恓惶，突然想念起姐姐，流了几滴眼泪。想到瞎六看不到自己，他觉得没趣，又跑去追小头叔叔。

小头顺着河坡边走边撒网，不知不觉已近正午，他收拾渔网回家。等他回到院子里，放下鱼，才发现果果没有回来。他苦笑一下："这孩子真贪玩！"他把鱼放进水槽里养着，开始做午饭。

小头做好饭后，洗一把脸，仍不见果果回来。他走到大门外，大声喊了几声："果果——吃饭了。"村里静悄悄的，没有回音。院子里也静得出奇，平时哼哼唧唧要吃要喝的老母猪也没了声音，卧在猪圈里休息。小头感觉有些不对劲儿，跑到村里继续叫喊，整个村庄都喊遍了，也没见果果的身影。他焦急得无所适从，感觉喉咙发干，双腿发软，有气无力地从村北边往回走，一边走一边用嘶哑的声音继续喊："果果——果果——"

中午的村庄笼罩在袅袅的炊烟里，偶尔传来一两声狗叫，小头的喊声显得格外清晰，每一声都传遍半个村庄。刚开始时，并没有人在意，渐渐地，人们听出了不寻常，觉得可能是果果发生了什么事儿。于是，开始有人走出家门，互相打听。三爷步履蹒跚地走到大门外，脚上穿着一双破烂的布鞋，后面的鞋帮被踩在脚下，露出粗糙的脚后跟。他看见小头走近，便走上前去问道："咋啦？果果不见了？"

小头捶胸顿足地回答："是啊！上午跟着我去西蔡河打鱼，河坡上地滑，我怕他掉进河里，就让他去岸上跟着，我只顾着打鱼，没注意他在岸上干啥，等我回到家里没见他回来。我顺着河坡叫了半天，整个庄儿里边都叫遍了，也没找到。"

三爷干咳了两声："嗨！那得赶紧找找，这坑满河满的，掉河里那就麻烦了。"

"找了呀！我都跑遍了，找不着哇！你说这可咋办？他爹也不在家，要是有个三长两短，你说我可咋交代？"

"这样吧，你赶紧去街上给他爹的工地打电话，叫他回来。我这就喊人，都下去找。"

小头心乱如麻，正无头绪，听三爷这样一说，慌忙回家抄起自行车往街上赶。

三爷转身大声喊："大昌——大昌——"

大昌刚刚端起饭碗，听见三爷喊他，一边往嘴里扒拉面条，一边跑出去。见到三爷朝他走过来，远远地问道："三爷，啥事儿啊？"

"果果跟着小头去打鱼，人不见了。你甭吃了，赶紧叫人，多叫几个人到河边找找。"

大昌心里一愣，停住吃面，一口面条挂在嘴边。他把面条又吐回碗里，一脸惊慌地说："啊！我说小头咋一直喊果果哩！我看啊，果果这是死了！西蔡河这么大的水，哪里还会有命！"

三爷扬起手要打他："你这臭嘴，你咋知道他掉河里了？说不定跑到哪里玩了。"

"能去哪里？就这么巴掌大的村庄，小头都喊了几遍，也不见人。唉！"说完，大昌跑回家放下碗，挨家喊了十几个人分头去找。一帮人把整个西蔡河两岸都找了，连芦苇丛里都没放过，也没见果果的影子。另一帮人把村子翻了个遍，仍然一无所获。两帮人重新在三爷家门口汇合后，大昌喘着气对三爷说："我觉得没戏了，得赶紧下滚钩，趁着还没冲走多远，赶紧从西蔡河下游往上滚，兴许

·182· 麦／秸／儿

还能捞到。"

三爷又把他骂了几句,另外几个人都附和着大昌,三爷一时无语。

大昌便带几个人去邻村借滚钩。

一个时辰光景,滚钩借回来了。大昌给大家分好工,把长长的滚钩绳索一头交给几个壮实的人,让他们在岸边拉住,自己带两个年轻人撑着船把滚钩绳索的另一头拉上对岸,然后隔着宽阔的西蔡河大声问道:"准备好了吗?"

对岸立刻回话说准备好了,大昌便大喊一声:"开始,走!"

两帮人在西蔡河两岸拉着绳索,拴在绳索上的一排滚钩纷纷沉入水底,在人们的拖动下,缓慢地向前移动。西蔡河水流湍急,水色浑浊。岸上杨树叶子在风里"哗啦啦"作响,乌鸦时不时"嘎——嘎——"地叫着。

老鳖赶着毛驴车从县城拉大粪回来,车子上横着一个油桶改造成的大粪桶,漏斗装的进粪口用一个大大的破布包塞着,周围留着厚厚的粪渍。他走到村头的石桥时,看见大昌带着人在西蔡河两岸拉纤绳,觉得好奇,便跳下车问他们:"大昌,你们在拉什么?"

大昌听见喊声,示意暂停下来休息一下,顺便大声回答老鳖:"果果不见了,怕是掉河里了,下了滚钩捞人。"

"谁?谁呀?"

"果果!大成的儿子。"

老鳖一听,心里一沉,赶紧摆手示意大昌过来。等大昌爬上河岸,他小声说道:"大昌啊,你赶紧去倒虹吸看看,刚才我拉粪经过,见一群人围在一起闹哄哄的,我上跟前一看,地上躺着一个孩子,用破草席盖着上身,露出腿和脚,是刚从倒虹吸里捞上来的。"

大昌"啊"了一声,赶紧向倒虹吸跑去。没跑几步,又转身跑回家抄了自行车,飞一般驶出村子。

大昌驱车赶去倒虹吸时,小头这边已经到邮电局打了电话,大成正在信阳水库工地上打石头,听工头说有电话找他,忙丢下手里的活,跑去接了。一听小头说果果不见了,只说了一句"我这就回去",便丢下电话,匆匆赶去车站。

小头出了邮局,天又下起了雨,"哗啦啦"一阵子下了五分钟,又出太阳了。小头也没避雨,淋了个落汤鸡,推着自行车往回赶。

大昌赶到倒虹吸的时候,刚好遇上这阵子大雨,他不顾头上的水顺着脸淌,在众人的指引下跑到尸体旁,稍微迟疑片刻,便像赌场开局那样猛地掀开席子。他心里一紧,马上又松了一口气。死者是一个胖胖的男孩,并不是果果。他说了一句"不是",又把席子盖上了。

大昌不顾路上泥泞,努力骑上自行车回家,没骑多远便骑不动了,车轮子被泥塞满,无法转圈。他气急败坏地尝试着用力往前推,无奈车轮沉重如铁,很难推走。他只好停下来,找一截树枝把车轮上的泥刮掉。就这样走一段,刮一次泥,走到村口时,刚好遇见推着自行车的小头,俩人互相摆了摆手,又摇了摇头,更加焦急。

村口的路更加泥泞,大昌干脆把自行车大杠搭在肩上,正要扛着进村,突然看见不远处的打麦场上有一个身影,他一下子愣住了。

"果果?果果——"大昌放下自行车,朝身影大喊。

小头见状,向打麦场看去,打麦场上的身影正是果果!他一口气跑到打麦场,见果果站在打麦场边缘的草地上,手里拿着一个鼓囊囊的磷肥袋子。身后的坟地杂草丛生,草尖儿上的水珠在阳光下闪着光。见到小头叔叔和昌叔过来,他也吃了一惊,站在那里不知如何是好。小头一个箭步冲上去,朝他肩膀上就是一巴掌:"你去哪里了?把人都吓死了!"

果果仰起头,看到小头叔叔眼里打转的泪花,"哇"地一下哭了,手里的袋子也掉在地上。

大昌看一眼坟地,不远处的两座老坟立在阳光下,曾经在夜里出现人影的地方静悄悄的,雨后空气中的水汽隐约可见。他收回目光,走过去抚摸着果果的头说:"好了好了,回来就好。别哭了,告诉你叔你在这里干啥?"

果果只是哭,不说话。小头用近乎喊叫的声音再次问他:"说呀!你倒是说呀,你去哪里了?来坟场里干啥哩?"

果果抽泣着,擦了擦脸上的泪水和汗水,指着袋子里的啤酒瓶和废塑料袋,断断续续地回答说:"我……我去县城……捡破烂了。"

"你不是跟着我打鱼的吗?好好的去捡破烂干什么?"

果果不回答,任凭两个人怎么问,他始终不再开口,气得小头要打他,被大昌拦住,劝他不要再打了,然后三人踏着泥泞回了村。

3

秋风一起,西蔡河就失去了往日的威风,宽阔的河床上只剩下浅浅的水流,黑魆魆的水草随着水流摆动。芦苇荡也早已枯黄,银白色的芦花远远望去像一堆白云从天上掉下来。

果果背着书包从学校里出来,昂首挺胸一路小跑奔向西蔡河。刚入学时,他对一切都感到好奇,每天天不亮就跑到学校大门口,在冷风里等一个多小时。天开始放亮了,校长才慢悠悠地来打开那两扇笨重的木门。每天早晨,果果吃力地帮校长推开大门已经成为他的享受。可是最近几天,他遇到了烦恼,老师在课堂上教古诗,他总是念不对。王老师人长得漂亮,声音也好听,果果一见到她,心里就涌起无限的崇拜和好感。"春眠不觉晓",可是果果怎么念都念不对,他一张口就变成了"春晓眠不晓",面对全班同学,面对王老师,他觉得很丢人,觉得对不起王老师。他的同桌小雅看在眼里,记在心里,悄悄约他放学后到西蔡河边一起念书,帮他纠正。

果果来到西蔡河边,小雅已经坐在草地上等他了,见他来了,把书扔在地上,不耐烦地喊道:"你怎么这么慢!"

果果放下书包,一屁股坐下来:"王老师叫我到办公室读了十遍。"

"那你记住了没有?"

"记住了啊!"

"真记住了?快读给我听听。"

果果本来在办公室都已经会读了,可是当他在小雅面前一张口,又变成了"春晓眠不晓。"他沮丧极了,坐在那里沉默不语。小雅"扑哧"一声笑了:"果果,你的嘴是咋长的呢?来来来,我教你:春眠不觉晓,处处闻啼鸟。"

果果学了几十遍,终于记住了。小雅看看天色已晚,站起来搓了搓冻得有些麻木的脸颊:"天快黑了,回家!"

果果把书装好,站起来跟着小雅回家。趁着落日余晖,他突然发现小雅的枣红色条绒布鞋前头破了一个洞,和他的鞋的破洞一个位置,他正要笑小雅,小雅恰好转身跟他说:"果果,星期天要唱戏呢。"

"啊?哪里唱戏?"

"就在学校门口呀,我听爸爸说请了北王庄的戏班子来唱,吃饭派到三爷家里,睡觉派到你家呢!"

"不行!"一听戏班子要住家里,果果大声说道。

"为什么呀?"

"不为什么,反正就是不能住我家。"果果一急,眼泪快要流下来了。小雅一脸迷惑,不知道果果为什么反应这么大。果果也不解释,气呼呼地快步往家跑,留下小雅一个人在后面不知所措。

果果跑到家里,大成正从西屋里拎出一袋子废品,见果果回来,马上叫住他:"果果,你捡这么多废品,咋还不去卖?明天我给你卖了吧!"

果果慌忙地跑过去,从爸爸手里抢过废品:"爸爸,别动,我自己卖,再攒攒。"

"你攒这么多废品卖了买啥?我从工地回来时不是给了你一块钱吗?"

"我都留着哩,我有用。"

"你放这屋里碍事,我明天去卖了,刚好我做路费,回到工地我再寄钱给你。"

"不要!爸爸,屋子这么大,碍啥事呀?"

"村里请了戏班子唱戏,要住咱家。"

"不要他们住咱家!"

"你这孩子!住咱家咋了?村里派到咱家,咋能拒绝!"大成把废品靠屋根儿放好,接着说,"我去工地干活,常年不在家,咱多支持一下村里的工作,你在家里要是有个啥事儿还指望他们能照应一下。"

"反正不要他们住咱家!"果果的口气坚决。

"不行,小孩子家哪有那么多事儿!"大成说完进屋搬废品。

果果转身跑到屋门口,用身子拦住爸爸:"爸爸!不要啦!不要他们住咱家!"

大成一时来了气,不顾果果的阻拦,继续从屋里搬废品,果果拉住他,死活不让搬。这一下,把大成惹火了,脱掉鞋子对着果果的屁股就是一顿打。果果拉住他站在那里不动,任凭他怎样打骂,就是不放手,也不哭。大成见果果不躲不闪,只好放手,气急败坏地把东西又扔回屋里，转身锁了门。他狠狠地把一个空瓶子踢飞，吓得两只红公鸡"扑棱棱"地四处逃窜。

果果在屋里站了一会儿，开始收拾捡来的瓶瓶罐罐，又把废纸废塑料一摞一摞地叠放好。一直到天快黑了，屋子里开始看不清楚，也没见爸爸回来，他听到肚子里"咕咕"叫，这才想起来去开门。一拉门发现门被爸爸锁住了，他喊了两声"爸爸"，不见回应，随即又趴着窗户向外看。院子里一片昏暗，歪脖子桐树的枝丫上晾晒着一堆红薯秧，一只麻雀在上面跳来跳去，不时发出"啾啾"的叫声。不一会儿，他发现麻雀钻进了红薯秧，想到麻雀孤单单地睡在黑暗的红薯秧堆里，果果突然觉得心里舒服多了。

"果果！"正在他百无聊赖时，突然听见小雅喊他。

他故意屏住呼吸，看着小雅在院子里东张西望。小雅见果果家里黑灯瞎火，也没人回应，便转身要走。果果见状，急忙喊她："小雅！小雅！"

小雅心里一惊，转身看看，不见人，只好大声问道："果果！你在哪里？"

"小雅！我在西屋，你过来，快过来给我开门。"

小雅顺着声音走过去，果然看见果果在窗户里边。她惊奇地问果果："你怎么一个人在屋里？怎么不开灯呢？"

"嗨！我刚才和我爸顶嘴，他把我关屋里了。你赶快帮我开门。"

小雅走到门口，拉了拉门，发现门是锁着的，只好告诉果果打不开，果果失望地又坐回到床上。小雅问他吃饭了没有，饿不饿。这一问不打紧，果果感觉更加饿了，他有气无力地回答小雅："天不黑就被我爸锁屋里了，哪里有饭吃，饿死了。"

小雅迟疑了一下，说了一句"你等着"，就离开了。没过多久，她又跑回来了，手里举着一个烧熟的红薯，从窗户递给果果："给！

我家灶屋里只剩下这个红薯,你先吃了。"

果果接过红薯,狼吞虎咽地猛吃几口,噎得他直伸脖子。见他这窘态,小雅"扑哧"笑了:"小心噎死了,慢点吃!"

话音刚落,就听到大门响了,大成推门进了院子,顺手拉开电灯的开关。小雅转身叫了一声"大爷",不等大成接话,就匆匆离开了。

第二天,戏班子进驻到村里,但是没有住在果果家里,而是住在了三爷家里。果果为自己的坚持感到庆幸,心里很开心。吃过午饭后,他跑到小雅家里,叫上她一起去上学。

由于村里的学校重新修理房子,学生被临时安排到邻村学校读书,果果每天都约小雅一起上学放学,很开心。

从小雅家里出来,两人走在麦田里,麦苗刚刚钻出土地,稀稀疏疏的像婴儿的头发。果果和小雅一前一后地打闹着,踏足之处,扬起一阵尘土。果果一边跑,一边在裸露的土地上到处搜寻,见到一个牙膏皮,捡起来装进口袋,遇到一小块塑料布,也捡起来折叠好放进口袋,小雅也帮着他捡,每当小雅递给他一个牙膏皮或者铁钉,果果都回报以感激的目光。小雅曾经问过他捡废品干啥,他没有告诉小雅,小雅感到好奇,就又问道:"果果,你捡这么多废品卖了买啥啊?"

果果站住了脚,一脸认真地看了一眼小雅说:"我……我想攒钱去找姐姐。"

小雅一愣,偷偷瞄了一眼果果。两个人不再说话,一前一后地往学校走去。

星期天一大早,果果跑到村里看戏。戏台搭在村里十字路口,背靠着学校大门,坐北朝南。果果爬到戏台上,顺着南北大街,一眼看到村南头。

"去去!小孩子快下去,马上要开戏了。"果果正在戏台上玩得开心,被剧团人员赶了下来。他找到爸爸的板凳,坐在爸爸身边等开戏。

戏还没开始,大昌手里拎着凳子走过来,挨着大成坐好,摸了摸果果的头,又递给大成一根烟,擦了火柴点上。这才小声说:"大成啊,听说两个月前春梅捎话来,说想回来认亲?"

大成猛吸一口烟,缄口不语。大昌用胳膊肘碰了碰他,烟头落下星星点点的烟灰,他仍然不作声。大昌站起身来,提高声音说:"不是我说你,都是自己生的孩子,有啥不能原谅的?孩子又不是出去胡混,只是一时冲动,做事方法不对。"

"不认!丢人!"

"哎呀,你这老古董!年轻人有年轻人的日子,孩子都结婚了,是想安心过日子的,你咋不接受?是你脸面重要还是孩子重要?"

"不行就是不行!只要我在,她休想进这个家门!"

"哎呀,不和你说了,老顽固!"大昌在地上摁灭烟,仰着脸看戏台,不再说话。

果果在旁边踢着凳子腿,心里很难受。他想劝劝爸爸,想起来挨打的事儿,又不作声了。突然,他看到有一个熟悉的人影在戏台上一闪就不见了。姐姐!他心里一惊,赶紧伸长脖子寻找,可是戏台上的人再没出现。他"腾"地一下站起来,爸爸差一点摔倒。他丝毫没注意到爸爸的责怪,在人群里左挤右挤,费了好大劲儿才钻出人群,一口气跑到戏台幕后,也不顾剧团的人阻拦,钻到后台东张西望。后台的演员都在化妆,他根本无法找出姐姐,甚至分不清哪一个是男哪一个是女。他失望极了,可仍不甘心,赖在后台不肯离开,工作人员推着他的肩膀往外赶:"你这孩子,不要在这碍事,赶紧去前面看戏!"

果果只好离开,重新回到爸爸身边,但是再无心看戏,心里一直想着姐姐的身影。

戏一结束,他一骨碌站起来,又跑到后台。可是演员们都不在现场卸妆,他在演员群里穿来穿去,眼睛直直地盯住他们的脸,大家都以为他对脸谱感到好奇,也没人搭理他。当他走到一个花脸面前时,花脸对着他做了个鬼脸,"哇哇哇"大叫一声,吓得他赶紧跑了。

看戏的人陆续散去,演员们也回了三爷家。大街上又恢复了安静,不时传来几声狗叫。果果从后台跑出来后,并没有回家,而是去了三爷家,站在大门口等。见演员都卸了妆,他走进院子,又开始逐个搜寻。三爷坐在院子里,看着演员们忙碌,见果果进来,大声喊道:"果果,没看够啊?明天还唱呢,回家吧。"

果果也不搭腔,继续寻找目标,终于,在屋里找到了那个熟悉的身影。待他仔细一看,心里一下子失望了,那演员不是姐姐,尽管面相长得和姐姐很像,可是耳朵旁边没有姐姐的红痣。他只好沮丧地回家。

第二天放学,果果和小雅一路走一路捡红薯。红薯田翻耕了种小麦,麦田里就会有没捡干净的小红薯,有的在地表,有的半掩在土里,果果跑得快,又有经验,一捡一个准,不一会儿口袋里就装得满满的。小雅走得慢,在后面捡不到,索性站在那里不走了:"果果!你欺负人!都被你捡完了,我还捡什么?"

果果赶快跑回来,把红薯都掏出来递给小雅:"给!你拿着,我捡。"

天渐渐暗下来,夕阳从地平线上消失了,田野里的树木渐渐变成了黑魆魆的影子。两个孩子的身影也变成两个黑影,在麦田里移动。

大成做好饭,吸了一支烟,也不见果果回来,他起身去厨房拿了一个馒头先吃,嘴里骂果果不着家。刚骂出口,果果抱着一兜红薯进了家门,他朝爸爸举了举手里的红薯,跑去厨房放下,在身上抹了抹手,就去吃晚饭。农村的晚饭简单,红薯汤,馒头,凉拌大葱。果果草草地喝了一碗红薯汤,抓起一个馒头掰成两半,把大葱夹到里面,一边吃一边往外跑。

等他到了街上,戏场已经坐满了听戏的人。他左挤右挤挤到戏台前面,发现自己个子太低,根本看不到台上,只好又费尽周折钻出人群,跑到最后方的砖头堆上站了。刚站稳,就听到前面的三花婶和六合大娘几个人在聊他的姐姐:"听说回来过,没跑多久就回来了,但是怕她爹打她,不敢进家,晚上偷偷到坟园里烧了纸又走了。"

"啥时候回来过?"

"就是刚收完麦那阵子,她家的坟园就在打麦场后面嘛!"

"哎哎!我听说后来那男人不要她了,她一个人到处流浪,又找了一个拉板车的男人混。"

"真的吗?"

"我也是听说的,谁知道真假,这孩子也是可怜。"

果果心里一震,心想不可能,姐姐是多么强势的人,怎么会被人赶出来!他越想越难过,也没心思听戏了,匆匆跑回了家。

4

入冬以来,天气一直晴朗无云,不见雨雪。临近年关了,天突然阴了下来,北风也可着劲儿刮,窗户缝儿里"呜呜"作响。

下午,果果做完作业,无事可做,便扎起荆条篮子去拾柴火。

村里行人稀少,家家都关着大门。强劲的北风,让人感觉透骨的冷。马路上尘土飞扬,不时掉下被风吹断的细枝条。果果捡起这些干枯的树枝,一根一根排整齐抓在手里,多得手握不住了,再放进篮子里。三爷带着厚厚的火车头棉帽从村南头回来,果果叫了一声"三爷",三爷从哆嗦的嘴唇间挤出一句"冷不冷"。果果摇了摇头,看见三爷胡子上挂满霜花,下意识摸了摸自己的嘴巴。突然,他想起一个问题,便举起手里的树枝问道:"三爷,你看这树枝里有很多白色的籽,这是啥呀?"

三爷揉了揉眼睛,接过树枝看了看,回答道:"这是爬蚱籽。秋天一到,那叽牛子把屁股往树枝里一扎,在里面繁籽。树枝被扎死了,干了,风一吹就掉下来了。爬蚱籽掉进泥土里,会慢慢长成爬蚱。被你拾进篮子里的,就成了你的柴火,在灶膛里一烧,这些籽儿就会噼噼啪啪炸响,小心火星崩到脸上。"三爷说完,摸摸果果的头,把树枝还给他,回了村。果果看看三爷的背影,又看看手里的树枝,开始心疼起这些虫卵。他抓起一把树枝,在树干上不停地摔打,希望把虫卵摔出来,好让它们钻进土里发育。摔了半天,直到树枝断口处看不见虫卵了,这才放进篮子里。就这样一边捡,一边摔,捡了半天,树枝还盖不住筐底儿。傍晚的时候,整个村庄变得灰蒙蒙的。果果冷得顶不住,转身回家。

"把柴火放灶屋里吧,我早点做饭,早吃早睡。看这天,夜里可能会下雪。干冬湿年啊!"大成示意果果把柴放到厨房里,开始生火做饭。

晚饭过后,果果带着对大雪的期待,早早地进入了梦乡。

半夜里,果然下了一场罕见的大雪,先是雨夹雪,然后变成了扯天扯地的鹅毛大雪,接着又变成了雨夹雪,连续下了一天一夜,村庄、麦田等所有有形的物体仿佛从大地上消失了,只剩下无尽的白色。

星期一早晨,雪停了,微弱的阳光从云缝里漏下来,给雪白的村庄覆上一层通透的光芒。

大成拉开屋门,院子里地面的雨夹雪冻成了一层厚厚的玻璃。树枝也都变成了肥嘟嘟的玻璃棒,晨风一过,"咯吱咯吱"作响。

他转身从屋里取出铁锹，朝地面的冰层铲下去，"咔咔"两声，冰面出现两道白痕，震得他手臂发麻。他收起铁锹："好家伙！这溜冰也太厚了！"

他放下铁锹，小心翼翼地走到大门口，打开院门，伸头朝外面望了望，路上连一只狗都没有。他又折身回来，喊果果起床。果果正被尿憋得难受，听见喊声，一骨碌爬起来，穿上冰凉的棉袄，下了床摸到尿罐子旁，"呼啦啦"地尿了一阵。上床前，他伸头往窗外看了一眼，立刻兴奋起来："哇！下雪了！"

他从压风被子的夹层里拉出棉裤，又从被窝里摸出袜子，麻利地穿好，屁颠屁颠地跑到院子里，激动得正要大喊，脚下一滑，摔了个仰八叉。他从地上爬起来，疼得咧着嘴，又跑到大路上玩冰雪。

大成做好早饭，站在院子里喊："果果，果果，回来吃饭！"

喊声随着厨房顶上的炊烟，在院子里飘荡。果果"呼哧呼哧"地喘着气，嘴里冒着热气，一口气跑回来，到厨房里匆匆吃完饭，就准备去上学。大成怕他冷，找出来妈妈留下的黑色带黄条纹裤子给他穿上。裤腿太长，只好卷起来半截。大成觉得难看，又让果果把棉裤脱下来，把裤子穿到棉裤里面。棉裤里面塞得鼓囊囊的，从外面看像胖了一圈，果果也不嫌弃，拿着一根树枝当拐杖，小心翼翼地出了家门。

走到村口，果果见小雅站在路上，弯着腰不让自己滑倒。小雅人长得俊，穿着宽大的绿色军装，里面套着厚厚的棉袄，看上去特别漂亮，惹得果果羡慕不已，心想自己要是有一个当兵的亲戚该多好啊，也可以给自己弄一身军装，可是他没有，只能看着小雅神气。

田野里不见了马路、河流，只剩下白皑皑的一片，一排排的树木都裹着冰，在阳光下晶莹剔透。一阵风过后，树枝发出"啪啪"

的响声，不时掉下一截冰棒。果果捡起一截冰，放进嘴里"嘎吱嘎吱"嚼着。小雅把手里的冰朝他扔过去："咦！凉死你！"

果果转身对着她故意大声嚼着。突然，他吐掉冰，对小雅说："小雅小雅，跟你商量一件事儿。"

小雅一脸迷茫："啥事儿呀？"

"我给你钱，你买一件衣服，这件军装给我穿好不好？"

"不要，这是俺三叔给我的。"

"女孩子穿花衣服好看，绿军装男孩子穿上好看。"

"你哪有钱？"

"我捡破烂攒了很多钱了，足够给你买衣服的。"

"你不是要去找你姐吗？"

果果一听这话，突然神色黯淡了下来，踢着地上的冰走路，小雅也一时无语，跟在他身后。一望无际的旷野里，两个身影在冰天雪地里前行，一会儿打闹，一会儿乖乖走路，渐渐地，在白色世界里变成了两个黑点。

经过许多天，这场大雪才化干净。祭灶前一天，天气愈加寒冷，早晨的太阳从地平线钻出来，像一个冰盘，让人感觉不到丝毫热量。大成倒热水洗了脸，到压水井旁压水做饭，手刚碰到铁压杆，尚未擦干的手便黏在压杆上。他咧了一下嘴，晃了晃压杆，压杆纹丝不动，压水井被死死地冻住了。他只好回屋拎来水壶，往井筒子里倒了一些热水，慢慢地晃了半天，井筒子里的冰才化开。

吃过早饭，果果扛着篮子和长长的铁钎去扎树叶，早已冻干的落叶是烧饭的好柴火。他走到院子里，又转身回来拿了语文课本放进篮子里。刚到大门口，昌叔迎面走进来，他低声叫了一声昌叔，昌叔拍了拍他的肩膀，问道："你爸呢？"

果果指了指厨房，然后出了门。大昌走进院子，大声喊道："大成！大成！"

静/静/的/西/蔡/河　·195·

大成湿着手从厨房里走出来,笑着迎上去:"大昌,这么早有啥事儿?"

大昌没有接话,指了指堂屋,示意他到堂屋里说话。

大昌和大成到堂屋里说话,果果也到了村南头的坟场边。看见杨树林下面满地都是树叶,他有些兴奋,这一片带着霜花的树叶能捡满满的一篮子,足够烧一顿饭。细长的铁钎下面磨得尖尖的,上头折成一个圈。它在果果手里就像一条魔棒,随着上下移动,很快就串满了树叶。果果把它放到篮子里,用手使劲向下一扒,树叶呼啦啦落进篮子里,手里又变回一条铁钎。

扎了几串,果果心里有些乱,好像忘记了什么,又好像有什么事要发生。他看看不远处冰封的西蔡河,索性拎起篮子回家。

果果刚走进院子,就听到昌叔和父亲在屋里吵架:

"你这样犟到啥时候?你不让孩子回来,村里天天风言风语的,难道就不丢人了吗?"

"反正回来也是丢人,不回来我眼不见心不烦。"

"我跟你说,他们已经坐上了车,明天一早就到家。"

"她敢!你让她进家门试试?"

对于大成的不可理喻,大昌气得无法再说下去,只丢下一句"这都什么时代了?还老古董一个"就走了。

果果虽然听了个半截,但还是明白了他们的谈话:姐姐要回来了!先是兴奋,接着突然想哭。他放下篮子,吸了吸鼻子,壮了壮胆子走进屋里对爸爸说:"爸爸!让姐姐回来吧。"

大成不说话,坐在方桌旁边抽闷烟,果果提高声音再次说:"爸爸,让姐姐回来嘛!"

大成猛吸一口烟,扔掉烟头,站起来出了屋。果果站在屋里,一时无措。一只白母鸡摇晃着身子走进屋里找吃的,刚进屋就"扑嗒"拉下一泡鸡屎,果果抬脚狠狠踢去:"滚!"

母鸡"扑棱棱"逃出屋子,剩下果果一个人愣愣地站着。阳光从树梢间泻下来,把一条光柱插进屋里,光柱里弥漫着细微的灰尘。

　　不知站了多久,果果朝后墙上的毛主席画像看了一眼,果断地转身走出了屋子。

　　大成心乱如麻,一天都在麦田里除草,连中午饭也没回家做。果果也没回家,他上午从家里出来后直接去了昌叔家里,问清楚了姐姐的情况,以及姐姐到家的时间,就出去了。昌婶正在厨房里蒸角子,看到果果,顺手给他一个刚出锅的豆糁角子。

　　果果拿着角子漫无目的地在村里走着,遇到人也不打招呼,走到村口的巷子时,差一点撞到树上。他躲过大树,一拐弯,就看到了静静的西蔡河。河里的冰结得很厚,在阳光下闪着白光。不远处的冰面上,几个孩子在打陀螺,两只狗在河坡上追逐嬉戏。岸边的大树上,一群麻雀在开会,时而叽叽喳喳,时而鸦雀无声。这一切都没有引起果果的注意,他目光呆滞地来到河坡,在一片干草上坐下来,望着不远处的东大桥。他知道明天要是姐姐能回来,一定要经过这座桥,要是爸爸能接受姐姐回家,他将会早早来到桥头迎接姐姐。他一定要带着姐姐和姐夫,抱着孩子昂首挺胸从桥上走进村里,他要让村里那些说闲话的人看看,姐姐没有被抛弃,也没有和别的男人胡混。

　　果果就这样坐着,寒风吹起地上的枯叶,从他身旁飞过,落在他的头上,他毫无察觉。直到天色将晚,他才站起来,哆哆嗦嗦地回家。

　　他慢腾腾地走进院子时,爸爸正坐在堂屋门口吸烟。他也不和爸爸说话,独自去了厨房,见到做好了饭,便盛了一碗红薯汤,端到爸爸面前,小心翼翼地递过去:"爸爸,吃饭!"

　　爸爸摁灭烟头,翻了他一眼,接过饭碗说道:"一天不进家,去哪里野了?"

果果立在那里,也不说话,等爸爸喝了一半,他才小声再次央求爸爸:"爸爸,让姐姐回来吧!"

爸爸低头喝汤,不说话,他又求了一遍,爸爸才把饭碗放到地上,抬头回答他:"趁早别想!你少管!"

见爸爸态度仍然坚决,果果难过极了,也无心吃饭,一个人跑回屋里,钻进了被窝。

第二天一早,果果醒来时,又饿又冷。他挣扎着下了床,跑进厨房,"咕咚咕咚"喝了一大碗热水,身上才暖和些。爸爸盛好稀饭,示意他吃饭,他不顾饭碗烫手,端起来走出厨房,边吹边喝。等他喝完一碗回到厨房,爸爸也炒好了白菜。他拿起一个馒头掰开,夹了白菜走出去,身后掉落的馒头屑引来白母鸡一路跟着。

果果走到昌叔家里时,刚好吃完馒头。昌婶见他冻得鼻子耳朵通红,问他吃饭没,他回答吃了。昌婶又递给他一碗稀饭,果果也不拒绝,"呼噜呼噜"地喝了,刚放下碗,大门响了,果果听到昌叔和一个熟悉的女人的声音。

姐姐!姐姐回来了!果果心里一阵欢喜,但马上又紧张起来,不知道是出去迎接还是不迎接。他正不知所措,昌叔带着姐姐春梅进了屋,身后还跟着一个男人,怀里抱着孩子。果果一眼认出来姐姐和那个编椅子的男人,他抬起头叫了一声"姐",春梅的眼泪马上流下来,上前抱住他就哭。

昌叔没想到果果也在,稍微一愣,马上给他们让座。昌婶倒了开水放到方桌上凉着,劝春梅道:"别哭了,大冷天的,先洗个脸吃饭。"

春梅放开果果,洗了脸,又给果果洗了脸,接过孩子,坐下来吃饭。昌婶向来话多,不顾大家正在吃饭,不停自言自语:"他不让回家你就住俺家里,让你昌叔天天去闹腾他,总有一天他会认。"

春梅刚喝几口稀饭,一听这话,知道爸爸还没有接受她回来,顿时放下饭碗,低下头不说话。昌叔"呼噜"一声喝了一大口稀饭,放下碗说:"他敢不接受!自己的孩子他能不认?"

春梅的心里一阵难受,又哭了起来,怀里的孩子受到惊吓,也哭起来,昌婶试图把孩子抱过来哄哄。她一拉,孩子哭得更加厉害,她又使出各种招数哄孩子,屋里顿时乱作一团。这一切都被果果看在眼里,但是他始终没有哭,站在门后边不出声。

春梅止住哭,掀开衣服把乳头送进孩子的嘴里,孩子"呜哇"几声后,便不再哭了,卖力地吃奶。刚吃几口,又吐出乳头,"呜哇呜哇"哭几声,奶水顺着乳头往外冒。春梅再次拍着孩子,把奶头塞进孩子嘴里。等孩子情绪稳定了,她仰起头,激动地说:"昌叔,你也别去求他,不让我回家,我就暂住你家里,该打饭钱俺打饭钱。他啥时候原谅我,我啥时候进家门。"

昌婶把屋里的鸡轰出去,在春梅对面的小板凳上坐下来:"现在连土地都承包到户了,新时代有新想法,没想法谁也不愿意跟人跑。他真是死脑筋。"

这话是说给春梅听的,又像是自言自语。春梅低头看看孩子,接过话茬:"我跟人跑,他也有责任!"

她又看了一眼果果,接着说:"他难道忘了俺娘咋死的?都是他死脑筋,自己不敢做生意,害得俺娘跟人去贩粮食时,雪夜里掉河里活活冻死。什么都是他的老传统经验对,从来没有为我们想想。那天晚上我好言好语和他说我和小武的事儿,我想跟他出去编椅子,不想窝在家里,待在这个家里想起俺娘我就伤心。他可好,死活不同意,又拿他那老一套来压我。他是俺亲爹没错,可我不想什么都按他那陈旧的想法困在家里。"

春梅说了一大通,情绪越来越激动,端起一碗茶水,"咕咚咕咚"喝下去一大半,用袖子抹了一下嘴巴,继续说道:"我知道,我跟人跑出去不对,给他丢人了。可是在这个社会,我自己追求自己的生活,并没坑害谁。如果她不认我这个闺女,我就砸开西蔡河的冰跳河死给他看。"她说完,大颗大颗的泪珠掉下来,落在孩子身上。大昌、昌婶几乎异口同声说道:"瞎说个啥?"

男人站起来,走过去拍了拍她:"别生气,都是自己家人,有什么好气的!"

接着,屋里陷入了短暂的沉寂,一只公鸡大摇大摆地走进屋里,东张西望找吃的。

突然,果果走到春梅面前,挺起胸脯说:"姐!走!我带你回家,我去求咱爸让你回家。"

见此情形,一屋子的人都吃了一惊。春梅一把拉过果果,大哭起来。果果挣开她,重新站好,提高声音说:"姐!走!跟我回家!"

说完,果果拉起姐姐就往外走。春梅见弟弟的泪水在眼里打转,心疼得像刀割一样。她果断地站起来,把孩子抱好,拉上衣服,对男人说:"小武,走!我们跟弟弟回家!人是他亲生的,我们回去给他跪下,我就不信他能杀了我!"

就这样,一支悲壮而又感人的队伍出现在村里:果果昂着头走在前面,春梅抱着孩子紧跟着他,后面依次是小武、大昌、昌婶,以及几个看热闹的人。经过之处,端着碗在大门口吃饭的人纷纷议论着,有的索性加入了队伍,跟在后面看热闹。几只狗也在人群左右跟着打闹。树上的喜鹊不断飞到人群前头的树梢上,"嘎嘎"地叫着。

到了家门口,果果敲门。

大成打开大门,一看这阵势,"哐当"一下又把门关上了。果果也不追赶,"扑通"一声跪到地上,仍然昂着头,带着哭腔喊道:"爸爸,求你了,让俺姐回家吧!"

春梅也跪下来，男人正要跪下来，被春梅拦住："你别跪，不关你的事。"

果果继续喊："爸爸，让俺姐回家吧。俺姐说你不让她回家她就跳河去。俺妈就是在西蔡河死的，我不想俺姐跳河，我已经没有妈了，不想没有姐。"

村子里很安静，果果的声音近乎嘶喊，但他没有哭，他额头上的血管高高地凸起，咬着牙始终没让泪水掉下来。一阵风吹过，他有些凌乱的头发显得更加凌乱。虽是跪着，他的身子始终保持笔直，除了嘴巴，浑身都不动，像一个雕塑，在寒风里跪着呼喊。

突然，大门开了，却不见人影出来。果果知道爸爸妥协了，脸上露出胜利的神情，他用袖子擦一擦鼻子，站起身来，扶起姐姐，大摇大摆地进了家。

进了屋，春梅看见爸爸躺在床上，蒙着头装睡。她再次跪下来："爸！我错了，给你丢人了，但是我们生活得很好，你都有外孙了。现在一家大小都回来了，以后一定会好好过日子，好好伺候你到老。你原谅我吧。"

春梅说了半天，大成突然掀开被子，转过身子喊了一声："不怕累是吧，赶紧去西屋！"他说完，又转回身，用被子蒙住了头。春梅知道爸爸真原谅自己了，赶忙谢了，去西屋收拾床铺行李。

春梅的回归，给家里带来了久违的女人气息，大成又享受到了久违的饭来张口待遇，家里很快恢复了往日的温馨。

第二天傍晚，按照族里计划，要迁祖先的老坟，各家男人派代表去坟地参加仪式。女人则跟到坟地附近看热闹，不得近前。昌婶到春梅家里邀她一起去看："春梅，起老坟哩，走，咱去看看。"

春梅犹豫了一下，还是把孩子交给男人，答应了昌婶。趴在方桌旁写作业的果果合上书本，对姐姐说："我也去，我带你去。"

出了大门，果果走在前头带路，姐姐和昌婶走后面。他的脸上虽然不见笑容，但从轻快的脚步可以看出他内心的高兴。他昂首挺胸的神气样子仿佛要告诉所有人：姐姐回来了，姐姐没有跟人去胡混，姐姐的日子过得比村里人还好。

西蔡河岸上已经围了不少女人，除了小声议论着迁坟的话题，家长里短的闲扯自然是少不了，果果无心关注这些，他只对坟墓里的一切感到好奇。

要迁的祖坟是果果太爷的坟，因为有一棵大树直插坟内，族人觉得树根插到先人身体里，十分不吉利，遂决定移位。坟墓早已超过百年，打开后棺材早已腐烂，只剩下两条斑驳的木板。男人们头上戴着简单的白色孝帽，把先祖的遗骨一节节从墓穴里拿出来，按照人形摆在一张床单上。然后移到新棺材内，抬到新的墓穴里下葬，没有哭声，没有乐队，只点了一挂鞭炮，然后磕头祭拜，算是礼毕，人们也各自散去，消失在昏暗的暮色里。

果果远远地望着坟地的动静，想象着坟内是什么样子，不知道里面是否像书上说的有宝藏，但是他无法近前，眼看着人们离开墓地，各自回家，他才和姐姐她们转身回去。静静的西蔡河横亘在暮色里，任河风吹起芦苇荡，发出"沙沙"的响声。